Valentin Szebinski

Adam und Eva

Jenseits von Eden, diesseits vom Himmel

Ein unterhaltsamer Roman

Buttenheim 2020

TWENTYSIX – Der Self-Publishing-Verlag
Eine Kooperation zwischen der Verlagsgruppe Random House und Books on Demand
© 2020 Szebinski, Valentin
Herstellung und Verlag: BoD – Books on Demand, Norderstedt
ISBN: 9783740745363

Inhalt

Vnd Gott der Herr ließ aufwachsen aus der Erde allerlei Bäume, verlockend anzusehen und gut zu essen, und den Baum des Lebens mitten im Garten und den Baum der Erkenntnis des Guten und Bösen.

Vnd Gott der Herr gebot dem Menschen und sprach: Du darfst essen von allen Bäumen im Garten, aber von dem Baum der Erkenntnis des Guten und Bösen sollst du nicht essen; denn an dem Tage, da du von ihm isst, musst du des Todes sterben.

Vnd die Frau sah, dass von dem Baum gut zu essen wäre und dass er eine Lust für die Augen wäre und verlockend, weil er klug machte. Vnd sie nahm von seiner Frucht und aß und gab ihrem Mann, der bei ihr war, auch davon und er aß.

Da wurden ihnen beiden die Augen aufgetan und sie wurden gewahr, dass sie nackt waren, und flochten Feigenblätter zusammen und machten sich Schurze.

Genesis 2f.

1 Der Tag fängt an, wo Johnny Walker aufhört

Ein dröhnender Kopf? Nein, so kann kein Tag anfangen. Das ist politisch nicht korrekt... Ernährungslehre, Ökologie, political correctness!!! Fünfundzwanzig Ausrufezeichen. So etwas widersprach seinen sämtlichen Werten - außer den Werten in seinem Portemonnaie und auf seinem Konto. Die Differenz zwischen seiner geistig-moralischen Qualität und seinem monetären Äquivalent war eminent.

O.K., zu viele Fremdwörter für einen angenehmen Morgen.

Keine Frage, er musste Pharmaaktien kaufen. Er war ein Durchschnittsmensch. Und wenn ein Durchschnittsmensch schon am frühen Morgen ein Mittel gegen Kopfschmerzen brauchte, dann war dies sicher die vielversprechendste Sparte auf dem Markt.

Kopfschmerzen.

Kopfschmerzen!

Freilich: für uns intelligenten Männer gilt nach wie vor der Grundsatz: Den besten Effekt erzielst du durch die Bekämpfung der Ursachen. Die Pharmakologen gehen nur an die Symptome ran; löblich, effektiv, was das Gefühl betrifft, aber eben nicht ursächlich. Die effektivste Ursachenbekämpfung gegen Kopfschmerzen wäre... oberflächliche Moralapostel wie Paul würden vermutlich raten: Abstinenz. Verzicht auf Alkohol. Sein Freund Sascha würde dies unterstützen. Claro, bello, mit ,ner Tüte biste besser bedient. Hasch statt Alco? Die Einfaltspinsel lagen meilenweit neben der Kernursache. Kevin kannte die Causae besser: Weiber! pflegte er zu sagen. Weiber!! Mit einer variablen Anzahl von Ausrufezeichen. In der Tat: Ohne Weiber auf dem Planeten ginge die Pharmaindustrie Bankrott, zumindest die Sparte, die sich auf Kopfschmerztabletten spezialisiert hatte. Weiber machen Kopfschmerzen (und haben auch noch welche, was die Branche doppelt am lächerlichen Leben hält). Er spann den Gedanken weiter: Eine Welt ohne Weiber! Wieviele Kopfschmerzen würde das ersparen, und anderen Typen (er konnte sich ein inneres Grinsen nicht verkneifen, obwohl es extrem unsolidarisch gegenüber Geschlechtsgenossen war) ersparte es den Konsum von allem, was Viagra heißt oder entsprechend zu wirken verspricht. Keine Weiber! Drei Milliarden Menschen werden auf die Venus exportiert! Und Rhinozerosse haben wieder eine Zukunft. Rhinozerosse – was für ein edles Wort für ein plumpes Tier. Quasi adelige Rhinoze-Pferde!

Ein Pferd für ein Königreich, ein Königreich für eine Apotheke...

Das Haus brach zusammen... Der vermutlich letzte Blick, den er in die beste aller Welten noch werfen konnte, traf die sich öffnende Zimmertür. Oder war es schon die Himmelstür? Würde die so bestialisch kreischende Töne von sich geben? Aber darin stand ein Engel. Ein Engel? Irgendwas an diesem Engel befremdete ihn: Keine Flügel. Klar, keine Flügel. Andererseits: Kannte er den Typen vielleiht? Weiblicher Engel, um die dreißig, sucht Schutzbefohlenen zum Abholen. Das war bestimmt sein Schutzengel, der ihn angesichts des Weltuntergangs in die beste aller jenseitigen Welten begleiten würde... Schön, dass Engel seit ein paar Jahren wieder in Mode waren. In seiner Jugend hatte es keine Engel mehr gegeben. Da gab es Dialektik, eine der Hauptursachen für Kopfschmerzen.

Detonationen umhüllten sein schmerzensreiches Haupt. Die zarten Lippen des Engels hatten sich geöffnet. Auf ihn brachen Stürme von Lauten herab. Aaaah! Daaa! Aaaam! Aam oder Oom? Und weshalb Adam? Das war doch sein Name. Wurde man jetzt schon ins Jenseits gerufen? Heißt es deswegen: Der Herr hat ihn abberufen?

Jetzt wusste er, wer der Engel war. Sie hieß „autsch!" Wieder war ein Gedanke an die Schädeldecke gekracht und tat höllisch weh. Eva. Genau! Eva, so hieß dieses Luder... Was wollte sie? Äpfel verkaufen? Aus Familientradition? Wenn dies das Paradies war, was hatte man dann in der Hölle zu leiden? Wollte sie ihn in den Feuerpfuhl werfen?

Er konnte es nie vorhersagen. Seine Menschenkenntnis glich bei ihr der Wetterkenntnis eines Meteorologen: Im Prinzip hervorragend, in der Praxis... War es heute die Aura, oder ging es um die Chakren? Hatten sich Ying und Yang mit dem Dopplereffekt zusammengetan? Gegen Kopfschmerzen gibt es bestimmt ein Mittel, oder auch zwei, oder auch drei, oder auch vierhundert, und ganz bestimmt ein todsicheres, auf einer geheimen Tradition beruhendes, das einzig wirksame, zumindest bis morgen, wenn es dann vom nächsten abgelöst würde. Bis dahin aber wäre sie die Missionarin dieses...

„Adam!" eine eindeutig eindeutige Stimme! „Adam, du hast Pflichten!"

O, das klang fast wie bei Hägar, dem edlen Wikinger. So wird das eigene Leben zum Comic...

„Adam, an die Arbeit...“

„Jajaja, ich komme ja schon.. – Autsch!“

Er spürte, wie Blicke seinen Schädel durchbohrten. Dröhnend, keifend, schneidend drang die Stille ihrer unausgesprochenen Worte in sein geplagtes Hirn. Ängstlich lauschte er den Sätzen, die er sich stellvertretend für sie ausdachte. O ja, das Schlimmste sind die fiktiven Auseinandersetzungen, das ist wie Schach mit sich selbst, man kann sich nichts vormachen. Alle Schwächen liegen offen vor einem.

Aber es war klar. Jetzt hatte der Alltag wieder das Sagen. Ächzend erhob er sich, vorsichtig den Kopf Richtung Decke hebend. Er war nicht scharf drauf, aber das kalte Wasser im Gesicht würde gut tun, so gut, dass er es mehrfach wiederholen würde. Wäre es nicht schmerzloser, Wasser zu trinken und sich mit Wein zu waschen? Eva würde eine Weinwaschtherapie ausspähen. Doch ernüchternd (ist das nicht ein abtörnendes Wort?) platschte ihm die Erkenntnis in den Sinn, dass dies eine Altweibertherapie sei, denn was ist das Einreiben mit Klosterfrau Melissengeist anderes als eine Weinwaschtherapie? Apropos Kloster... O ja, die Zukunft hatte auch angenehme Perspektiven. Kloster war wieder angesagt.

Unter Kennern galt Adam als passionierter Klosterhopper, wie sein Freund Valentin zu sagen pflegte. Andere fahren mit dem Club Robinson weg. Da sind sie auf einer Insel mit auf dem Festland; isoliert kommt von Isola, wie der Lateiner weiß. Wenn schon, dann gleich Kloster, *kloso*liert, das kommt von klausuliert, oder von Klavier, dem Schlüsselinstrument, wobei Schlüssel ebenfalls dem Abschließen dienen. Auf alle Fälle Kloster. Da ist die Isolierung wenigstens Prinzip, da hat es Tradition, da ist es nicht Scheitern, denn Robinson, der hatte doch Schiffbruch erlitten, oder? Wobei auch im Kloster der Freitag einen hohen Stellenwert hat.

Wie steht es um die klösterliche Enthaltsamkeit? Adam durfte gar nicht so richtig zu Eva schauen, denn ihr Outfit war keineswegs nonnenhaft und nicht dazu angetan, ihn zur Enthaltsamkeit zu ermutigen. „Boa, du siehst geil aus...“ entfuhr es ihm. Naja, er konnte es sich leisten; bei allen anderen hätte sie es als Beleidigung aufgefasst und entsprechend aggressiv reagiert, aber aus seinem Mund schien es ihr eine willkommene Anerkennung. „Findest du?" lächelte sie. Er nickte – und bereute es sofort. Seine Kopfschmerzen tauchten aus dem anscheinenden Nichts wieder auf.

Er ging vorsichtig Richtung Bad – vielleicht hätte ein neutraler Beobachter statt von Gehen sogar von Torkeln gesprochen; auf alle Fälle: Dort gab es das kalte Wasser, das er sich in die Schale seiner Hände laufen ließ, um die Schmerzen zu ersäufen. Brr! Furchtbar. Aber heldenhaft brachte er es auch noch an die Schläfen. Aah, es tat gut. Zumindest kurzfristig. Gibt es eigentlich etwas Schlimmeres als Schmerz? Er müsste mal darüber nachdenken, wenn er schmerzfrei denken konnte. Vielleicht würde es sogar zu einem fachlichen Aufsatz reichen, so ein Auf-Auauauau Schluß! Wasser her!

2 Eva geht...

Er hörte ein Geräusch hinter seinem Rücken. Bei einem Kriminalroman wüsste jeder: Er ist der gute, unterbeschäftigte und unterschätzte Detektiv, in dessen Wohn-Schlaf-Arbeitszimmer der böse Unbekannte eingedrungen ist, um lebensbedrohlich zu bedrohen, aber nicht umzubringen, weil noch so viele Seiten bevorstehen. Auf alle Fälle hätte dieser Detektiv noch keine Kopfschmerzen, sondern würde erst in ein paar Stunden mit solchen aufwachen und wüsste: Mein Fall lohnt sich. Es ist aber eine Liebesgeschichte, oder sollte zumindest eine werden, und da es nur noch eine weitere Person in der Wohnung gab, musste wohl Eva hinter ihn getreten sein.

„Du warst wohl wieder bei deiner Hydroxylgruppentherapie!" Klang da ein verächtlicher Unterton heraus. So jubelte sie ihm eine Kritik unter, unter Zuhilfenahme ihrer und seiner chemischen Kenntnisse.

Sehr lustig! Ihr Vater beschränkte sich noch auf das „O-ha!", um mit seinem aus der Schulzeit konservierten Wissen unterschwellig anzugeben, dass Alkohole Hydroxylgruppen enthalten, eben Sauer-Wasserstoff: OH. Adam hatte versucht, dieses Niveau zu erreichen, das er damals für seinem meilenweit überlegen hielt. „Allohohl", lallten die Comedy-Witzfiguren. Dabei lagen sie näher an der Etymologie, als sie wussten, denn das Wort stammt wirklich aus dem Arabischen. Wie Al-Quaida gibt es eben auch Al-Kuhl. Haha, super-cool. Mitte der 90er witzelte man in Evas Family über den coolen Kohl, aber der war irgendwann auch out. Dann stellte Evas Vater, der sich als zynischer Satiriker gefiel und sich über Merkel ebenso gerne lustig machte wie er sie wählte... also Evas Vater stellte souverän dozierend den globalen Zusammenhang her. Der amerikanische Präsident oder zumindest sein Darsteller (höhöhö) sei doch mal Alkoholiker gewesen – das war politisch nicht korrekt formuliert, denn es heißt „alkoholkrank" und inzwischen haben die Genforscher nachgewiesen, dass man selbst überhaupt nichts dafür kann, sondern dass zwei Gene für Aloholkrankheit verantwortlich sind. Durch genetische Disposition mutiert ein Homo-sapiens-sapiens zum Schluck-Specht. Also, so die lichtvollen Ausführungen des als Schwiegervater drohenden Papas, wenn Alkohol eigentlich das arabische Al-Kuhl wäre, wäre der Republikaner im Weißen Haus von den Islamisten infiltriert (haha, stell dir vor, wie hinterlistig...) worden. Al-Kuhl wäre der Vorgänger von Al-Quaida und in grauer Vorzeit kooperierten ohnedies Bush sen. und der Bin-Laden-Clan als Geschäftspartner. Wie war er jetzt auf James Bond gekommen? Ach ja, die bezaubernde Stimme mit ihrem Hinweis auf die Gruppentherapie.

„Ja, ja, ich geb' ja schon alles zu..." gurgelte Adam aus dem Waschbecken heraus. „Soll auch nicht mehr vorkommen. Fühle mich ja selbst übelst..." Er konnte Evas engelsgleiches Gesicht nicht sehen, aber vermutlich zog sie gerade eine Grimasse. „Ich geh jetzt, das Frühstück findest du im Gefrierschrank. Du brauchst es heute abend nur herauszunehmen und über Nacht auftauen." Ja, natürlich. – Wie? Was? Wo? Wer? Und vor allem: Weshalb? Er fuhr in die Höhe – was seiner Verfassung nicht dienlich war, und vermutlich blickte er ziemlich blöde; ein Eindruck, den er bei ihr immer vermeiden wollte. Er kam sich bei ihr ohnedies oft so minderwertig vor, da wollte er nicht noch vermeidbares Anschauungsmaterial liefern.

„Weshalb auftauen?" lallte er, noch im Auftauchen begriffen.

Aber ein tiefgefrorenes Lächeln erwartete ihn: „Du hast richtig gehört. Wenn deine Gedanken wieder etwas klarer sind – nach meiner Erfahrung hält das nicht besonders lange an -, dann wirst du vermutlich verstehen, dass ich auch nicht das geringste Interesse daran habe, Krankenschwester für einen Suffkopf zu spielen. Mit anderen Worten: Es ist aus."

Schaute er jetzt extrem blöd? Aber das war egal, denn er sah nur noch ihr geiles Hinterteil, das für ihn jetzt ins Niemandsland abtauchte. Damit verschwand diese süße Versuchung. Er hörte eine Zimmertür. Er hörte eine Wohnungstür. Wenn er noch ein bisschen wartete, würde er die Autotüre hören, mehrere Zündungsversuche, ein Aufheulen und ein Motorgeräusch, das sich in der Ferne verlor.

Er hatte Recht, nur dass das Motorgeräusch sich bereits in seinen Kopfschmerzen verlor.

Benommen von der Geschwindigkeit der Ereignisse setzte Adam sich auf den Hocker neben dem Waschbecken. Besser hätte er sich natürlich in die Kloschüssel gesetzt, denn er fühlte sich beschissen...

3 Im Klassenzimmer

Segen oder Fluch? Fragte sich Adam, als er die Treppe zum Lehrerzimmer hocheilte. „Ist es ein Segen, dass man sich seinen Unterhalt erarbeiten muss, weil immer wieder was anderes dran ist als die Sorge, die einen beschäftigt? Oder ist es ein Fluch, dass man zur Arbeit muss, obwohl die Sorgen des Lebens einem die Kraft und den Antrieb rauben?"

„Segen," kommentierte Siggi im Lehrerzimmer. Sein zur Leibesfülle neigender Kollege, der in jeder Lebenslage (ausgenommen Thema Badehose) eine gute Figur machte, eine kluge Bemerkung fand und vermutlich ein Seminar dazu besucht hatte, sah in der Arbeit offenbar einen Segen.

„Arbeit ist Segen! Zumindest für dich, mein Lieber", lachte der Lebenslehrer lautlustig und klopfte Adam auf die Schulter (wobei er ein bisschen nach oben langen musste, während seine Rede mehr nach unten gerichtet schien. Wie so oft sind Körper und Geist nicht deckungsgleich, etwa in ihrer Beweglichkeit): „Du würdest nur die Wendeltreppe deiner Gedanken rauf und runter laufen, du würdest dich fortbewegen, ohne letztlich von der Stelle zu kommen."

Adam seufzte. Da er seinerzeit auch in theologische Seminare reingeschnuppert hatte, konnte er mit Latein parieren: „Homo incurvatus in se..."

Siggi stutzte und bemühte sich, in Sekundenschnelle Offenheit, Unbefangenheit und Mitgefühl in seine sonore Stimme zu bekommen: „Dein Coming out?"

Adam stutzte ebenfalls. Dann musste er trotzdem lachen. „Idiot!"

10

schimpfte er ohne jeden beleidigenden Beiklang, „Ich sprach von Homo. Das ist lateinisch und heißt Mensch."

Siggi sackte schnell sein liberales Universalverständnis für jede Form menschlichen Sexuallebens wieder ein: „Klar, weiß ich schon."

„Auf Griechisch wiederum heißt „homo" gleich, und gleichgeschlechtlich bin ich nun mal nicht. Das spüre ich deutlich. Sonst hätte Eva mich nicht so in die Tiefe geschleudert."

„Und was war nun mit deinem homo usw...?"

„Relikt aus meiner Studienzeit: Der in sich gekrümmte Mensch, der Mensch, der sich nur um sich selbst kümmert, verkümmert. Das ist eine Form der Sünde, und eine Form der Hölle."

Siggi lachte derb. „Du bist ein höllischer Typ, mein Lieber. So kenne ich dich: tief in deine Sorgen verkrümmt: nur keine Sorge rauslassen. Apropos Hölle: Schick Eva doch zum Teufel! Was willst du von der? Es gibt Weiber wie Strand am Meer!"

„Es heißt: Sand am Meer!" korrigierte Adam streng, „und außerdem: so reden nur beziehungsunfähige Männer. Menschen lassen sich nicht einfach austauschen. Du bist doch auch zum zweiten Mal verheiratet und hast dich fest gebunden, obwohl es diese sandfachen Frauen gibt."

Der Gong zum Stundenbeginn unterbrach ihr Männergespräch. Adam öffnete die Lehrerzimmertüre und beide traten hinaus.

„In der Pause reden wir weiter," versprach oder drohte Siggi, hob die Hand zum Gruß und eilte den Gang hinunter. Auch Adam steuerte sein Klassenzimmer an.

Die Türe stand weit offen. Eine Schülerin schien gerade eine andere zu lausen, flocht ihr aber doch nur die Haare; eine dritte massierte ihrer Kollegin die Schultern; er betrat offenbar eine Wohlfühlklasse, wenn vom Fenster her nicht heftige Stimmen geklungen hätten. Adam hörte Wortfetzen und Worte, die ihm sofort klarmachten, dass hier wieder mal unterstes Niveau erreicht war. Daran änderte jene Klassenkameradin nichts, die eifrig ihre Lesekompetenz dadurch demonstrierte, dass sie in die Lektüre der BILD-Zeitung vertieft war. Adam schloss die Türe hinter sich, was am Lärmpegel nichts änderte. Fast wäre er zu den Streithennen gegangen, um pädagogisch wohlüberlegt einzugreifen, aber dann fehlte ihm der Nerv dafür; heute war es ihm doch egal:

„Setzen Sie sich!" brummte er laut und ziemlich ärgerlich. Er hatte schon genug Sorgen. Sollte er sich jetzt auch noch mit denen auseinandersetzen, bei denen die Eltern offenbar versagt hatten. Gerade die alleinerziehenden Mütter. Bei alleinerziehenden Müttern – genauer, ihren schiefentwickelten Kindern - machte er den Vätern heftigste Vorwürfe; doch die glänzten auch bei ihm durch Abwesenheit und so reduzierte er es fast schon zwanghaft auf Selbstgespräche. Wenn man ein Kind zeugt, darf man es doch nicht einfach einer Frau überlassen, schleuderte er seinen abwesenden Geschlechtsgenossen ins abgewandte Gesicht.

Erstaunlicherweise reagierten die jungen Frauen sofort auf seine brummige Anweisung. Das Entlausen wurde eingestellt ebenso wie die Wellnesskur. Selbst die Kulturbeflissene blickte von ihrer Zeitung auf und die streitenden Damen nahmen Platz, nebeneinander, ohne Messer in der Hand oder bereits im Körper. Den BILD-Zeitungsreportern wurde wieder eine Schlagzeile über Gewalt im Klassenzimmer vorenthalten. Enthalten Schlagzeilen Gewalt? Vermutlich, darum heißen sie so. Schlagen mit Zeilen. Die häufigste Gewalt wird offenbar von Redakteuren – um ein Mehrfachwortspiel zu verwenden - angewandt. Täglich, ungestraft, ja, sogar finanziell vergütet. Oder zum Klassiker avancierte „Sätze" wie JA!JA!JA! (BILD 1974 zur Fußballweltmeisterschaft) oder „Wir sind Papst!" (dieselbe Quelle 2005). Schlagzeilen, die versuchten, auch noch die Restintelligenz aus den Lesern zu schlagen... und daraus Kapital zu schlagen.

„Nehmen Sie Ihr Arbeitsblatt heraus!" ordnete Adam an.

„Guten Morgen!" grüßte Sara vorwurfsvoll. Adam spürte Schuldgefühle. Er musste Vorbild sein! Guten Morgen! So viel Zeit muss sein.

„Guten Morgen", antwortete er mit erheblichem Aufwand an Überwindung und Selbstdisziplin, für die er gut bezahlt wurde und Anspruch auf eine Pension erwarb. „Derya, lesen Sie uns Ihre bisherigen Einträge vor."

Auf Derya konnte er sich verlassen, ihre Einträge waren gewissenhaft, die Schrift leserlich, und die Bereitschaft, wirklich Schülerin zu sein, sehr ausgeprägt; außerdem zeigte sie sich zu seiner klammheimlichen Freude kopftuchfrei.

Ein keckes Mädchen links vorne sprach ihn unaufgefordert an: „Sie sind nicht gut drauf heute früh! Ärger Zuhause?"

Ihre Nachbarin rief zur Seite: „Der hat Stress mit seiner Frau..."

So persönlich wurden sie oft, die distanzlosen Jugendlichen der Gegenwart. Manchmal fragten sie ihn sogar nach seinem Liebesleben, wobei Oscar Wilde einmal formuliert hatte, Fragen wären nie indiskret, Antworten hingegen bisweilen schon. Aber die Frage der Schülerin wirkte auf ihn ziemlich natürlich. So, als würde sie es von Zuhause kennen: Wenn einer so redet wie dieser Lehrer, dann stimmt bei ihm etwas nicht, wie wenn Papa und Mama miteinander streiten – oder die alleinerziehende Mutter neben der Erziehungsproblem noch Beziehungsprobleme hat. Das machte die Schülerin nicht überheblich, sondern solidarisch. Ja, so ist die Jugend von heute, frech, aber doch überraschend voller Mitgefühl, wo man es nicht erwartet. Doch auf die private Ebene konnte er sich nicht einlassen; das wäre unprofessionell gewesen, auch wenn es den Schülerinnen gefallen hätte. So wiederholte er: „Die bisherigen Einträge.." und Derya tat dies auch, nachdem sie geraume Zeit letztlich mit Erfolg geblättert hatte.

„Also, wir sind beim Thema..." Adam ließ den Satz ergänzen. Melanie tat ihm den Gefallen: „Unser Thema ist die Invalidität." Sie schaute, als würde sie Anerkennung dafür erwarten, dass sie mitgearbeitet, mitgedacht und ein gutes Ergebnis geliefert hatte. Aber Adam blieb nur Sarkasmus:

„So, ihre Persönlichkeit ist also invalid... – nein, Melanie! Schön, dass Sie mitgedacht haben. Aber das Stichwort lautet ein bisschen anders."

Marco griff ein. Er war ein bisschen älter als die meisten seiner Mitschülerinnen, hatte schon zwei abgebrochene Lehren hinter sich, aber nicht, weil er dumm oder faul war, sondern weil er sich einfach nicht klar darüber werden konnte, was er mit sich anfangen sollte. Beruf, das ist immerhin eine Lebensentscheidung. Deswegen mochte er wohl auch diesen Unterricht, wo es immer wieder darum ging, was im Leben eine Rolle spielt. „Individualität war unser Thema. Wer ich bin, oder wer ich sein möchte, und wie sehr mich andere dabei beeinflussen, ob ich will oder nicht und ob ich es merke oder nicht..."

Blendend formuliert. Warum war dieser junge Mann nur so unsicher, wenn es um ihn selbst ging? Naja, Adam konnte es sich denken. Marco hatte sich geoutet, er war schwul. Es war ihm schwer gefallen, das überhaupt zu checken und jetzt fühlte er sich nie so ganz in dieser Welt. Die jungen Frauen um ihn herum mochten ihn, weil er sehr nett war, aber sie konnten mit seiner schwulen Identität nichts anfangen. Er war isoliert, aber nicht feindselig, sondern lediglich unverstanden. Das ist als Dauerzustand allerdings auch schwer auszuhalten. Dass das Thema „Individualität" für ihn wichtig war, schien schon selbstverständlich. Er wirkte auch nicht tuntenhaft oder roch nach „Szene"; nein, eine lockere Hose, ein unauffälliges Hemd, sauber geschnittene mittellange braune Haare, damit konnte er nirgends stören.

Adam nickte ihm dankbar zu: „Richtig, Marco. Sie können die Dinge immer wieder kurz, verständlich und richtig formulieren. Das finde ich toll!"

Dann aber wandte er sich mit einem deutlich veränderten Gesichtsausdruck und irgendwie eindeutig ironischem Tonfall der zeitungslesenden Mitschülerin zu: „Bianca, ich sehe mit Freude, dass Sie lesen können. Sie wären für die PISA-Studie ein Pluspunkt gewesen. Welche Literatur haben Sie denn da vor sich liegen. Ach ja, die BILD-Zeitung. Was sagt uns die über unsere Individualität?"

Bianca schwieg. Vielleicht hatte sie ihn auch nicht wirklich verstanden. Die Ironie war möglicherweise völlig an ihr vorbeigegangen. Er wusste, das war ein Schwachpunkt seines Unterrichts.

Die Schülerinnen konnten oft nicht unterscheiden zwischen dem, was er ernst meinte und was er nur sarkastisch so formulierte, weil er es für unendlich doof hielt. Ist „doof" ein intelligentes Wort? Naja, er wollte ja ein Ergebnis und nicht pures Erstaunen darüber, auf welche Fragen Lehrer kommen können... Er musste konkreter, anschaulicher werden.

„Bianca, vor langer, langer Zeit wurde in Rom ein neuer Papst gewählt." Bianca schaute zwar ziemlich irritiert, aber sie konnte offenbar seinen Worten folgen, obwohl ihr völlig unklar war, worauf er hinaus wollte. Doch Adam fasste sich also kurz: „Damals gab es bei Ihrer Lieblingszeitung eine Schlagzeile, die fast schon zum geflügelten Wort wurde."

„Geflügeltes Wort?" Diese Metapher war Bianca unbekannt. Er nahm ihre Irritation fast körperlich wahr und beeilte sich, zum Thema zu kommen. „Damals stand auf der Titelseite:" (Seine Parodie „Tittenseite" würde

Bianca und die Klasse überhaupt nicht mehr checken. Ach, Lehrer müssen sich wirklich im Griff haben!) Er zitierte: „'Wir sind Papst!' prangte als Überschrift auf Seite 1 der BILD-Zeitung Wenn Sie damals die Zeile gelesen hätten, was hätte das für Sie bedeutet?"

Sie blickte ihn entgeistert an. Oskar Wilde hätte ihre Irritation versiert in die volkstümlichen Worte gefasst: „Antworten können nicht blöd sein, Fragen schon..." Zum Glück war sie nicht Adams einzige Schülerin, und Nicole war undiszipliniert genug, ungefragt die Antwort zu liefern (sie rief gerne Antworten ins Plenum): „Dann wäre Bianca Papst gewesen."

Sofort schwirrten die Stimmen durcheinander. Als die Mädchen erst einmal gecheckt hatten, wie idiotisch jene Kopfzeile (Headline statt Deadline) gewesen war, fielen ihnen viele Assoziationen ein:

„Nee, eine Päpstin!"

„Dann wären wir ja alle Päpstin!"

„Und wie ist das mit dem Sex!"

„Päpste dürfen doch keinen Sex haben."

„Päpste dürfen auch keine Frau sein."

„Aber gab es nicht mal eine Päpstin? Ich habe mal gehört, dass..."

„Ja, genau, da hat doch ein Papst auf der Straße ein Kind gekriegt."

„Aber die Kirche hat das verboten."

„Das habe ich auch gesehen: Sie hat es versteckt."

„Das weiß keiner."

„Doch, du weißt es doch!"

„Ja, aber..."

„Ich finde Papstsein geil."

„Dann wären wir ja... wieviel Päpste wären wir eigentlich in Deutschland?" Kurz richteten sich alle Blicke auf Adam, aber dann ging das Durcheinander weiter.

Was sollte er jetzt machen? Er hätte aus fast jedem Satz eine komplette Stunde machen können, aber würde ihr Interesse überhaupt für eine einzige Minute reichen? Nach seiner Erfahrung erschöpfte sich ihr Interesse oft in einer provokativen Frage, auf die sie keine Antwort hören wollte. Das frustrierte ihn immer wieder. Denn er verbrachte Stunden damit, einleuchtende Antworten auf ihre Fragen zu suchen und immer wieder auch zu finden und altersgerecht zu formulieren.

Wie viele Menschen wollen keine Antwort, sondern genießen es, unbeantwortbare Fragen zu formulieren. Denn dann sind sie nicht zu fassen. Das ist ihr Leben...

4 Beim Baumarkt

Was tut ein Lehrer wenn er merkt, dass er pädagogisch scheitert? Er greift zu einer Tätigkeit, wo das Material weniger sperrig ist und wo er seine Erfolge bereits kurzfristig erkennen kann: Er wird handwerklich tätig. Adam hatte hier großartige Voraussetzungen. Aus teils finanziellen, teil romantischen Gründen hatte er sich ein altes Haus gekauft: eine Goldgrube für Heimwerker, Aktionäre von Baumärkten und Kreditinstituten. Eine Art Spielwiese. Adams ToysAreUs war sein Baumarkt. Derzeit war der Dachboden dran. Die Hardware hatten Zimmerleute gemacht, Dachstuhl und Ziegeln waren o.k., darunter konnte er nach Herzenslust dilettieren.

Nach dem frustrierenden Unterricht begab er sich heute schleunigst in Therapie. Also ab in den Baumarkt! Er unterschied die verschiedenen Ketten. Preislich konnte man durchaus differenzieren, aber ein bedeutendes Kriterium war das Klientel. Es ist interessant, welche Typen man wo findet und welche nicht und das in Relation zu den Typen von Verkäufern... Für Adam war dies ist die Schattenseite der Baumärkte: Im Prinzip begegnete er auch hier seinen Schülern und ihr Verhalten als Käufer und Verkäufer unterschied sie leider nicht von ihrem Schülerverhalten.

Die Dummheit beginnt bereits, wenn sie ihr Auto verlassen. Der versierte Heimwerker steigt aus seinem Auto und lässt in diesem auch die Erfahrung, dass es Autos und Autofahrer gibt. Als ausgestiegener Autofahrer bist du Fußgänger und der ist immer im Recht. Der noch nicht ausgestiegene Kunde eines Baumarktes muss also extrem aufpassen auf Kinder, Hunde und ausgestiegene Heimwerker. Diese sind allenfalls vergleichbar mit Müttern, die ihre Kinder per Auto zum Kindergarten bringen und beim Parken auf dem Gehsteig bereits nicht mehr wissen, wie man Kinderwägen schiebt, welche Breite diese haben und wie diese wo noch durchkommen und wo nicht...

Heute ging es einigermaßen. Adam erschien zu spät für die Frühaufsteher und zu früh für die Nachkäufer oder Reklamateure. Reklamationen! Da gab es herrliche Szenen, wenn man Zeit hatte und menschliche misslingende Kommunikation genießen konnte! Ansonsten war es die Vorstufe der Hölle... Das Personal in den Abteilungen, dem Info-Center (meist unbesetzt) und an den Kassen speiste sich vermutlich aus dem unendlichen Quell ehemaliger Kunden, die man aus der Schlange gepickt und bevorzugte Bedienung versprochen hatte, wenn sie Mitarbeiter werden würden. Was ein Psychologe unter Empathie versteht, also das Mitfühlen, sich-hinein-fühlen bei Gesprächen, ließen Baumarktmitarbeiter selten vermissen nach dem Motto und erklärten mit sorgenvollen Blicken: Das Problem habe ich auch. Es macht ja für die Betreiber von Baumärkten auch keinen Sinn, wenn sie Handwerksmeister beschäftigen würden, die den Kunden sofort erklärten, ihr Problem würde am besten durch einen Fachbetrieb gelöst.

„Wer bin ich eigentlich?" Diese Frage stellte er sich immer wieder im Baumarkt, wo sich seine ganze Wirklichkeit abzubilden schien. „Wenn das Leben ein Baumarkt wäre, was würde ich machen? Klar: Als Heimwerker wüsste ich: Der kritisch unkundige Kunde tauscht um. Das Unterscheidet den Baumarkt vom Schöpfer des Lebens: Baumärkte geben Umtauschgarantie. Doch auch beim Baumarkt gilt: Er entwickelt seine emotionale Eigendynamik: Als Baumarktkunde bin ich zerrissen zwischen Treue und Schläue. Einerseits habe ich eine gefühlsmäßige Beziehung zu meinem Berater, vielleicht sogar meine beste Beziehung, andererseits studiere ich die Sonderangebote und lege einen monetär gesteuerten Plan beim Abklappern der Konkurrenz fest: Rigipsplatten bei Hornbach (oder Horngips bei Rihbach?) 2.99, bei Obi 2.95. km-Zahl oder Benzinverbrauch sind leider nicht angegeben. Aber der Achterpack-Holzbohreinsätze beim Praktiker, falsch, den gibt es nicht mehr, dann doch Hornbach für 1.49, dazu die Schweinslederarbeitshandschuhe zum gleichen Preis. Das würde die Entscheidung leicht machen, wenn der Bahr, nein, pleite, also Obi - nicht die Flexscheiben für 1.59 im Angebot hätte.

Meine Freundin will nach Paris. Aber wo kriegt man in Paris weißes Silikon für 2.59? Nein, nicht für plastische Operationen, sondern für die Fugen. - Auch hier sind erotische Phantasien völlig unangebracht. – Übrigens, wer weiß schon, dass der Busen die Fuge ist und nicht das Drumherum. Aber das sind sprachliche Feinheit, die beim Sex nur stören.

Die Assoziation regte Adams Heimwerkerphantasie: „Die Silikonspritze einfach auf der Brust ansetzen und abdrücken. Das Busenwunder von Obi, da freut sich die Omi." Ihn reizte allerdings der Selbstversuch weniger. Er erinnerte sich automatisch an die Erfahrung mit Abriebstufe Römisch V beim Fließen. Beim Versuch, für sein WC die Schraubenlöcher vorzubohren, dachte er sofort an die Zahncremewerbung: Mami, er hat überhaupt nicht gebohrt. Peinlich, wenn ein Mann diese Erfahrung macht. Das knackst am Selbstvertrauen.

Ach ja, geschlechtsspezifisches Baumarktverhalten: Die Frau sucht die Sonderangebote, der Mann ist treu. Er hat seine festen Ansprechpartner und Berater. Um 19.30 ist die beste Zeit, da sind nur noch die Profis da. Wie war das, als er gerade am Fließen war, sich zur optimalen Zeit beim Baumarkt einloggte und nicht ahnte, dass eine Dame in den besten, ja, allerbesten Jahren - also kurz vor der Natursteinplatte über sich - oder, mitfühlend formuliert, der schnellhärtenden Fugenmasse in den Falten - den Baumarkt mit dem Club der eisernen Herzen, hähähä, einsamen Herzen verwechselte hat. Adam erspähte jene beraterfesselnde Dame und suchte Deckung bei einem Berater für ein Gespräch unter Männern. Doch zu seiner Enttäuschung entdeckte er seinen Kumpel für schwere Stunden in den Klauen einer diskussionsgierigen Frau.

Während Adam unauffällig am Nebenregal die Mischanweisung für den Fließenkleber studierte, klärte die Kundin (?) den Fachmann für Heimwerk darüber auf, wie unmöglich die Farbzusammenstellung der Randfließen sei. Mit der Geduld eines Sonderschullehrers demonstrierte er ihr die Alternativversionen. Die Tussi mit der Faltenrockvisage fand sie mal hübsch, mal unmöglich und frug ihn dann nach seiner Meinung. Inzwischen hatte er bestimmt keine mehr, zumindest nicht über die Fließen, höchstens über die Kundin. Aber als Baumarktverkäufer war er professionell geschult und schuldete Höflichkeit.

Adams körpereigene rote Flüssigkeit drängte sich in die angespannten Gefäße seines Gesichtes, als er das Faltenwesen fröhlich zwitschern hörte: „ Ach, ich habe meine Brille nicht dabei. Ich kann das nicht genau sehen.

Ich muss mal mit meiner Freundin kommen."

Frauen!!! Wieso gab es hier kein Schild: „Ich darf hier nicht rein?" Was der Hund im Metzgerladen, das ist die Frau im Baumarkt. Oder? Während er sie insgeheim zum Teufel wünschte, wusste er: Der Herr der Unterwelt ist auch nicht blöd und überlässt seine künftige leitende Angestellte dem leidenden Angestellten. Ja, er leidet Höllenqualen. Die Fließen ihrerseits sind ja schon durchs Feuer gegangen.

Wie gesagt, manchmal sind schulische Erfahrungen mit deinen gegenwärtigen im Baumarkt fast deckungsgleich, nur dass er sich hier oft genüsslich in die Rolle des Betrachters zurückziehen konnte. Bisweilen fühlte er sich fast schon wie ein Voyeur.

Darin unterstützte ihn vor einiger Zeit sogar ein inzwischen vertrauter Berater. Adam hatte ihn wissbegierig gefragt: „Wie halten denn zwei verschiedene Werkstoffe am besten zusammen?"

„Mischen," meinte jener, und durch häufige Begegnungen fast schon vertraulich, deutete er nach drüben: „Sehen Sie den? Der mischt schon fast ein Jahr, aber es hält einfach nicht richtig."

Adam schaute gehorsam hin: „Was ist denn das grüne Zeug?"

„Das soll dafür sorgen, dass es ungiftig ist."

„Und der giftige Typ daneben?"

„Der ist der Firmenvertreter."

"Aha, und was wird da für ein roter Stoff zugegeben?"

„Der soll dafür sorgen, dass es überall passt."

„Und warum hat der Kunde einen so roten Kopf?"

„Weil das Grün immer wieder durchschlägt. Wie gesagt, der kriegt die richtige Mischung nicht hin, drum hält es auch nicht so richtig."

Adams Gedanken wanderten in seine Weltanschauung ab und er phantasierte: „Es ist wie in der Politik: Weshalb ist unser Kabinett so dilettantisch zusammen gestellt. Ich sage nur: Baumarkt. Der politische Heimwerkermarkt und die Bundeskanzlerin. Wahrscheinlich stand die Kundin erst einmal völlig verwirrt am Eingang. Zum Glück gibt es eine Information. Weil gerade niemand da war, las sie den beruhigenden Hinweis: Wir bedienen Sie in Ihrer Muttersprache. Türkisch spricht unser Herr..., Russisch unsere Frau..., Italienisch Herr... kurdisch unser Herr... wir werden ihn nie vergessen (und während Sie gerade melancholisch über die Krisengebiete dieser Welt nachdenken, lesen Sie weiter) und unser Anwalt auch nicht. Von den übrigen sieben Namen können Sie drei nicht lesen, weil Sie weder kyrillisch noch arabisch können und die dritte Schrift nicht einmal zuordnen. Ihre heimliche Frage, wer nun eigentlich Deutsch kann, beantwortet sich Laufe ihres folgenden Adventures von selbst. Wie war das doch gleich? Lufthansa hat einen Mitarbeiter entlassen, weil er es wagte, statt Wings Tragflächen zu sagen. Dabei ist doch schon der Firmennamen obsolet. Luft-Hansi klingt nun mal uncool. Wie wäre es mit Air-Johnny?

Also, unsere Kundin stand versonnen an der Information, als sie ein des Deutschen mächtiger Mitarbeiter ansprach - Franz Beckenbauer schied somit aus:

„Womit kann Ihnen dienen? Was ist Ihr Problem?"

Gut geschult, dieser Mann. Die Kundin - etwas überrascht - überlegte sich in Blitzeseile, ob sie nach ihrem grandiosen Erfolg überhaupt noch ein Problem habe. Eigentlich hatte sie doch alles erreicht, was sie wollte, seit Obi, Praktiker und Hornbach auch in den Neuen Bundesländern beweisen können: Die besseren Mauern bauen wir.

Also: Thema Kabinett. Der Kundin – inkognito selbstverständlich - kam der rettende Gedanke: „Mein Haushalt."

„Ihr Haus halt..." väterlich lächelnd ging der freundliche Baumarktfachmann en Detail. „Wie groß ist denn ihr Haus?"

„Mein Haus?"

„Ihr Haus halt."

„Halt, Sie verstehen mich falsch: Mein Haushalt ist das Problem."

Der Fachmann blieb freundlich, wirkte aber ein bisschen zu fürsorglich, als redete er mit einem nicht ganz richtig tickenden Menschen: Haushaltswaren gibt es bei uns nicht. Hier finden Sie alles fürs Haus, aber nichts für den Haushalt."

Schade, gerade das hätte sie so dringend gebraucht. Der Fachmann war jedoch geschult: „Oder möchten Sie etwas umbauen. Wir haben ganz ausgezeichnete Werkzeuge. Eine Säge braucht man doch immer."

Sie zuckte zurück: „Danke, ich habe schon eine Nervensäge. Was heißt hier, eine..."

20

„Dann vielleicht einen Hammer."

Die Dame wurde immer blasser: „Sind Sie des Wahnsinns? Was denken Sie, wie viele Hämmer mir schon meine Minister geliefert haben!!!"

„Oder eine Zange?" Der Kundin Züge entspannten sich. Stimmt, die Frauenquote in ihrem Umfeld war noch nicht ausgeschöpft.

„Was hätten Sie denn da? Eine Beißzange habe ich schon."

In ihrem adretten Hosenanzug wirkte sie sehr souverän, vor allem mit der Hand in der Hosentasche. Manche schätzten diese Haltung, weil sie wussten: Wenn ich meine Hand in meiner Tasche habe, kann es unser Finanzminister nicht..."

Mit solchen Szenen aus dem politischen Heimwerkermarkt könnte er glatt zum Kabarett gehen. Ghost-writer fürs Kabarett, dafür hätte er inzwischen genügend Stoff, privat wie beruflich. Aber jetzt ging es nicht um Satirestoff, sondern Baustoffe. Er war ja nicht mehr am Fließen, sondern auf dem Dachstuhl. Die Assoziationen zum Dachstübchen ersparte er sich, denn ein Heimwerker muss mit seiner Zeit ebenso ökonomisch umgehen wie mit dem Arbeitsmaterial. Die Platten für die Wände waren dran. Ein-Mann-Platten gab es, passend für ihn. Und der Chauvi in ihm registrierte genüsslich, dass inklusive Sprache für Baumärkte kein Thema war. Immerhin gibt es Eis für die Kids an der Kasse. Das reicht für die Durchschnittsfamilie.

Die Platten waren wirklich für einen Mann zu heben. Er rechnete sich aus: 12 kann ich in mein Auto packen. Damit versuch ich's mal. Umtausch ist garantiert, Nachkauf ebenfalls. So wuchtete er die Platten auf den Einkaufswagen, sortierte mühsam noch zwei angeschlagene aus und steuerte dann Richtung Ausgang. Er hatte die richtige Zeit erwischt: Keine unbekümmert lachenden Mädels, die den Wagen quergestellt hatten, keine angestrengt blickenden Typen mit Latzhose, die ihre Latten quergelegt hatten, keine betulichen Opis, die der Frau an der Kasse noch kurz ihre Leiden erklären mussten... Er hievte die Platten in den Wagen, und ab ging's Richtung Altbau. Da gab's genügend Probleme...

Wie viele Baumärkte hatte er bereits ins die Pleite getrieben? Da war dieser Baumarkt, der alle vier Wochen 25% Rabatt auf alles außer Tiernahrung gab. Adam kaufte ihn kurzerhand leer, so günstig war dieses Angebot.

Dann kam schon der Nächste, der mit seiner langen Existenz prahlte. Aber da es bald keine *Bah*rzahlung mehr gab, ging auch diese Kette den Bach runter…

5 Der kurze Brief zum Abschied…

Home, sweet home: Das heißt: „Ich weiß zwar, wo ich wohne, aber ich weiß nicht, wo ich parke." Es war furchtbar, welche Kreise er um sein Häuschen ziehen musste, bis er irgendwo das Auto parken konnte. Dann gab es noch das zusätzliche Problem: Die Platten musste er ins Haus schaffen. Die trägt man auch nicht so locker ein paar hundert Meter. Letztlich müsste er vor der Haustüre parken, und zwar so, dass die anderen Verkehrsteilnehmer vorbeikämen und er noch die Platten aus dem Auto herausbekäme. Das bedeutete: „Platz!" Vielleicht sollte er sie doch mit der Post kommen lassen. Denn die Zustelldienste benehmen sich wie eine Überorganisation der Polizei: Sie stellen sich irgendwo auf die Straße, machen, wenn sie dran denken, die Warnblinkanlage an und laden dann aus. Egal, was die übrigen Verkehrsteilnehmer dazu sagen.

Als Adam einmal eine unfreundliche Politesse darauf hinwies (er wollte nämlich in zweiter Reihe halten, um etwas in einem Haus abzugeben), kommentierte die nur: „Das ist doch deren ihr Beruf." Grässliches Deutsch, aber wer eine Uniform trägt, hat recht, auch von UPS. Oder GPS. Kennt das jemand? German Parcel Service. Das ist ein Unternehmen in und für Deutschland, deshalb German. Transportiert kein deutsches Wort, verstößt dafür locker gegen die StVO (Street Volunteer Order: Freiwillige Selbstkontrolle im Straßenverkehr). Er selber – so die Politesse - solle ums Eck rum parken, da gäbe es noch frei Plätze (was nicht stimmte). Ein unendliches Thema: unser Verkehr und alle Beteiligten.

Unter diesen Umständen, mit oder ohne Politesse, lud er erst mal nicht aus, sondern ließ die Platten im Auto. Dort würde sie ohnedies niemand klauen, denn alle hätten das gleiche Parkproblem wie er. Schwierigkeiten schützen vor Diebstahl! Wenn der Finanzminister es schwieriger machen würde, Geld auszugeben, würde es weniger Steuerbetrüger geben. Dachte sich Adam. Er hatte es natürlich noch nicht experimentell nachgewiesen.

Die Haustüre war zweimal abgeschlossen. Zweimal? Sein Herz machte einen kleinen Freudensprung: Er selbst schloss nie so ab. Das konnte nur heißen: Eva war da gewesen. Also doch kein Abschied für immer. Er hatte es auch nicht wirklich geglaubt. Sagte er sich. Aber irgendein kleines Teufelchen in ihm signalisierte ein Zweifelchen. Dass sie nicht im Hause war, war klar; sonst hätte sie nicht abgeschlossen. Vielleicht hatte sie eine Nachricht hinterlassen. Gespült hatte sie nicht, verriet ihm ein Blick in die Küche. Aber das konnte er auch nicht erwarten. Seufz! Irgendetwas im Wohnzimmer war anders, oder sogar etliches? Stand manches nicht mehr am alten Platz, oder fehlte es ganz?

Adams Herz sank in die... naja, also halt ganz tief runter. Auf dem Tisch lag ein Zettel, so eine Art Brief. Daneben ein Stift. Er wollte nicht hinschauen. Aber irgendwie musste er. Mit nervös zittrigen Fingern nahm er das Blatt in die Hand. Evas Schrift. Klar. Gut, nicht nur zwei Zeilen, wirklich mehr. Aber...

„Hallo Adam" (Weshalb nicht: mein lieber Adam? Oder ein zärtliches „Adämchen"?) „Ich war kurz da und habe einige Sachen zusammengepackt. Fürs erste reicht es mal. Die anderen Sachen hole ich zu einem späteren Zeitpunkt. Über einiges müssen wir sowieso noch reden. Leider! Dein Benehmen in letzter Zeit fand ich unmöglich. Ich kann so nicht leben. Ich will so nicht leben. Ich werde so nicht leben!! Gut, dass wir sowieso getrennte Vermögensverhältnisse haben. Das macht es einfacher. Vor allem für dich. Und ich brauche nicht unter deinem Chaos zu leiden. Chaotische Trennung wegen Chaos... Das fehlt mir gerade noch. Aber jetzt werde ich zu ausführlich. Ich wünsche dir trotzdem alles Gute. Don't call us, we call you! Eve."

Er ließ die Hand sinken. Das war's: Davor hatte er sich gefürchtet. Er, der Chaot, hatte sein Leben in den Sand gesetzt. Er hatte es nicht geschafft, aus dem Chaos etwas Produktives zu machen. Jetzt hatte er die Quittung. Der einzige echte Halt in seinem Leben – weg. Er konnte sie verstehen. Sie hatte Recht. Er würde es mit sich selbst nicht aushalten...

Schwer sank er aufs Sofa. Die Polster taten gut. Alles zog ihn nach unten, und die Polster waren wenigstens weich. Und doch stand er mühsam noch mal auf und sichtete nachdenklich seine CD-Sammlung: Mozart oder Heavy-Metal? Beides wollte er jetzt gleichzeitig: Stimmigkeit und Aggression. Er entschied sich für Metallica.

Er legte sich aufs Sofa, die Hände unterm Kopf verschränkt, die Augen zur Decke: das Weltende. Das Ende seiner kleinen Welt. Furchtbar. Leere im Bauch. Er spürte seinen Puls. Don't call us, we call you! Eve. Steckte da vielleicht noch ein Fünkchen Hoffnung drin, in jenem kleinen Buchstaben? Sie hatte nicht Eva geschrieben, sondern Eve. Das war ihre zärtliche Form. Aber er konnte es sich denken: zärtlich, weil traurig, aber entschieden, weil ihr Verstand dominierte, der da sagte: Mit diesem Chaoten ist das Leben eine Qual.

Alleinsein! Kein Miteinanderreden nach einem langen Tag. Kein Miteinanderessen am Abend. Kein gemeinsames Lachen über einen lustigen Film. Kein Austausch von Zärtlichkeiten. Kein Sex. Kein kurzes Gespräch beim Frühstück. Kein Kuss zum Abschied... Alleinsein!

Natürlich kannte er das. In der ganzen Studienzeit war es nicht anders gewesen. Da hatte er auch alleine gelebt. Aber da gab es noch eine Perspektive. Vor allem: Da war er nicht verlassen worden, da zogen nicht seine Gefühle in die Vergangenheit, sondern hofften auf die Zukunft. Ach, warum ist das Leben so kompliziert. Ach, warum konnte er nicht anders sein, als er ist?

Metallica klang ziemlich eintönig. Vielleicht verbirgt sich das Beruhigende in der Aggression. Seine Gedanken begannen, aus dem Kreis in Spiralen überzugehen: Steckte hier nicht auch eine Chance? War wirklich immer alles toll mit Eva? Könnte es nicht sein, dass... Es gab doch so viele Frauen. Er hatte schon immer viele Frauen sehr nett und vor allem sehr attraktiv gefunden. Wie grölte Mick Jagger vor Jahrzehnten: „Who needs yesterday's papers? Who needs yesterday's girls?" Ja, die Chance des Neubeginns. Seine Phantasie begann umherzuschweifen, aber sein Bauch blieb angespannt. Der wollte nicht weg von Eva. Der war noch voll bei der Trennung. Kann man nicht ohne Bauch leben? Einfach die Sau rauslassen? Seine Augenlider wurden schwerer, und während Bass und Drums hämmerten, sank er in einen erschöpften Schlaf...

6 Die alte Kneipe

Als er wieder aufwachte, war es dunkel. Fast zumindest. Die Straßenlampen leuchteten freundlich (?) herein. Er hatte dies schon immer wieder als Zudringlichkeit empfunden, dass es bei ihm nicht dunkel war, wenn der liebe Gott es dunkel werden ließ. Und selbst wenn er Straßenbeleuchtung akzeptierte, damit es keine Unfälle und Überfälle gibt oder sie zumindest erheblich eingeschränkt werden, so war die Lichtstärke nach seiner Meinung übertrieben. Bestimmt könnten die Kommunen die Hälfte der Energiekosten sparen und Un- und Überfälle würden trotzdem nicht drastisch steigen. Aber vermutlich sparten die Verantwortlichen nicht mal im eigenen Haushalt, sondern beklagte sich höchstens darüber, zu wenig Geld zu haben...

Diese Denkschiene war jetzt nicht dran! Er wollte nicht in ein endloses Selbstgespräch abdriften. Sein Kummer kam wieder über ihn. Da hilft nichts. Da helfen nur Freunde. Irgendjemanden musste er anrufen.

Paul? Sascha? Kevin? Valentin? Genau, letzteren. Der war zwar etwas älter, aber von dem fühlte er sich verstanden. Außerdem: um diese Uhrzeit konnte er kaum noch jemanden anrufen. Bei Valentin war das OK. Er griff also zum Telefon und gab die Nummer ein.

„Wer da?"

Adam nannte seinen Namen.

„Ach du bist's! Hätte ich mir denken können. Wo brennt der Schuh?"

Die Metapher stimmte zwar nicht, aber klang einladend.

„Ich muss dringend quatschen. Mir geht's nicht gut. Du weißt schon: Stress mit Eva, oder vielleicht gar kein Stress oder so..."

Nickte Valentin? Durchs Telefon ließ sich das nicht sehen. „Ich schau mal bei dir vorbei. Vielleicht können wir ins Gregor Samsa."

„Gibt's das überhaupt noch? Da war ich ewig nicht mehr."

„Eben, genau deshalb. Ein ewiger Jungbrunnen... Da haben wir nächtelang über Politik und Frauen diskutiert. Das passt bestimmt."

„Klar, es passt. Ich schwing mich gleich aufs Rad."

„Tu das, bei mir dauert es noch ein bisschen. Ich muss Viktor noch versorgen."

Natürlich. Das war klar. Der Freund musste sein Söhnchen versorgen –

als alleinerziehendem Vater war ihm das ungeheuer wichtig: Abend und Geborgenheit spielen in einer Erziehung für die Persönlichkeitsentwicklung eine große Rolle. Erstaunlicherweise lassen sich ausgeglichene Kinder sogar abends alleine lassen, wenn sie in Ruhe ins Bett gebracht wurden und sie wissen: Papa geht, aber seine Liebe bleibt da. Und er kommt auch wieder.

Adam konnte sich Zeit lassen. Er nutzte diese Zeit für etwas in seinen Augen eigentlich Weibliches: für sein Out-fit. Er überlegte sich lange, was er zu dieser Gelegenheit und für dieses Ziel anziehen würde. Am Ende entschied er sich für Jeans, kariertes Holzfällerhemd und Jeansjacke. Genau: Der Vor-Beziehungslook, der Freiheitslook, der Jugendlook – nicht der heutigen Jugend, sondern seiner Jugend, also der ewigen Jugend. Hatte er noch Zigaretten? Kneipe! Dazu gehört „Bier und Zigaretten". Außer wenn man Nichtraucher ist, dann nervt einen der Rauch. Das folgende Selbstgespräch verbot er sich.

Als der alte Jüngling (tja, die Dschins spannte, und das Hemd warf auch keine Falten mehr) die Kneipe betrat, war von Valentin natürlich noch nichts zu sehen. Kleidung hat man doch eher im Griff als ein Kind. Die Kneipe war halbleer – Scherz! Sie war natürlich halbvoll... denn die meisten hatten schon ein paar Bier intus. Vorläufig setzte er sich an die Theke. Der richtige Platz für einsame Jungs, die gerade abgeblitzt sind. Er orderte ein dunkles Bier. Das tat gut! Seine Sorgen hatten offenbar seinen Gaumen ausgedörrt. Mit dem Hopfensaft regten sich die Lebensgeister wieder. Er blickte sich in der schummrigen Kneipe um; einige kannte er vom Sehen, aber das war schon alles. Die Musik gefiel ihm, elektrischer Blues, das passte zu ihm und hierher.

„Bei dir hat's wohl zum Abendessen Globus gegeben..." erklang eine vertraute Stimme von der Seite.

Paul? Ja, Paul. Aber Adam verstand diesen vermutlichen Witz nicht. Dann sah er den Blick des anderen nach unten wandern, in die Gegend von seinem Bauch. Er lachte ein bisschen gequält:

„Harte Arbeit, jahrelanges Training."

„Jaja, global denken, global speisen, global wachsen..."

Adam suchte nach einem Gegenargument: „Ich war schon immer gegen

26

den Aberglauben an das unbegrenzte Wachstum..."

„OK, lassen wir es..."

Paul setze sich auf den Barhocker neben ihm; sein Bier hatte er mitgebracht: „Prost erstmal!"

Sie tranken einen Schluck. „Du siehst jetzt nicht gerade überglücklich aus. Ist was?"

Eigentlich hatte er sich mit Valentin verabredet. Aber das war jetzt egal. Wenn er schon gefragt wurde, konnte er nicht zurückhalten, was ihm unter den Nägeln brannte. Bald hatte Paul die ganze Story erfahren, soweit man das überhaupt erzählen kann. Er nickte immer wieder verständnisvoll mit dem Kopf. Sie nahmen ihre männlichen Schlucke Bier. Adam fühlte sich jünger werdend. Über Liebeskummer redeten vor allem die Jugendlichen.

Fast hätte er es vergessen! Rauchen! Er kramte aus der Jackentasche den Tabak und die Papierchen (echtes Hanfpapier, echt geil) und bot Paul an. So drehten sie sich ihre Joints (ein bisschen übertrieben, aber die Form erinnerte nur begrenzt an Zigaretten). Dann pafften sie los, wie Jünglinge. Rauchen ist blöd, aber Liebeskummer ist blöder. Die Zigarette danach? Nach dem Blauen Brief der Liebe? Es tat gut, mit Paul zu sprechen. Paul kannte sich im Fußball aus. So hatten sie bald ihr Männerthema, das angenehm von den Sorgen ablenkte. Man müsste auch mal wieder den Ball treten. Bei einer Alt-Herren-Mannschaft (Hahaha; ein bisschen unlustig, das gemeinsame Lachen. Denn Alt-Herr-Sein mindert auch die Chancen bei der weiblichen Hälfte der Menschheit.).

„Seit ihr denn überhaupt schon sechzehn?" eine strenge Stimme erschallte neben ihnen. Sie zogen die hochroten Köpfe ein oder taten wenigstens so. Valentin war wie ein Oberlehrer erschienen und hatte sie ertappt. Er legte seine Arme und die Schultern der beiden und hätte dabei fast ihre Köpfe in ihre Biere getaucht. Dann bestellte er sich auch ein Glas: „Ein Hefeweizen bitte."

„Komm, setzen wir uns an einen Tisch. Tresengespräche eignen sich nur für Zweierkisten." Während die beiden ihre Gläser umräumten, packte er schon mal seine Pfeife raus und stopfte sie. Männer, Bier und Rauchen. Das würde ein guter Abend werden.

Freilich musste Adam Valentin noch einweihen. Doch der ergriff selbst das Heft des Handelns: „Also, wo drückt der Schuh und brennt der Hase im Kornfeld?" Er brachte manchmal echt blöde Sprüche, aber bei einem Freund nimmt man das in Kauf. Paul erledigte die Aufklärungsarbeit: „Eva ist weg." Kurz, knapp, wenn auch etwas effekthascherisch. Das mochte er eigentlich nicht so, dass seine seelischen Leiden wie Schlagzeilen verkauft wurden. Deswegen waren ihm Boulevardblätter und Privatsender zuwider.

Valentin paffte, zog die Augenbrauen leicht an und wiederholte: „Eva ist weg?" In der Frage lag fast schon Verständnis. „Das hat sich angebahnt, oder?"

Adam schaute erstaunt. Hatte man das gemerkt? Sie hatten sich doch so gut abgeschirmt, ihre Mißstimmigkeiten drangen nicht bis draußen. „Ja, das hat eine Vorgeschichte. --- Natürlich. ---."

Valentin nickte: „So ist das in diesen Mixbeziehungen: Wenn der eine gut organisiert ist und der andere chaotisch, kann es zum Supergau führen. Das kann sich toll ergänzen, aber wenn nicht, wird es tödlich."

Adam fühlte sich durchschaut; hatte Eva hinter seinem Rücken geredet? Das sah ihr gar nicht ähnlich. Oder hatte Valentin nur zufällig ins Schwarze getroffen.

„Ich weiß nicht, was Eva dir erzählt hat..." begann er vorsichtig.

Valentin winkte lächelnd ab: „Keine Angst. Die hat nichts erzählt. Zumindest mir nicht, und ich glaube auch sonst nicht. Sie kann gut dichthalten. Das habt ihr gemeinsam: Manche Dinge gehen keinen was an..."

„Außer den Therapeuten und den Pfarrer..." murmelte Paul, um etwas beizutragen.

Dann brach es aus Adam heraus; er brauchte keine intimen Details zu nennen, um zu erklären, wie brüchig das Fundament geworden war. Beim Reden staunte er, was er alles sagen konnte, was er sich gar nicht eingestanden hatte, obwohl es ihm so klar war, dass er jetzt nicht mal nachdenken musste, um es zu erzählen. „Kann man sich wirklich so lange so viel an einem so wichtigen Punkt vormachen?"

„Ja," meinte Valentin, „was glaubst du denn, wie es uns geht? Wenn wir Angst um das haben, was uns ganz nahe ist, machen wir uns auch oft lange etwas vor."

„Hm," brummte Paul, „da braucht man nur einmal an Krankheiten zu denken, die bedrohlich sind. Meistens warten wir erst auf Symptome, die sich nicht mehr verleugnen lassen."

Da hatte jetzt jeder was zum Nachdenken. Es setzte eine Schweigephase ein, die nur durch Züge an Zigaretten und Pfeife begleitet wurden.

„Also, dann Prost!" schloss Valentin ab, „nachdenken hat seine Zeit, aber abschalten hat auch seine Zeit." „Alles hat seine Zeit..." stimmte Adam zu, und Paul erinnerte sich an Pete Seegers Song „For everything, turn turn turn, there is a season, turn turn turn."

„Prost Turn!"

„Habt Ihr eigentlich eine Ahnung, was die Jugend derzeit so hört?"

Damit war ein neues Thema gegeben, und sie stürzten sich erleichtert auf etwas, das viel Stoff und wenig Sorgen bot.

7 Im Fluchtpunkt

Home, sweet home, my home is my castle, home is, where my heart is, home...page. Nein, ganz im Ernst, im Lehrerzimmer fühlte er sich wohl und geborgen, und vor allem sicher. Wenn er aus dem Klassenzimmer stürzte, erspähte er hier bereits die Rettungstür: Einmal durchgehen und die ganze böse Schülerwelt kommt nicht mehr an dich heran. Wie halten das bloß Menschen in anderen Berufen aus, die sich nicht zurückziehen können. Seine Schäfchen arbeiteten im Frisörhandwerk und da gab es immer einen Rückzugsraum, wo man der Geschwätzigkeit der Kundinnen entkam und vielleicht noch die lebensnotwendige Zigarette konsumieren konnte. Freilich: dort traf man auch Chefin und Kolleginnen und das ist nicht unbedingt entspannend. Weiber unter sich! Adam lächelte und genoss es, dass seine Gedanken nicht kontrolliert wurden. Da konnte er ungefährdet genussvoll chauvinistisch sein.

Das bedeutete nichts anderes als realistisch, nicht immer mit diesen Weltverschönerungsverbrämungen der Pseudofeministinnen. Muss man FeministIn auch mit großem „I" schreiben, also inklusiv? Damit Männer nicht ausgeschlossen werden können. Manche Männer sind doch die radikalsten FeministInnen. Die Schwäche des Feminismus sind einfach die Frauen. Das müsste man den Männern überlassen. Die würden viel zielstrebiger und effektiver arbeiten. Richtige Männer. Nicht die Softies, die den Penisneid durch den Gebärmutterkomplex ersetzt haben. Gerade bei den älteren Kollegen erlebte er diese Männer, die wohl schon gar nicht mehr wussten, was Mannsein ist. Avantgarde seit dreißig Jahren, mit Volldampf in die Siebziger... Gegen ihre Vorstellungen hatte er gar nicht so oft etwas einzuwenden, es wäre ihm in der Praxis nicht eingefallen, einen Unterschied zwischen Männern und Frauen zu machen, der bewertend war. Nein, aber die Art und Weise, wie sie sich quasi für ihr Mann-Sein entschuldigten, und zugleich den Frauen vorschreiben wollten, was es heißt, Frau zu sein...

Da mochte er die konkreten und so verschiedenen Frauen lieber. Wie jene nette, junge Kollegin, die konzentriert über ihrer Arbeit am zentralen Tisch im Lehrerzimmer saß. Als hätte sie seine Gedanken gehört, blickte Steffie auf. Sie arbeitete gerade an einer Schulaufgabenkorrektur.

Adam ging um den Tisch und blickte ihr über die Schulter „Aha, Deutsch..." kommentierte er. Neben ihr entdeckte er einen Zettel mit SS. Hatte sie etwas über Nazis schreiben lassen? Das war doch gar nicht ihre Art.

„Gibst du auch Geschichte?" fragte er irritiert.

Sie schaute noch irritierter. „Wie kommst du drauf?"

„Na, wegen SS."

„Wie bitte?"

„Du hast hier doch SS stehen..."

„Willst du mich verschusseln?" Sie konnte sich gewählt ausdrücken, „verscheißern" wäre direkter gewesen, und Susie, die etwas ältere Schönheit im Kollegium, hätte knallhart von Verarschen gesprochen.

„Nein, aber ich finde das eindeutig."

„Eindeutig?"

Steffie lachte. „In welcher Welt lebst du eigentlich? Im Lehrerzimmer heißt SS Schüler im Plural..."

„Echt? Nie gehört. Das ist schon ziemlich dümmlich unhistorisch."

„Ach was, die Zeiten sind doch längst vorbei."

Sind sie nicht, dachte Adam, es leben noch Opfer und es sind Menschen schon sehr lange tot, die noch leben könnten, und es leben noch Täter...:

„Das wäre doch so, wie wenn man beliebig KZ oder SA sagen würde..."

Steffie schaute ihn an wie jemand aus dem Jenseits. „Hast du noch nie Klassenzimmer oder Schulaufgabe abgekürzt? Das macht man doch so."

Ach, er hatte sie so attraktiv gefunden, und was sie sagte, machte sie in seinen Augen so unsäglich dumm. Was noch schlimmer war: Als wolle sie dumm bleiben. Eine von jenen Lehrerinnen, für die das Leben seit dem siebten Lebensjahr nur aus Schule bestand, mit einem Horizont bis zur Klassenzimmertür – mit ihren Worten KZ-Tür. Er wusste, dass ins KZ auch Menschen gekommen waren, die sich nie für KZs interessierten, weil es sie nicht betraf; sogar Menschen, die das Prinzip guthießen, weil sie im Traum nicht daran dachten, zu den Betroffenen zu gehören, Träger des Eisernen Kreuzes aus dem Ersten Weltkrieg beispielsweise. Die Kollegin könnte zu solchen Personen gehören, vielleicht nette und liebe Menschen, aber mit einer Sicht der Welt, in der die Erde noch eine Scheibe sein konnte. Letzthin hatte er zu seinem Erschrecken festgestellt, dass manche nicht einmal die Himmelsrichtungen unterschieden konnten. Erst dachte er, sie machten sich über ihn lustig, aber dann merkte er: Das ist ernst. Dann wunderte er sich nicht mehr über die Ergebnisse der PISA-Studie. Seit wann sind Schüler besser als Lehrer?

Emotional stand er vor einem riesigen Problem: Er fand Steffie unsäglich dumm und ignorant. Aber: Er fand sie zugleich sexy. Er hätte sie sofort abgeschleppt. Mit Susie hatte er – ohne konkret zu werden – das Thema schon mal ventiliert und sie hatte nur mitleidig gelächelt: Das weiß man doch, Frauen haben es leichter bei Männern.

Ihm fiel der Anlass für das Gespräch ein: Sein Auto sprang im Winter wieder mal nicht an. Er war gut vorbereitet und hatte das Starterkabel einfach im Kofferraum liegen. Also stieg er aus und sprach eine junge Frau an, die gerade aus ihrem Auto stieg, ob sie ihm Starthilfe geben könne. Aus irgendeinem Grund konnte sie nicht (vielleicht fuhr sie einen Diesel), aber sie hatte gesagt: „Ich frage mal den Typen da drüben, der grade ankommt. Als Frau hat man mehr Chancen."

Sie war erfolgreich. Bei Adam hätte sie auch Chancen gehabt. Aber sie war einfach nur erfahren und nett zugleich. Von ihm wollte sie nichts, leider. Der junge Mann gab tatsächlich Starthilfe. Erfolgreich.

Im LZ hatte Susie ihn aufgeklärt, dass er seine Erfahrung durchaus verallgemeinern könne. LZ. Das war wenigstens eine unbelastete Abkürzung. Er fand sie trotzdem blöd.

„Ich weiß gar nicht, was du willst…" Susie bekam seinen Ärger – ja, es war wirklich Ärger, obwohl sie die Gefühlstiefe nicht verstand – auch mit und versuchte, zu relativieren. „Wenn du mit LZ beginnst. Da spricht doch nichts dagegen. Ich verwende so etwas sogar bei meinem Computer. Der reagiert sofort: ich gebe LZ ein und er schreibt Lehrerzimmer."

Adam lachte. Sie war doch irgendwo ganz nett: „O.K., das mache ich auch ähnlich. Beim Computer. Das ist so eine Art Steno. Andererseits: ich habe da Disziplin: bei verfänglichen Abkürzungen suche ich nach einer anderen. Das ist nicht besonders schwer. Aber weißt du, im Gespräch miteinander oder der schriftlichen Kommunikation: Wenn da jemand LZ oder Konf (also Konferenz) oder B2D für unseren Direktor an der Berufsschule Zwei einsetzt, da denke ich an Kleinkinder und Mütter von Kleinkindern, die von Hausis oder so reden. Alles im Diminutiv. Das ist doch kindisch, lächerlich und überhaupt…"

Susie lächelte. Adam wurde ärgerlich: „Was gibt es da zu Grinsen, Süsi?!"

Sie blickte verwirrt. Nicht wirklich doof, aber irritiert. Dann lachte sie schallend: „Adämlich! Du bist wirklich hinterlustig!"

Adam stutzte und beschloss insgeheim: Dieses Weib muss ich mal in der Freizeit sprechen. Die ist wirklich besser als ihr Outfit und ihr Alter. Er lachte auch. Leicht verzögert, weil er vorher etwas völlig anderes dachte, aber doch überzeugt. Er fand sie echt lustig.

„Susie, das war supi! Leidi muss ichi jetzi in die Unterrichti, aber was hälsti davoni, mal auf ein Bieri weggi zu gehni?"

Susie blickte verdutzt. Mit einer Anmache hatte sie nicht gerechnet. Sie schien zu spüren, dass das spontan und völlig ohne Planung kam und verstand es als Anerkennung. Anmache, klar, aber aus vollem Herzen.

„Adam, Adam, du bist mir ein Schäker!" zwinkerte sie. „Lass uns in der nächsten Pause drüber reden. Wenn es nicht dauernd um Schule geht, bin ich dabei."

Sie ging noch vor ihm aus dem LZ, dem Auslöser.

Adam stand völlig verdattert da. Damit hatte er nun gar nicht gerechnet. Er kannte sich selbst nicht mehr. Susie war niemals in seinem Katalog möglicher weiblicher Kontakte gewesen. Eine solche plumpe Anmache war ihm sonst fremd. Plötzlich spürte er ein Gefühl, das ihn verwirrte: Ohne weiteren Grund entwickelte er ein echtes Gefühl für Susie. Ja, die könnte eine Partnerin sein. Er war erstaunt über sich: Eva schnell an der Seite, abgetreten. Steffie, die er geil fand, nur noch Statistin. Und Susie, mit der er nur unangestrengt reden wollte, im Mittelpunkt seines Interesses. Wie geht das nur weiter? Er war gespannt. Er fand es toll. Plötzlich gab es Perspektiven. Das Leben war spannend. Nichts war unmöglich. Toyot-are-us... er lachte. Pah! Eva, was Besseres hättest du mir nicht bieten können. Ich entdecke... Adam, der Entdecker. Vielleicht sogar unter einer Bettdecke, neckisch versteckt, einladend zu gefunden werden. Mit Susie in der Phantasie ging er in den Unterricht. „Ihr Schülerlein kommet. Mir geht's gut. Ihr könnt tun, was ihr wollt. Mir geht's gut..."

Es lief auch wirklich gut. Er powerte voll rein, mit Lust und Laune, und die Schülerinnen staunten zwar nicht – wann staunen die schon einmal -, aber sie ließen sich anstecken und negative Beiträge blieben einfach weg. Wie leicht können es Pädagogen haben, wenn sie selbst die positive Energie reintragen. Adam fühlte sich wie ein neuer Mensch. Also echt Adam!

8 Generation Jeans im „Schlawiner"

„Zum Schlawiner", der Name der Kneipe zog ihn an; er wollte sie schon lange mal ausprobieren, aber er fand es öde, alleine hinzugehen. Es war nicht sein Stil, jemand aufzureißen. Heute war es einfach, herrlich einfach. Er hatte Susie diese Kneipe vorgeschlagen und war voll in Fahrt, als er es konkretisiert: „Kennst du Easy Rider?" Natürlich, obgleich sie sich für jünger hielt als die Easy-Rider-Generation.

„Ich hole dich mit meinem Roller ab!" und als sie stutzte, wurde er deutlicher: „Mein Motorroller. Hast du einen Helm?" Hatte sie nicht.

Aber kein Problem. Zum Glück verfügte er dank Eva über einen Zweithelm. Der war noch im Haus. Susie zögerte: „Naja, das ist nicht so mein Stil." Aber Adam blieb souverän: „Das machen wir heute. Wir machen mal auf so richtig jung. Ich sage dir: du fühlst dich dann auch so.

Dieses Supergefühl: Du hast die Luft um dich, den Wind des Abenteuers. Nicht wie eingesperrt im Auto." Susie stimmte überstimmt zu, die Stimmung hatte sie gepackt. Er wusste nicht, wieso, aber er fühlte die Power.

Als er bei ihr vorbei kam, hatte sie sich ein Out-fit zugelegt, das... ja, das seine Gefühle nach oben fliegen ließ. Sie hatte sich in Jeans gewandet. Er fühlte sich um Jahrzehnte jünger, in den Jahren seiner Kindheit, im Gefühl seiner Jugend... also „lass dir die Sonne um die Nase pusten" oder wie immer die Slogans hießen. Wenn sie im „Schlawiner" einträfen, würde keiner vermuten, dass hier verkleidete Pädagogen die Wildheit des Lebens ausprobieren wollten.

Das Tolle am Roller: Wenn man will, kann man sich sehr nahe kommen. Susie wollte. Er spürte es gerne, wie sie die Arme von hinten um ihn legte, um Sicherheit zu haben. Zugleich bot sie ihm das Gefühl der Verbundenheit. Zugegeben, ein bisschen Erotik spielte für ihn mit. Sollte er das Gefühl zulassen, oder wäre er dann..? wie heißt das nur. Dafür gibt es keinen Begriff, wenn du dich innigst verbunden mit einem körperlich nahen Menschen fühlst, der eigentlich nichts von dir will außer z.B. von einem Ort zum andern zu kommen. So kamen sie zum „Schlawiner".

Die Rockerbraut stieg ab. Er parkte den Roller – wie bequem; damit hast du es leichter als mit einem Auto, wo du ewig suchen musst. Der „Schlawiner" entpuppte für den Easy Rider und seine Puppe sich als eine urige Kneipe: Holz und schummrig. Der Wirt, voll Szene, hatte vorwiegend dreidimensionale Kunstwerke im Raum verteilt – lokale Kunst im Kunstlokal. Dazu ein paar Accessoires aus wichtigen Epochen der Kultur: künstliche Jugendstilspiegel, eine alte Nähmaschine, ein Zündapp-Plakat aus den Fünfzigern, verrostete Rollschuhe, in der Ecke ein barockes Gartentischchen mit einer uralten Schreibmaschine drauf. Einfach verspielt, zugleich gekonnt und passend zum Publikum, das überhaupt keine Vergangenheit mitzubringen schien – außer ihnen beiden: Jeans, jene Kleidung aus dem mittelfränkischen Buttenheim, aus dem ein jüdischer Mitbürger (damals nannte man das noch nicht so) in die USA (damals noch das Land der unbegrenzten Möglichkeiten) auswanderte, Arbeitshosen herstellte, den Goldrausch nicht nur überlebte, sondern mehr Erfolg als die Goldgräber hatte und selbst noch die Ikonen der letzten Jahrhundertdrittels, die Beatles mit der Nonkonformistenuniform (tolle Wortschöpfung von Reinhard Mey) versorgte – nicht persönlich natürlich. Aber die Beatles waren nun auch schon zur Hälfte tot... und Levi fand man nicht mal im Brockhaus, sondern musste sich mit Wikipedia begnügen.

Sie ließen ihre Blicke schweifen und dann sich an einem kleinen Tischchen nieder. Adam dachte an Levi Strauss, den fränkischen Erfinder der Levis und bestellte im Einvernehmen mit seiner Partnerin das leckere Bamberger Rauchbier, Schlenkerla... Sie prosteten sich zu. Adam outete sich, weshalb er auf das Bier gekommen war.

„So viel weiß ich eigentlich gar nicht über die Jeans," meinte er. „Aber irgendwie schon toll, dass sie hier aus der Gegend kommen. John Lennon und Buttenheim, wer hätte es gedacht."

„Was hast du denn mit Buttenheim zu tun?" fragte Susie.

„Ach, weißt du: Krieg, Evakuierung und eine Großtante von mir war hier, als sie ausgebombt wurden. Dann lernte sie ihren Mann kennen, der sogar hier geboren war. So etwas verbindet. Dann ist ein Ortsname nicht nur ein Ortsname, sondern Teil deiner Geschichte... mitsamt Bier und Goldgräberhosen"

Susie lachte. „Hübsch hast du das gesagt. Aber ehrlich, ich kenne die Geschichte von diesem Levi Strauß. Ich fand sie immer spannend. Er personifizierte für mich das Leben, das Karl May nur phantasierte."

Adam schaute fragend; es erstaunte ihn, wie diese hübsche Frau mit den toll geschminkten Augenlidern erzählen konnte. Am liebsten hätte er sie sofort in die Arme genommen und vernascht. Aber natürlich lauschte er – mit gespanntem Interesse – erst einmal der Geschichte, die sie erzählte. Denn in dieser Geschichte steckten Gefühle: ihre, seine und die von mehreren Generation.

„Die Generation Jeans?" Susie holte weit aus: „Das war schon spannend. Irgendwie beginnt es in der Bibel. Da hat Jakob, auch Israel genannt, zwölf Söhne. Einer davon ist Levi. Das ist der, der niemals Land bekommen hat, um es zu bebauen. Er, oder genauer, seine Nachfahren, waren immer für das Heiligtum zuständig."

Adam lachte: „Pass' mal auf. Ich trage einen biblischen Namen. Was denkst du, wieviel ich inzwischen über das Werk gelernt habe, aus dem mein Name stammt. Um beim Namen zu bleiben: mir wurden oft die Leviten gelesen..."

Susie grinste: „Das hattest du wohl auch nötig. Gut, du weißt ja, dass die Leviten für den Tempel der Juden, den Tempeldienst und damit die Gebot zuständig waren."

Adam seufzte. Er wollte jetzt eigentlich keine Unterrichtsstunde und kürzte ab: „Ja, und in Jesu Gleichnis vom Barmherzigen Samariter latscht so ein Levit an dem Überfallenen vorüber, statt ihm zu helfen."

Susie nickte anerkennend: „Du hast offenbar doch was mitbekommen. Also: die Nachkommen dieses Stammen hießen dann Levi, oder Löw, oder Löb, oder in den USA auch Lewis."

„Ich habe es nie gecheckt, ob das Lewis oder Louis heißt."

„Weil das keiner checkt, gilt beides. Jerry Lee Lewis und Louis Armstrong, alle... also, der Jeans-Erfinder hieß erst mal Löb Strauß, war folglich Jude, wurde in Buttenheim geboren und das ist schon fast 200 Jahre her."

Adam staunte, denn eigentlich gehörten die Jeans in die Neuzeit.

„Naja, und als er 18 war, wanderte sein Mutter in die USA aus."

Adam wollte Kultur beweisen: „Da war doch bei uns Revolution, oder? Ich sage nur Paulskirche, oder Heinrich Heine..."

Susie winkte ab. „Jaja, schon gut, ich glaub dir, dass du nicht blöd bist. Also, dann kam dieser Goldrausch, der mich schon immer begeisterte, und den Löb Strauß ebenfalls. California dreaming... the Gold-rush. Aber die Goldgräber brauchten ein Umfeld. Unser Löb, inzwischen nannte er sich Lewis, machte eine folgenreiche Entdeckung: Die Hosen hielten nicht. Steine, Steine, Steine, das war einfach zu viel für normale Kleidung. Aber Segeltuch – das kannte er von der Überfahrt -, das musste doch selbst wilden Stürmen standhalten. So schneiderte er aus Segeltuch Hosen, die auch bei Hasardeuren ihren Geist nicht aufgaben. Levi hatte Erfolg. Zwar nicht in Sacramento, aber in San Francisco machte er einen Laden auf, der sofort expandierte. Die meisten Goldgräber waren Goldgräber geworden, weil sie Nieten waren. Also dachte sich unser Jungunternehmer, inzwischen Mitte Vierzig: Machen wir Nieten an die Taschen, in die sie ihr Gold und ihre Steine packen. Das Auge isst mit, sagte er, und färbte den braunen Stoff mit Indigo: Blau. Schon schlüpften die Blue-Jeans aus dem Ei. Es waren seine Jeans! Also Etiketten drauf, hinten am Bund – als das Markenzeichen auf die Arschbacke kam, war er schon 34 Jahre tot. Okay, dann folgten die Reisverschlüsse, aber bis heute gibt es noch geknöpfte Jeans."

„Du weißt ja echt Bescheid! Davon kannte ich nur einen Bruchteil" staunte Adam. „Und was wurde aus ihm?"

„Naja, ich finde, das ist schon ziemlich viel. Kinder hatte er leider keine. Interessanterweise hinterließ er einen Teil seines Vermögens... ...einem Friedhof, dem jüdischen Friedhof in Buttenheim. Du kannst dir vorstellen, was das dreißig Jahre nach seinem Tod bedeutete..."

Er konnte. Jüngere Geschichte war ein Hobby von ihm.

Über die Jeans kamen sie auf ihre Jugend zu sprechen und er wusste gar nicht, was jetzt mit ihm los war: Waren sie einfach alte Knacker, die von ihren seligen Jugendjahren schwärmten wie ihre Eltern und Großeltern, oder fühlte er zu Recht, wie sie dabei wieder ein Stück jünger wurden? Gibt es emotionale Zeitreisen zu zweit? Bestimmt.

So schwärmten sie von der Musik, die sie gepackt hatte, als sie von Hormonen überflutet wurden. Er outete sogar seine ersten Liebeserlebnisse, die nach außen gar keine waren, sondern sich vorwiegend auf seine Wünsche und Sehnsüchte beschränkten. Kleine Erfolgserlebnisse konnte er ruhig einbauen; er fand es witzig mit seinem ersten Kuss. Elke, aus der Klasse seiner jüngeren Schwester, brachte ein bisschen mehr Erfahrung mit als er und verwickelte ihn gleich in einen Zungenkuss, der ihm voll durch alles ging. Er wollte schier nicht mehr aufhören, sie offenbar auch nicht, aber es war eine Party, die die Jugendlichen selbst organisiert hatten, und so, wie es damals lief, eigneten sich dafür am besten irgendwelche Gemeinderäume, diesmal in einem katholischen Gemeindezentrum. Als es spät wurde, auf zehn Uhr zuging, erschien der Priester, um nach dem Rechten zu schauen. Die Wachposten wurden aktiv, zogen durch den Raum und stupsten die schmusenden Pärchen auseinander. Es musste keusch aussehen.

Susie träumte ihre eignen Jugendjahr herbei. Er entdeckte in ihren Augen die junge Susie und fühlte sich selbst Jahrzehnte zurückversetzt; nicht äußerlich, sondern in seiner Gefühlswelt. Er würde gerne mit ihr auf eine

Party gehen, sweet little sixteen. Freilich, wenn das konkret würde, würden ein paar alte Knacker bei jungen Leuten auftauchen. Ach, selbst das würde nicht gehen. Heute wurde ein anderer Stil gelebt; professioneller, professionalisierter. Schade irgendwie. Den Kids wurde für sein Gefühl zu viel bereits fertig serviert. Klar, das wirkte auf Anhieb viel besser, da stimmte eine ganze Menge, wo sie nur herum dilettiert hatten. Aber steckt in den Wörtchen „dilettieren" nicht auch der Klang von Liebe zur Sache? Der Charme des Unvollkommenen, des selbst Gemachten? War er deswegen so gerne als Heimwerker tätig? Ich bin Teil meiner Arbeit? Er kannte die marxistischen Formulierungen von entfremdeter Arbeit. Was er sich selbst erarbeitete, war nicht entfremdet, sondern Teil seiner selbst.

„Weißt du", unterbrach Susie seine Gedankenflut, „obwohl wir das einmalig und unheimlich gut finden: Wenn ich mit den jungen Leuten spreche, geht es denen ähnlich. Sie reden von vor wenigen Jahren, als hätte dort die Welt des Jungseins erst begonnen, alles wäre alles vorher nichts Richtiges gewesen, als könne die ‚heutige Jugend', wie sie die Kids, die nur zwei, drei Jahre jünger sind, titulieren, gar nicht mehr unverfälscht jung sein. Die erleben in ihrer Gefühlswelt auch nichts anderes als wir."

Adam seufzte: „Jaja, die Hormone."

Susie lächelte weise und zustimmend, als wäre sie gerade zwanzig geworden und hätte die Tiefe des Lebens erkannt. „Wenn du diesen pubertären Aufbruch erst einmal hinter dir hast, kannst du einen Kuss gar nicht mehr so empfinden wie damals!"

Adam protestierte: „Hast du eine Ahnung!" Freilich wollte er nicht so weit gehen, ihr ein praktisches Experiment anzubieten. Zudringlichkeit provoziert Abwehr, und ihm war am Gegenteil gelegen.

Susie lenkte ein: „Dafür sind wir viel reifer, haben unsere eigenen Wege, Tricks und Möglichkeiten des Lebensgenusses."

„Prost!" Adam praktizierte den oralen Lebensgenuss mit Bier, und Susie machte mit.

Auch Rollerfahrer müssen auf den Alkoholspiegel achten. So blieben sie nicht ewig. Er brachte sie wieder nach Hause. Leider wollte sie ihm weder ihre Briefmarkensammlung zeigen noch auf ein Tässchen Kaffee hineinbitten. Aber als sie den Helm in der Case verstaut hatte, warf sie ihm noch ein Kusshändchen zu, ehe sie im Haus verschwand. Vielleicht war es besser so. Ein Flirt im Lehrerzimmer, das geht, aber wenn man sich täglich sieht, muss man sich schon überlegen, wie weit man einfach mal so geht. So ordnete er es ein unter „aufgeschoben ist nicht aufgehoben" und brummte mit seinen Träumen heim. „Hello Susie..." Sie hatte wunderschöne Augen.

9 Die Sterne lügen nicht, sie schweigen

„Schau mal: diese Woche habe ich Glück!"

Bianca schob die Zeitung, die sie zusammengefaltet vor sich hatte, zu ihrer Nachbarin Astrid. Adam sah es mit wachsendem Ärger, den er auch gleich äußerte:

„Das ist wohl die totale Unverschämtheit. Nicht nur, dass Sie während des Unterrichts die Zeitung vor sich liegen haben und offenbar zu lesen versuchen – das Niveau dieses Blattes scheint zu Ihnen zu passen -, Sie stören auch noch Mitschülerinnen. Was war jetzt so wichtig?"

Irgendwie war Bianca mehr erschrocken als beleidigt, vermutlich hatte sie die Beleidigung nicht mal gecheckt. Astrid sprang ein:

„Ach, nichts Schlimmes. Sie hat mir nur ihr Horoskop gezeigt."

Adam rollte verzweifelt mit den Augen: „Vermutlich steht drin: Sie bekommen heute massive Probleme in der Schule!"

„Nein, es geht um Liebe."

Liebe! Wenn sie nicht mal seinen Sarkasmus checkten. Was konnte da bei der Liebe alles herauskommen. Horoskope! Feinbild Nummer eins. BILD-Zeitungs-Horoskope: Feinbild Nummer eins mit Stern. – oh, wie witzig, BILD/Stern - das musste er sich merken, diesen Hintersinn. Aber als spontaner Pädagoge sagte er sich: „Das ist die Gelegenheit; jetzt zockst du sie ab. Jetzt kommt deine Astro-Show..." Schnell drehte er sich zur Tafel, schluckte eine Portion virtuelle Kreide, schrieb ein großes „H" auf die Tafel und wandte sich der Klasse wieder zu:

„Na, wenn Sie sich so für Horoskope interessieren, dann schieben wir mal diese Einheit ein."

„Oh, ja, endlich mal was Interessantes." Solche Gefühlsausbrüche war er von Bianca nicht gewohnt. Aber es konnte ihn nur freuen.

Ein Anfang war schnell gemacht. Natürlich kannte jede ihr Sternzeichen und identifizierte sich damit „ich bin Steinbock" und so weiter. Und ebenso natürlich wurde bei Jungfrau gelacht und es gab entsprechende Witzchen. Dann ließ er sie sich im Kreis aufstellen: Wir bilden einen Tierkreis. „Wie im Kindergarten..." wurde gemurrt, aber sie machten es doch recht gerne; da keinen den Tierkreis wirklich kannte, ging es ziemlich turbulent zu, etliche Fachfrauen ergänzten sich, kamen aber nicht zu einem einheitlichen Ergebnis. O.K., dann auf Anweisung. Er bat – erfolgreich – um Ruhe und ordnete die Gruppen in der richtigen Reihenfolge an. Besonders seine Löwinnen hatten sofort ein Gruppengefühl entwickelt. Sind Löwen eigentlich Herdentiere? Seine Löwinnen waren es zumindest. Dann durfte sich der Tierkreis einmal um die Erde drehen. „Le globe, c'est moi..." Für einen Lehrer ist das doch eigentlich der Höhepunkt: „Ich bin der Mittelpunkt. Alles dreht sich um mich."

Dann ließ er die wirbelnden Damen sich setzen. Sie waren ziemlich aufgedreht, entsprechend zischten sofort die Fragen durch den Raum:

„Ich bin Fisch. Wer passt zu mir?"

„Wie krieg' ich raus, welche Sternbilder zueinander gehören?"

„Genau! Das wüssten Sie gerne!" Adam wählte einen Zwischenton zwischen Ironie und Ernst. Denn im Ernst: Wer wüsste nicht gerne, wie sein Idealpartner auszusehen hat? Und im Unernst: Wer glaubt, dass dies an irgendeinem Sternbild liegt? Auf die zweite Frage gab es konkrete Antworten. Er kannte solche Zeitgenossen, vor allem Zeitgenossinnen, und einige seiner Kolleginnen waren sich zumindest unsicher, denn jede kannte irgend jemand, bei dem das stimmt... „Ich habe Ihnen eine Folie von einer Partnerschaftsanzeigenseite aus der Zeitung mitgebracht."

Er positionierte sie auf dem Overheadprojektor. Den Overheadprojektor liebte er, da projizierten mal nicht die Schüler ihre Feindbilder auf ihn, sondern er projizierte etwas für sie, und er projizierte direkt over head, über die Köpfe hinweg. Genau das, was man sich unter einem richtigen Lehrer vorstellt, wenn man beim Gemüsehändler das Schicksal seiner armen gestressten Schulkinder beklagt: „Dieser Lehrer! Geht nie auf die Kinder ein! Redet immer voll über ihre Köpfe weg! Was sollen die denn dann verstehen!" Eine Rede wie von einem Augen- und Ohrenzeugen, aber es ist doch nur die Erziehungsberechtigte eines hoffnungsvollen Sprösslings, der ihr die Szenerie so darstellt, wie er sie erlebt, oder erleben will, oder ihr weismachen will... Drum kostete Adam das reale Over-Head-Teaching (so viel Englisch muss sein!) aus. Er hatte einige Textstellen markiert:

„Schauen Sie: Steinböcke, Fische, Jungfrauen und Stiere. Hier wimmelt es nur so vor Tieren, die einander suchen. Mich würde interessieren, was bei so einer Kreuzung zwischen Fisch und Steinbock rauskommt...“

„Steinfisch!“ Das war Astrids Stimme.

Er lachte... „Das nennt man wohl Astridologie...“

Astrid schaute erst etwas verdattert, dann grinste sie geschmeichelt. „Genau! Ich bin die Chefin im Ring...“

„Im Tierkreis!“ präzisierte Sara, die gut mit Worten zu spielen verstand. Wunderbar, jetzt hatte er die Klasse auf seiner Seite. Da konnten sie locker an die Thematik heran gehen.

„Also, den Tierkreis haben wir nun. Weiß jemand, wie das Ganze entstanden ist?“

Da wurde zwar getuschelt, aber offenbar ging es um andere Dinge.

„Bevor ich Ihnen das erkläre, machen wir erst etwas Kultur.“

Die Mädchen blickten unsicher: Was meinte er wohl damit?

„Also, achten Sie einmal auf folgendes Gedicht... Schließen Sie dazu die Augen und stellen Sie sich die Szenerie vor. Sie brauchen eine junge Frau – die könnten auch Sie sein, sie brauchen einen Strand am Meer, und sie brauchen einen Dichter – der könnte ich sein.“

Die Schülerinnen schlossen erstaunlich prompt die Augen. Er begann:

> *„Ein Fräulein stand am Meere*
> *und seufzte lang und bang.*
> *Es rührte sie so sehre*
> *Der Sonnenuntergang.*
>
> *Mein Fräulein, sei'n Sie munter,*
> *Es ist ein altes Stück:*
> *Hier vorne geht sie unter*
> *Und kehrt von hinten zurück.“*

Die Schülerinnen schwiegen. Allmählich öffneten sie die Augen:
„Das war's schon?"
„Ja, das war unser Gedicht."
„Ein schönes Gedicht."
„Was soll das denn? Das ist doch blöd."
„Ich hab es überhaupt nicht verstanden."
„Das ist super, fast witzig..."
Die Meinungen gingen deutlich durcheinander. Das interpretierte er als ein gutes Zeichen. Sie reagierten wirklich auf das Gedicht und nicht auf irgendeinen Unterrichtsstoff. Er gab ihnen eine Aufgabe:
„Ich schreibe das an die Tafel und sie schreiben es ab..."
Typisch Lehrer, schrieb er nicht nur das Gedicht hin, sondern auch den Namen des Dichters „Heinrich Heine" und seine Lebensdaten. Er konnte nicht umhin, ein bisschen aus der Biographie dieses seltsamen Menschen zu plaudern. Als die meisten mit der Mitschrift fertig waren, kam der neue Auftrag:
„Nun zeichnen Sie bitte das Gedicht. In Ihrer Zeichnung muss folgendes vorkommen: Das Fräulein, das Meer, die untergehende Sonne, der Dichter und die aufgehende Sonne."
Sie machten sich erfreulich eifrig ans Werk. Als er ein bisschen herumging, war er zutiefst gerührt über die heutige Jugend: Sie legten viel Liebe zur Gestaltung in die Zeichnungen. Die meisten tauschten Buntstifte untereinander aus. Sie kamen auf unterschiedliche Lösungen, was die Position des Dichters betraf, die Sonnen wurden expressiv dargestellt und der Strand gestaltete sich vielfältig, von Palmen über Bergen zu Dünen. Am meisten Sorgfalt verwandten die Auszubildenden auf das Fräulein; interessant, welche Frauenbilder hier zum Vorschein kamen; das Fräulein wirkte modisch, also bewusst gekleidet, aber keineswegs immer in der Mode der Schülerinnen, viele gaben ihr ein Abendkleid, betonten die Figur, zeichneten sehr weiche Formen und gaben ihr klassisch lange, leicht gewellt Haare. Die Vielfalt des Frisörhandwerks zeigte sich überhaupt nicht, sondern das war eine Art Archetyp. Er war gerührt, wie persönlich die jungen Damen sich ausdrückten.
Während sie noch am Gestalten war, setzte er den kognitiven Teil sei-

nes Unterrichts fort.

„Ich freue mich über ihre Kreativität. Wer sich daran erinnert, welches Thema wir haben, kann sich fragen: Was hat dieses Gedicht von Heinrich Heine mit Astrologie zu tun?"

Da die Schülerinnen beschäftigt waren, brachte er seine Ausführungen einfach frontal und war dankbar, dass ihm heute eine Doppelstunde zur Verfügung stand. Sonst hätte er es nie geschafft.

„Also, ich zeichne Ihnen ganz knapp die Szene auch noch einmal an die Tafel: Hier ist das Land, da ist das Meer, da ist das Fräulein, da geht die Sonne auf und da geht sie unter. Dann lasse ich die Sonne noch über den Himmel wandern, und dann stellen wir uns einfach vor: Auf der anderen Seite der Erdscheibe wandert sie wieder zurück."

Derya, in ihr farbenkräftiges Bild vertieft, schreckte hoch und protestierte: „Was reden Sie von der Erdscheibe? Die Erde ist doch keine Scheibe! Die ist doch eine Kugel!"

„Stimmt. Danke! Sie haben gut aufgepasst. Aber wir sind beim Thema Astrologie, und nach der Vorstellung der Astrologen ist die Erde eine Scheibe, um die sich die Himmelskörper drehen."

Sara reagierte kopfschüttelnd und dehnte ihre Worte: „Nee, das meinen Sie nicht wirklich?"

„Doch, so ist es. Es ist gar nicht so dumm. Gehen Sie mal hinaus aufs freie Feld oder, wie wir es gerade gemalt haben, an den Strand und schauen Sie sich den Sonnenuntergang an: Da merken Sie: Erst wandert die Sonne über den Himmel, dann geht sie am Horizont unter, und nachdem wir wissen, dass sie morgen auf der andren Seite wieder aufgeht, können wir uns vorstellen, wie sie nachts unter der Erde durch wandert."

Erstmal konnte ihm keine widersprechen.

Aber Sara blieb am Ball: „Wenn ich mit dem Flugzeug um die Erde fliege, weiß ich: Das ist eine Kugel."

Derya ergänzte phantasiebereit: „Wenn wir einen Ausflug auf den Mond machen, können wir die Erde sehen."

Nicole wurde direkt: „Sie wollen uns verarschen. Das weiß doch jeder, dass die Sonne sich um die Erde dreht."

Sara drehte sich zu ihr um: „Quatsch doch nicht! Die Erde dreht sich um die Sonne."

Melanie mischte sich ein: „Blödsinn: Die Erde dreht sich um sich selbst. Deswegen gibt es doch Tag und Nacht."

Jetzt konnte Adam dem Klassengespräch nicht mehr folgen. Es ging alles durcheinander. Die Äußerungen hatten immer auch ein Stück weit gestimmt. Er beschloss, die Sache darzustellen:

„So, machen wir das Ganze praktisch! Ich brauche drei gute Tänzerinnen."

Die hatte er erfreulich schnell. Wenn es um Aktionen ging, kannte er seine Kandidatinnen. Melanie, Nicole und Sara gehörten dazu. Alle drei hatten sich eifrig am Gespräch beteiligt, und der Rest der Klasse freute sich auf eine Vorstellung. Rasch wurden die Tische auseinander geschoben und eine Tanzfläche entstand. Das Zeichnen mussten die meisten nun leider unterbrechen, aber die Aktion versprach, spaßig zu werden.

Adam lächelte: „Sara, ich mache es mir einfach: Ihr Name beginnt mit S, Sie sind die Sonne."

Sara strahlte: „Vow! Danke!"

„Melanie, das fängt mit M an, also der Mond." Die schien zufrieden, obwohl bisher vom Mond gar nicht die Rede war.

„Tja, Nicole, jetzt wird es schwierig mit den Buchstaben. Zu N würde der Planet Neptun passen." Nicole schaute enttäuscht. „Aber den brauchen wir jetzt nicht. Wir brauchen eine Erde. Sie sind sozusagen Mutter Erde."

„OK." Sie zeigte wenig Begeisterung.

„Sie sind der Mittelpunkt!" ermunterte sie Adam und schlüpfte in die Rolle des Choreographen: „Der Mond muss warten."

Melanie setzte sich aufs Pult. Dann ließ er Nicole in der Mitte Position beziehen und Sara am Rand. Sara ging langsam in einem großen Kreis um Nicole und Adam erklärte:

„Nicole sieht jetzt, weil sie ganz ruhig steht, wie Sara, also die Sonne, kommt und geht, aufgeht und untergeht. So erleben wir Morgen und Abend."

Derya funkte dazwischen: „Aber das ist falsch! Das liegt doch an der Erde, weil sie sich dreht."

Adam übergab ihr vorübergehend die Choreographie. Derya ging auf die beiden zu, stellte Sonne und Erde gegenüber und ließ die Erde sich drehen: „So, und jetzt sieht zwar die Erde die Sonne wie auf- und untergehend, aber wir sehen: Die Sonne bewegt sich nicht um die Erde."

„Spitze!" Adam musst sie loben: „Jetzt stellen Sie die komplette Bewegung her, denn Sie haben vorhin zu Recht gesagt: Die Erde bewegt sich um die Sonne."

Derya bemühte sich nach Kräften, aber die Erde kam schier nicht aus dem Lachen heraus: „Das ist doch total blöd. Das klappt doch nie..." rief sie, während sie sich um sich selbst drehend um die Sonne kreiste.

Die Klasse kreischte vor Vergnügen. Was für ein Sternentanz!

Nur Melanie schaute etwa irritiert. Für sie war ja gar keine Verwendung gewesen. Adam nickte ihr zu: „Der Mond kommt noch..." Er stoppte den Jahreskreislauf: „Wir brauchen jetzt viel mehr Platz, denn der Mond muss noch auf und untergehen..."

Das Wegschieben der Tische sorgte zunächst mehr für Chaos als für Ordnung, aber dann war eine größere Sternentanzfläche geschaffen und es konnte losgehen: Melanie kreist um Nicole, Nicole läuft um Sara. Das bekamen sie nicht hin, vor allem Melanie wankte quer durch die Gegend, sie konnte nicht einfach um Nicole herum, während die sich weiter bewegte. Irgendwann hatte sie den „Dreh" heraus. Jetzt wurde es heftig, als es richtig schön aussah (für Sara, das merkte man, war es ziemlich langweilig. Sie hatte gar nichts zu tun, außer zu strahlen), ordnete Adam an:

„Nicole, wir wissen: die Erde dreht sich um sich selbst. Also, auf!!!"

Nicole jaulte auf und provoziert eine kosmische Katastrophe: Erde, Sonne und Mond prallten aufeinander.

An dieser Stelle musste Adam das Experiment abbrechen; aber immerhin, alle hatten so ungefähr erkennen können, wie die Bewegungen ablaufen. Er dankte den Schülerinnen, vor allem Nicole war aus der Puste gekommen. Dann musste wieder der Zustand wie vor der Erschaffung des Sonnensystem hergestellt werden. Die Schülerinnen waren total aufgedreht und er hatte Schwierigkeiten, die Stunde zu einem geregelten Ende zu bringen. Immerhin wollte er noch eine Auflösung für sein Lernziel formulieren.

„Tja, meine Damen, wem das zu kompliziert ist, wem also die Wirklichkeit zu kompliziert ist, der sollte sich lieber doch an die Astrologie halten. Wenn so ein Horoskop gezeichnet wird, wird es ganz einfach gemacht: Die Erde als Scheibe in der Mitte, drum herum als Kreis der Himmel. Auf diesem Kreis laufen die Sonne und die restlichen Planeten und drum herum kreisen die Sternbilder, wird der Tierkreis eingezeichnet."

„Aber die Sonne ist doch gar kein Planet!" protestierte Sara, die sich offensichtlich persönlich diffamiert fühlte.

„Sie haben ganz Recht. Aber die Astrologen behaupten es bis heute. Das muss ich jeder selbst überlassen, ob sie nur ihren Augen traut, vor denen die Sonne wirklich aufgeht, oder ob sie sich auf besseres Wissen verlässt und weiß, dass diese optische Täuschung darauf zurück zu führen ist, dass sich die Erde um sich selbst dreht. – Damit, meine Damen, noch einen schönen Tag."

Er packte schnell seine Sachen zusammen. Es ging in die nächste Klasse. Er hatte wieder einmal überzogen. So sind begeisterte Lehrer, sie packen mehr in eine Stunde als in 45 Minuten reingehen, und meistens auch mehr, als in ein armes, geplagtes Schülerhirn reingeht. Aber das Echo, das ihn auf seinem Weg aus dem Zimmer begleitete, war eindeutig: „Das hat heute echt Spaß gemacht." Da war er ein bisschen stolz auf sich und hoffte, dass die nächste PISA-Studie besser ausfallen würde.

10 Eva holt ihre Sachen

Eva lachte unlustig: „Suchst du eine Putzfrau oder einen Kleiderständer?"

„Aber Liebling, ich will doch nur dich!"

„Das kenne ich! Funktionalisieren! Ich habe das in meiner Frauengruppe genau besprochen. Du funktionalisierst mich nur, meine Persönlichkeit ist dir völlig schnuppe."

„Deine Frauengruppe?! Was gehen deine Weiber unser privaten Geschichten an?"

„Siehst du, da hast du es: du willst mich nur als Objekt. Sobald dir mal jemand den Spiegel vorhält, wirst du gleich sauer. Das brauche ich nicht mehr! Ich ziehe zu Silvia!"

„Zu dieser Zicke? Dann wundert mich gar nichts mehr. Willst du dir nicht gleich einen Bart wachsen lassen?! Die ist doch gar keine Frau, die ist ein Mann, der es nicht schafft, keine Frau zu sein!"

Plötzlich flog ein UFO durchs Zimmer, genauer: Evas Schuh. Sie hatte ihren zierlichen Stöckelschuh blitzschnell ausgezogen und in seine Richtung geschleudert. Nur unter Aufbringung aller seiner Geistesgegenwart konnte er sich hinter dem Sessel in Sicherheit bringen. Das gelang dem Renoir an der Wand nicht. Glas splitterte und die Frau mit Hut ward durchbohrt, ein hässliches Loch im Kopf. Wenn Bilder sterben könnten! Kurz durchzuckte Adam der Gedanke an den Wert des Bildes, immerhin eine Originalradierung – dafür darf man schon ein paar Tausender hinlegen. Aber mit einem Loch im Kopf einer schönen Frau? Seine schöne Frau war jetzt eher eine hässliche Fratze; alles Liebenswerte schien abgefallen. Wenn Frauen hassen, werden sie hässlich! Nicht nur mit ihren Worten.

„Eva, lass es uns doch noch mal versuchen! Ich verspreche dir: ich werde mich ändern. Du bist doch alles für mich auf dieser Welt!"

Ein hohles Lachen wie von einem Gespenst in einem alten schottischen Schloss gellte durch den winzigen Raum; eine Stimme, zwei Oktaven höher als sonst keifte: „Hu! Ich werde mich ändern! Huhu!" und in normaler Tonlage, aber nichtsdestotrotz angriffslustig: „Das lernt der Sozialpädagoge doch schon im ersten Semester: Alkis sind schnell dabei mit Versprechungen. Und die Co-Abhängigen lassen sich in ihrer unbegrenzten Blödheit darauf ein." Sie stampfte mit dem Fuß auf: „Ich bin aber nicht unbegrenzt blöd! Du hattest genug Chancen!"

Adam fühlte sich wehrlos Rumpelstilzchen gegenüber: „Ich bin kein Alk! OK, ich trinke ab und zu etwas, aber ich kann jederzeit aufhören!"

„Pa!" Evas Stimme triefte vor Verachtung: „Das sagen sie alle, die an der Flasche hängen. Ich habe gelernt: Typen wie du müssen erst in der Gosse liegen, bevor sie sich ändern, wenn überhaupt! Ja, ich tue dir sogar noch einen Gefallen, wenn ich gehe. Denn das ist deine letzte Chance."

„Das haben dir deine Weiber eingeredet!"

Adam hatte sich nicht mehr im Griff: Selbst wenn es stimmen würde, gäbe sie es nie zu, sondern sie würde nur noch heftiger. Ihre Frauen waren ihr heilig. War das der Grund für die Krise ihrer Beziehung?

„Du bist ein Chauvi und ein Arsch! Wenn ich mir überlege, wieviel Zeit meines Lebens ich mit dir vergeudet habe!"

In ihrer Wut fuchtelte sie durch die Luft und fegte eine Vase vom Regal, Blume und Wasser. Die Blume lag nun armselig am Boden, das Wasser ergoss sich auch auf die unteren Bretter. „Scheiße!" – „Da bist nur du dran schuld!"

Er? Was hatte er mit Evas Armbewegung zu tun? Das war doch nur die Folge der Frauenbewegung! Er war immer für Gleichberechtigung gewesen, eigentlich hatte er nie besonders drüber nachdenken müssen, weil sie für ihn selbstverständlich war; aber die besonders bewegten Frauen machten ihn immer wieder aggressiv. Die agierten so männlich. Damit meinte er nicht, dass sie Bärte trugen, sondern sich grade so verhielten, wie sie es den Chauvinisten und Machos vorhielten. Feministischer Chauvinismus ist auch nicht besser als pseudomännliche Verblödung... Er riss sich zusammen: Eigentlich war seine Eva gar nicht so. Die war ganz okay. Sonst hätten sie nie solange zusammen leben können. Er hatte sogar ihre Mutter und – o Graus – ihren Vater ertragen, und der hatte wirklich chauvinistische Ansichten, die er angesichts seiner kämpferischen Tochter nur mühsam im Griff behielt.

„Hier! Was ist das?!"

Triumphierend hielt sie einen Zettel hoch, den sie gerade unter dem Tisch entdeckt hatte:

„Eine Telefonnummer! – Und? Darauf ich raten, was das ist? – Die Drogenberatung? Nein! Der Herr schaut sich bereits nach besserem um. Klein-Eva ist out, er macht sich an die nächste ran. Na, wie sieht sie denn aus, die Süße? Jung und Knackig, nicht mit solchen kleinen Fältchen hier an den Augen?!"

Sie deutete aggressiv an ihre Schläfen.

„Aber Eva!"

„Aber Eva!" Sie äffte ihn verächtlich nach: „Glaubst du, Evchen ist blöd? Kaum bin ich weg, hopst du von einem Bett ins andere. Ich kenn' das doch!"

„Das stimmt überhaupt nicht!" Adam verteidigte sich fassungslos und vergaß dabei sämtliche Frauen, die ihn in den letzten 48 Stunden bewegt haben könnten. Er vergaß sie wirklich. Es war fast ein kompletter Gedächtnisverlust. „Ich interessiere mich für überhaupt keine Frau außer dir. Das ist nur die Kollegin von einer Nummer, die ich noch wegen einer Note anrufen muss."

„Ha!" Eva warf ihre Haare zurück: „Die Kollegin von einer Nummer! Na, welche Nummer habt ihr denn gemacht, ihr beiden Süßen?!" Ihre Stimme triefe vor Zynismus.

Adam fand das billig. Er konnte manches verstehen, aber das war einfach unter seinem Niveau, und, wie er fand, auch unter ihrem Niveau. Mit einer Frau, die so redete, würde er sich doch nicht im Ernst einlassen. Nicht auf dieser Ebene! Davon hatte er genug in der Schule; und er versuchte gerade verzweifelt, die Schülerinnen niveaumäßig zu heben...

„Du bist billig! Du nimmst doch jedes Argument, dass dir durch den Kopf schießt. Du hättest Seifenopern schreiben sollen. Da bist du echt begabt! Das hast du voll drauf. Nur mit der Wirklichkeit hat es null, null und nix zu tun."

Eva blickte auf ihn hinunter, als wäre er zwei Stockwerke tiefer: „Was bist du doch für ein Schwein! Alle Männer sind Schweine, aber von dir hätte ich es nicht gedacht. Kaum bin ich aus dem Haus... Wahrscheinlich putzt sie sich nicht mal die Zähne! Zahnbürste hat sie zumindest keine. Kollegin! Ha! Wahrscheinlich so eine kleine Referendarin, die du rumgekriegt hast. Hast wohl den erfahrenen Lehrer rausgekehrt! Natürlich, eine jüngere! Aber die merk es auch noch... Wenn ich sie sehe, kratze..." Sie vollendete ihre Drohung nicht.

Adam war total daneben: „Ej, sag mal, was willst du eigentlich: Erst haust du ab, und dann tust du so, als hätte ich damit angefangen! Ich behaupte doch auch nicht, dass du mit dem ersten besten durchgebrannt bist. Da fällt mir auch gar keiner ein."

Eva lief rot an: „So, ich krieg' wohl keinen mehr ab, und du kriegst jede ins Bett! Meine besten Jahre habe ich mit dir vergeudet, und jetzt, wo ich alt und faltig bin, schaut sich kein Mann mehr nach mir um, und du hüpfst mit jeder ins Bett, die du kriegen kannst! Aber ich sage dir, ich kann das auch! Du wirst schon sehen!!!"

Deeskalieren! Das nahm er mit seinen Schülerinnen durch. Deeskalieren! Er hatte ganz Programme mit ihnen entwickelt. Er konnte komplette

Weltkriege verhindern, die atomare Katastrophe abwenden. Doch hier, im Partnerkonflikt?

„Aber glaube mir doch..." Er wollte Vertrauen schaffen, suchte verzweifelt nach irgend einer Vorgabe, die er machen könnte, hätte sogar einen Rosenstrauß aus dem Ärmel gezaubert, wenn er es gekonnt hätte, war bereit zu jeder Art von Kompliment, traute sich aber nicht, weil sie es sofort als Ironie oder Sarkasmus verworfen, zurückgeschaudert hätte.

„Mit den Männern bin ich fertig! Da bist du dran schuld!" schrie Eva mit geballten Fäusten und stiefelte aus dem Zimmer. Die Tür knallte und sie war verschwunden.

Deja-vu? Nein, er hatte es schon einmal erlebt, es war lediglich eine Wiederholung. Es klang so, als würde es kein drittes Mal geben. Was war nur schief gelaufen? Sie hatte fast völlig die Positionen verdreht. Er hatte keine Chance mehr: egal, wo er versuchen würde, etwas zu ändern: sie hatte immer auch schon die Gegenseite parat.

Ermattet sank er auf den Sessel. Es dauerte geraume Zeit. Dann merkte er, wie trocken sein Hals war; so ist es in einer Trauerphase. Müde schlich er zum Kühlschrank, holte sich eine Flasche Helles, verzichtete auf ein Glas (trotz seiner wunderschönen stimmungsvollen Auswahl), entkronte den Hals und goss den Hopfenblütentee in sich hinein. Ah, die Kühle tat gut... Sie brachte zwar nicht Eva zurück, aber die Lebensgeister. Die brauchte er jetzt, und zwar nicht für heillose Aktionen, sondern einfach nur zum Entspannen. Er ließ sich aufs Sofa fallen, nahm die Fernbedienung, ließ den Fernseher angehen und suchte in den endlosen Programmen, die sich ihm boten, nach irgendeiner billigen Krimiserie. Entspannen. Mit Mord und Totschlag. Magnum würde das Auto zu Schrott fahren, das wusste er, aber er, Adam, wollte diese Frau zurück.

11 Im Klosterkeller

Das Gewölbe hallte von Gesängen. Zugegeben, das ist kein Problem. Ein Gewölbe liebt es, zu hallen. Schon wenn zwei Brüder lallen, lassen die Kellerhallen das Lallen hallen... Diese geniale Sprachspiele deuten Adams Zustand an. Sein Zustand hatte mit Lallen zu tun. Zugegeben: ökologisches Lallen. Er war ein studierter Mann, gewohnt, gründlich zu studieren, umwelt- und gesundheitsbewusst auch ökologische Produkte. Das bezog er diesmal lokalgerecht auf ökologisch angebautes und gebrautes Bier. Ein frommer Stoff für die gesündeste aller Leberzirrhosen. Viele Sorten, leckere Sorten hatte er gründlich genossen – oder sagt man außerhalb sozialistischer Kreise: gebrüdert? Oder neutral: Gebechert bzw. geglast oder gekrügt...

Adam war im Kloster gelandet. Nicht als Mönch, nicht als Asket, rein freiwillig, um mal wirklich abschalten zu können. Dass er dabei mit Speis und Trank hervorragend versorgt wurde, gab dem ganzen einen guten Kick. Er schaute sich um. Das Weißbier, auf das er noch nicht zugegriffen hatte, stand gästemäßig in Kisten herum. Labertaler, las er. Das gefiel seiner germanistischen Vergnügungsader. Laber-Taler, ein lokaler Vorgänger des Euro? Laber-Euro? Nein, das war kein guter Gag. Allerdings wäre Labertaler (dabei handelte es sich, wie er wusste, letztlich um das Nachbartal und das dortige fließende Gewässer, von seinen Anwohnern großspurig als Fluss bezeichnet).

Also, Labertaler passte hervorragend zu seinem Klosterbruder auf Zeit. Er konnte hervorragend labern und sein Niveau war stets auf Talfahrt. So hatte er ihm mehrfach vorgeschwärmt, wie er Klöster bereiste, bewertete, wechselte... und immer wieder war er Gleichgesinnten erneut begegnet. Fast schon eine Bruderschaft, die klösterte. Adam hatte rasch einen Fachbegriff geprägt: Kloster-Hopping. Ja, wie ein Osterhase als Klosterhase von Kloster zu Kloster hopsen... und dieser Klosterhopper verstrickte ihn nachhaltig in wenig meditative, dafür um so idiotischere Gespräche, die schon genial begannen:

„Also, Adam heißt du...“

„Ja“.

„Hähä, wie der erste Mensch...“

(„Und du benimmst dich wie der letzte...“ dachte Adam, sagte aber:) „Ja.“

„Adam also! Sag mal, Adam, glaubst du an die Evolution?“ Wenn die Leute ihn auf seinen Vornamen ansprachen, klang es, als hätte die biblische Menschheitsgeschichte mit einem Idioten begonnen.

Dem konnte er nur mit Ironie begegnen: „Ich glaube an die Eva-lution.

Das ist meine Solution, meine Lösung: Eva, so heißt mein Lösungswort."

Der Hopper blickte ihn an wie ein Kaninchen, das entdeckt hat, dass es seit Stunden versucht, Kunstrasen als Hauptmahlzeit zu zerknabbern. „Alles Betrug!"

„Eva-lution..." Adam hob seinen Krug und blickte versonnen in die Tiefen des braunen Saftes; der war ja vielleicht nicht nur ökologisch, sondern sogar kosmisch gebraut, eventuell nach dem Mondkalender. Doch der Nachbar spuckte seinen virtuellen künstlichen Rasen geistig aus und machte sich wieder ran ans Thema:

„Also, in Amerika soll es Leute geben..."

„Amerika ist groß..."

„Also, in den USA, wahrscheinlich gehört sogar die Elite dazu, gibt es Leute, die an den Schulen durchgesetzt haben, dass dort im Unterricht wieder die Menschheit mit Adam und Eva beginnt."

Adam seufzte genervt: „Ja, ich weiß. Wenn ich mal knapp bei Kasse bin, schnapp ich mir Eva und wir fliegen hinüber. Dann sollen die mal die ersten Menschen sehen."

Sein Nachbar blickte ideologiekritisch: „Du hältst die Amis wohl für die letzten..."

Adam konnte sich nicht zurückhalten: „Bist du Ami?"

Doch der Hopper verstand den Sarkasmus nicht: „Nein, aber ich war schon mal drüben."

Da wärest du fast Präsident geworden, was? dachte Adam und machte sich sekundenschnell klar, dass es jenseits den großen Teiches schon dümmere Präsidenten gegeben hatte als seinen nicht gerade intellektuellen Nachbarn, der immerhin alle sechs Kontinente beim Namen nennen konnte; oder waren es nur fünf, oder gar sieben?

Aber der Geistesriese fand nicht nur zu seinem Krug, aus dem er einen tiefen Schluck nahm, sondern auch zu seinem Thema: „Die nennt man Kreativisten!"

Super, wenn man sich über die Kreationisten erhebt, sie aber nicht mal richtig benennen kann. Adam war das gewohnt: Berufsalltag. Er wollte jetzt nicht nachdenken, von wem alles; er war ja schließlich zur Erholung, Entspannung und zum Auftanken da. Das heißt, er tankte zwar wertvolles

Bier, aber die geistige Nahrung seines Nachbars ließ darauf schließen, dass dieser bald Probleme mit seinen geistigen Zündkerzen bekommen würde, knatternd vor Fehlzündungen.

Doch Meister Labertaler ließ sich nicht beirren. Er knallte den Krug auf den gehobelten Tisch und hob seinen Finger oberstlehrerhaft:

„Stell dir vor, da sind die Amis zum Mond geflogen und jetzt wollen sie an den Schulen erzählen, dass alles so ist, wie es in der Bibel steht. Die Erde eine Scheibe!"

Adam ergriff die Chance: Wenn er jetzt das Thema ins Lächerliche ziehen würde, wäre er aus dem Schneider und so versuchte er sich mit einer Witzelei: „Na, dann stell dir das doch mal plastisch vor." Er holte aus seiner Hemdtasche einen Kugelschreiber: „Das ist eine Rakete und unser toller Tisch hier, das ist sozusagen die Erdscheibe, heute mal rechteckig." Er hatte einen äußerst aufmerksamen Zuschauer und positionierte seinen Kuli exakter: „Das ist..."

Labertalers Gesicht leuchtete auf: „Das ist Kap Karneval!"

Adam gönnte ihm ein anerkennendes Lachen angesichts dieses innovativen Wortspieles. „Genau. Hier startet unsere US-Amerikanische Rakete. Alle TV-Stationen sind zugeschaltet, denn nun beginnt der Weltlauf zum Mars. Für uns ist das mal die Lampe dort drüben."

„Vow: Mars, das ideale Ziel der Amis. Der Kriegsgott. Der ist für die doch das Tollste. Wie eine Rothaut, der ideale Gegner für die Cowboys. Hähä!" Labertaler hielt sich wohl für Deutschlands führenden Kabarettisten.

„Ja, aber jetzt geht es um mehr. Bekanntlich haben die US-Amerikaner als erste und bisher einzige Nation wirklich Atombomben eingesetzt. Und als erste und einzige Nation den Krieg ins Weltall getragen."

Labertaler blickte irritiert. „Wie meinst du das?"

„Na, erinnerst du dich nicht? 2005 bombardierten sie einen Himmelskörper, und zwar gezielt zu ihrem Unabhängigkeitstag. Sie übertrugen es per TV in die Wohnzimmer. Dazu brauchte der Präsident nicht einmal Kriegsabsichten oder schreckliche Waffen dort zu postulieren. Einwohner hatte der Himmelskörper ohnedies nicht. Rache war nicht zu befürchten. Aber die USA waren wieder mal die ersten. Nach dem Motto: Wir kommen in friedlicher Absicht. Peng! Denn immerhin gehörte die Bombardierung zur friedlichen Nutzung der Raumfahrt."

Labertaler zeigte sich beeindruckt: „Super, das merke ich mir!"

Das war nicht gerade Adams Interesse; gute Argumente gab er lieber Menschen weiter, die selbst gute Argumente fanden. Und eigentlich wollte er doch mit Ironie aus dem Ideologiegeschwätz rauskommen. „OK, pass' auf: die fundamentalistisch erzogenen Raumtechniker lassen nun die Rakete starten. Und was passiert? Sie erhebt sich majestätisch über die Erdscheibe und... prallt volle Kanne auf das Firmament. Denn früher lief das ja so: Die Himmelskörper waren alle an der Himmelsdecke befestigt. Und der Himmel lässt selbst NASA-Raketen abprallen."

Labertaler war beeindruckt. „Super. Also: entweder, wir stammen vom Affen ab und fliegen zum Mond, oder wir sind aus Lehm gemacht und prallen am Himmel ab..."

Adam grinste; wie jeder Geschichtenerzähler genoss er den Erfolg. „Pass' mal auf, das hat noch eine Fortsetzung..."

Labertalers Augen waren auf querliegende Halbmonde geschrumpft, er schien nicht mehr ganz so fit zu sein; gutmütig und breit lächelnd hob er den Humpen und stieß ihn in Adams Richtung: „Prost! Auf Himmel und Erde..." Das Prost wurde erwidert und der Erzähler fuhr fort.

„Du weißt doch: über ein halbes Jahrhundert ist es her, da saß die Menschheit vor Bildschirmen, die eher auf Bildstörung deuteten und fantasierten in die hell und dunkel changierenden Schwarzweißbilder den ersten Schritt eines Menschen auf den Mond."

„Ja! Wie Louis Armstrong sagte: Ein bisschen Shit für einen Menschen, großer Shit für die Menschheit..." Labertaler lachte. Das fand er genial.

Adams Lächeln war eher müde. Aber er wollte einen Gedanken weiter: „Shit me with your rhythmstick. Jahrzehnte später entwickelte Deutschland eine Sensation. Den gelben Sack."

Labertaler kratzte sich am Kopf und schaute verstört. Da konnte er nun wirklich keinen Zusammenhang mehr erkennen.

Adam ließ seine beiden Hände ineinander greifen: „Schau mal, hier bietet sich ein tolles Joint-Venture zwischen den USA und Deutschland an. Mondflug und Menschheit und gelber Sack: Wir packen die ganze

Menschheit in den gelben Sack und schießen sie auf den Mond, zur Endlagerung. Damit ist unser blauer Planet gerettet."

Labertaler, vermutlich selbst fast schon ein blauer Planet, folgte mühsam dieser Gedankenwindung. Darüber musste er noch nachdenken, denn sein Kopf sank auf seine Hände.

Adam war fasziniert, wie verlässlich die Schwerkraft wirkte, denn bald knickten die Arme ab und Labertalers Schädel sank Richtung Tischplatte – oder Erdscheibe? Adams Raketengeschichte fungierte offenbar als Gute-Nacht-Geschichte und der Lehrer mutierte zum Sandmännchen. Darauf legte er im Unterricht keinen Wert, aber hier wusste er das Ergebnis zu schätzen...

Als Labertalers Atem ruhig und gleichmäßig ging, konnte Adam wieder die Atmosphäre genießen. KlOsterferien sind etwas Tolles. Er liebte diese alten Gewölbe, die Bogendecken, die unverputzten Steine, den Charme der Jahrhunderte, auch wenn keine Kerzen die Wände verrauchten, sondern schummrige Lampen an die Decke montiert waren. Trotzdem konnte er sich die Mönche vergangener Jahrhunderte vorstellen, wie sie mit ihren Kapuzenmänteln hier saßen, sich über die Geheimnisse von Himmel und Erde unterhielten und ihr selbstgebrautes Bier tranken.

Bier brauen, selber machen, das war mal ein Traum von ihm gewesen. Da gibt es in der Literatur eine richtig tolle Hobbyecke. Er hatte schon ausgekochte alte Stoffwindeln bevorratet, die als Filter dienen sollten. Aber dann fehlte ihm immer wieder Zeit und Muße. Denn das Bier kann einen um Genauigkeit bringen, aber wenn man sich beim Brauen nicht an genaue Vorgaben hält, gelingt das ganze Werk nicht. Wie immer man über das Ergebnis des Brauens denkt und den Alkoholmissbrauch im Allgemeinen, das Brauen selbst ist eine Kunst, etwas für Könner.

Jetzt stellte sich die Gewissensfrage: Da er genug hatte und schlafen gehen wollte: sollte er den Saufkumpanen – Verzeihung, Klosterbraubruder – wecken oder schlafen lassen? Er seufzte tief und stieß Labertaler an: „Aufwachen. Es ist Zeit zum Schlafengehen!"

12 Eine kleine Pfeife ...

„Sieben Wochen ohne"... allmählich reichte es. Zurück aus dem Kloster hatte er eine Fastenphase begonnen. Er fand es nach wie vor gut, er stand dazu, er hätte ja jederzeit aufhören können, niemand zwang ihn dazu, die meisten wussten es ohnedies nicht. Dieses typisch evangelische: einfach konsequent sein. Eben sieben Wochen auf etwas verzichten, selbst gewählt. Fastenzeit auf protestantisch. Das war schon richtig. Aber mal wieder ein Gläschen Rotwein, oder aber ein schnuckeliges Pfeifchen. Sehnsüchtig blickte er hinüber zum Pfeifenständer: zierlich gedrechseltes Holz und alle Facetten von Pfeifen, schlicht braun, grob geschnitzt. Die Seemannspfeife aus Keramik zündete er sich an, wenn er von der Ferne träumte... und die kleine dunkle von seinem Onkel Fritz, geerbt nach dessen Tod. Auch eine Art von Weiterleben nach dem Tod: in der Hand des Neffen, und immer wieder: Asche zur Asche...

Adam grinste. Das hätte Onkel Fritz gefallen, das lockere Reden über den Tod; der sah sich als Bohemien. Etwas verspätet, keineswegs mehr in den Zwanzigern des zwanzigsten Jahrhunderts. Ein hessischer Bohemien. Dabei wollte Onkel Fritz nie Böhme sein. Irgendwie bekam er vieles nicht auf die Reihe, denn es ging ihm nie um das Wesentliche, sondern immer um den Schein, den Anschein. Durch Wahrung des Scheins hatte er es aber anscheinend zu etwas gebracht. Immerhin: Direktor eines angesehenen Gymnasiums. Da macht sich so eine Bohemien-Attitüde bestens. Wenn dann kleine Wölkchen am Himmel schwebten, phantasierte Adam manchmal, Onkel Fritz schmauchte jetzt sein Pfeifchen auf einer Himmelswolke, umlagert von begeisterten Engelchen, die seinem Anglerlatein lauschten, umwölkt von Rauchwölkchen.

Jaja, der Onkel Fritz. Jetzt war Fasten. Das hätte der nie auf die Reihe gekriegt, so fromm und lustfeindlich. Aber wer weiß... Man kann sich täuschen in den Menschen. Selbstdisziplin hatte jener Bohemien durchaus drauf gehabt. Geheimnis des Erfolgs: du musst dich im Griff haben, hatte er oft getönt, gern nach ein paar Glas süßlichen hessischen Weines. Wenn er blau gewesen war, dann mit Stil. Der Onkel Fritz. Natürlich belächelt vom Rest der weit verzweigten Verwandtschaft. Die konnten ihn belächeln, aber zugleich hatte er es von allen am weitesten gebracht. Erfolglosigkeit sonnt sich gerne im Bewusstsein, irgendwie doch besser zu sein als die Günstlinge des Schicksals.

Adam kannte es von seinen Schülerinnen, schicke Auszubildende im Frisörhandwerk. Kaum hatten sie einen Salon betreten, war klar: Ohne sie läuft der Laden überhaupt nicht. Die Chefin könnte gleich zumachen, wenn sie nicht wären. Adam merkte selbst hier in der Abgeschiedenheit des Klosters, wie ihn allein der Gedanke daran schon wieder nervte. Der alte Adam in ihm, immer dasselbe. Es bringt doch nichts, sich über Dummheit aufzuregen. Für einen Lehrer ist es doppelt ungesund. Der muss sich jedes Jahr erneut denselben unernsten arroganten Fragen von neuen und ach so schlauen Schülerinnen stellen lassen. Mühsam durchbrach er seinen Kreis.

Das hatte er in seiner Studentenzeit im beschaulichen Tübingen als Theorie gelernt, von Ernst Bloch, oder doch von Jürgen Moltmann... ach ja, die Studentenzeit, gelernt hatte er: Es gibt Teufelskreise, die sich ewig drehen. Hoffnung aber heißt: der Teufelskreis wird durchbrochen. Das musst du erkennen, das musst du praktizieren, und das ist der effektivste Exorzismus, den es gibt, gegen ganz konkrete Teufelchen, die dich und dein Denken und Fühlen beherrschen. Exorzismus fängt bei dir an (und sollte auch bei dir aufhören, sonst wird die Befreiung von der Besessenheit zur neuen Besessenheit...). Also, Schluss mit dem Sinnieren, es gibt so vieles, was angepackt werden muss, mit oder ohne Fasten.

Er wusste, was wieder anstand: Heimwerkerarbeit. Also, rauf auf den Dachboden. Das war sein Projekt: Eine Mann braucht eine Aufgabe. Also: Dachboden ausbauen. Und in dieser Krisensituation musste Eva abhauen. Am besten geht es doch zu zweit. Manches lässt sich allein gar nicht machen. Sollte er Kevin anrufen, oder... also, erstmal Ortstermin. Rauf auf den Speicher. Herrlich, hier roch es nach Professionalität: Hammer, Schraubendreher, Schrauben aller Größen, Stichsäge, Handkreissäge, Ratatata-Bohrer...

So ein Bohrer macht einen Mann erst zum Mann. Am liebsten hätte er das Gerät gleich angeworfen, aber man muss auch wissen, wo und warum man bohrt... Die Werbung präsentiert die bohrenden Heimwerker wie GIs. Ach ja, die Wasserwaage. Darum ging es jetzt. Er legte eine Latte längs auf den Boden und die Wasserwaage drauf: Ist alles im Lot? Muss ich irgendwo ausgleichen? Das lenkte ihn wieder ab. Ausgleichen wär' sein täglich Brot, sein täglich Schmutz und Staub im Gewühl widerstrebender Interessen. „Weshalb musste es denn dieser alte Kasten sein?" musste er sich fragen lassen, wenn Freunde ihn in seinem neuerworbenen Altbau besuchten, und fragte es sich selbst immer wieder. Aber er hatte gute Gründe. Erstens die Moneten: alter Kasten oder gar kein Kasten. Außerdem: Wenn du an deinem eigenen Kasten war falsch machst, stört es keinen außer dir, und wenn es ein alter Kasten ist, tut es nicht so weh wie bei einem neuen (wobei er sich selbst den Hinweis verbot, dass bei einem neuen Kasten vieles ohnedies in Ordnung wäre).

Für einen Lehrer gibt es ohnedies nichts Besseres als Heimwerkertätigkeit: Da siehst du, was du gemacht hast, und siehst es auch noch am nächsten Tag. Anders als bei deiner Berufsarbeit, wo du dich noch nach Jahren fragen kannst: „Warum mache ich das überhaupt?" bis hin zum frustrierenden: „Na, und?! Was hat's gebracht? Hast du die Menschheit besser gemacht? Oder wenigstens ein bisschen klüger?"

Hätte er nur etwas Ordentliches gelernt, hatte er aber nicht, also war er Lehrer geworden. Eine durchgehende Schullaufbahn seit dem siebten Lebensjahr (ja, Lehrer sind klug, die wissen, dass mit sechs das siebte Jahr beginnt...). Also, außer Zivildienst nur Schule. Die absolute Kompetenz. Und? Was ist ein Homophon? Lehrer und leerer, das ist ein Homophon. Krankenkassen und Psychotherapeuten wissen ein Lied davon zu singen: Burn-out-Shuffle heißt es. Wenn Lehrer leerer werden... dann werden die Kliniken voller.

Also, ran an die Sachen. Eigentherapie durch Heimwerkerarbeit. Die Zuzahlung wird durch die Großkundenkarte ausgeglichen. Soviel zur Gesundheitsreform. Nun zur Dachbodenreform: Der Boden war nicht waagerecht. Adam brauchte Füllmaterial, Trittschalldämmung und Verlegeplatten. Klang fast schon professionell. Und er brauchte einen Kumpel, zum Stützen, Halten und Unterhalten. Ah! Da fiel ihm etwas ein.

Er kramte in der Innentasche seiner Weste und fand nicht nur sein Handy, sondern auch den Notizzettel, der einen Archäologen beglückt hätte. Alte, mittlere und jüngere Geschichte fand sich darauf, handschriftlich von Adam notiert und darunter auch eine Telefonnummer, die er im Spätsommer nachts hingekritzelt hatte. „Sandra". Er tippte fast schon liebevoll die Ziffern ein. Er spürte, dass es ihm hochwillkommen war, dass dieser potentielle Kumpel weiblichen Geschlechts war. Fragte sich nur, ob sein Anruf ebenso willkommen ja. Nun, in ein paar Sekunden würde er es wissen, und wenn sie ja sagte, würde er es übermorgen auch auf dem Dachboden merken.

Es läutete viermal, dann hob jemand ab. Eine Frauenstimme meldete sich.

13 Heimwerkeln

Im Biergarten hatten sie sich damals getroffen, an einem der späteren lauen Abende. Der Herbst schlich in die Blätter, die bunten Glühbirnen übermittelten ein heimeliges Licht, von der Bühne klang Live-Musik, die sehr live war. Adam und Sandra saßen zufällig so nahe beieinander, dass sie ihre Erfahrungen im Heimwerken austauschen konnten und auch die Telefonnummern. Aktuell stand nichts an, aber man konnte nie wissen. Jetzt war für Adam der Zeitpunkt gekommen, diese Nummer zu reaktivieren. Manche Sachen kannst du nicht alleine machen, da braucht man vier Hände... und einen Kumpel, der einen ermutigt oder auf Ideen bringt.

Sandras Stimme am Telefon klang irritiert, sie konnte ihn nicht zuordnen, dann fragte sie überrascht: „Adam? Adam?? Ach, Adam! Schön, dich zu hören. Etwas kühl für den Biergarten?" Sie lachte.

Er war erleichtert. „Ich hab da ein Problem."

„Und du glaubst, ich kann dir helfen?" Ihre Stimme klang unsicher.

„Ja, ich stehe gerade auf meinem Dachboden, hab die Kreissäge in der Hand und merke: ich pack es nicht allein. Du bist doch handwerklich erfahren."

Das war sie offensichtlich, und sie schien zu den wenigen Menschen zu gehören, denen Arbeit Spaß macht; sogar Arbeit mit ihm.

„Klar komm ich. Was soll ich mitbringen? Hast du schon alles?"

Er war sich sicher, alles zu haben. So ging es nur noch um Minuten. Dann klingelte es an der Tür (selbst angebracht, diese Klingel. Das ist Heimwerkerstolz: zu wissen wie man es macht und wie preisgünstig man selbst für sich arbeitet, und wie man eventuell Probleme korrigiert. Heimerwerkerwissen macht mächtig!).

Strahlend stand sie vor der Tür. Arbeitsmäßig gekleidet, aber – er hätte es keinem verraten, aber vor sich selbst konnte er es nicht verheimlichen: Ihre Latzhose, die sie über dem karierten Hemd trug verlieh ihr Sex-Appeal. Hatte sie diesen Appeal absichtlich? Oder trug sie ihn immer bei sich. Ein wichtiger Unterschied: Entweder sie will was von dir, oder sie wirkt immer so und ist angeödet, wenn du reagierst... Immerhin: Sie wirkte unaufdringlich, ganz heftig konnte es nicht sein. Er dachte an seine Schülerinnen; manchmal hatte er gedacht, einige kleideten sich nuttig. Aber so etwas darf man ja nicht sagen.

Ein älterer und erfahrener Kollege hatte es mal gesagt – und war dann vom Schulleiter zusammengestaucht worden. Adam dachte: der Typ hat Recht. Naja, vielleicht war der Schulleiter scharf wie Lumpi, aber weil er es nicht zugeben durfte, musste er der viktorianische Sittenwächter sein. Gerade an seinen Schülerinnen war zu lernen: Man soll sie bewundern, aber wer sie anmachen darf, wollen sie selbst festlegen. Da haben sie Recht. Das Problem ist lediglich: Wenn sie an Instinkte appellieren, dürften sie sich nicht wundern, wenn Männern instinktiv reagieren. Adam thematisiert das Problem bei jedem Jahrgang, denn Beziehungen war eines der Lieblingsthemen der Altersgruppe, und da geht auch immer darum: Wie wirkte ich, wie will ich wirken, wie bin ich erfolgreich, wie schütze ich mich vor unangenehmen Folgen?

Bei diesem Thema zeigte sich der Altersunterschied. Er musste sich gezielt an seine eigene Jugend erinnern, seine eigene Unerfahrenheit, seinen eigenen Stolz über neue Erfahrungen und neues Wissen... und er wusste, dass er von seinen Schülerinnen nichts wollte. Er brauchte mehr als nur Appeal, er brauchte Herausforderung, eine, die sich auch für ihn interessiert. Sandra... die könnte so jemand sein.

„Rauf aufs Dach!" rief er lachend.

Sie stiegen hoch. Oben war es angenehm warm, die Wärme hatte sich unter dem Dach gesammelt. Kurz zeigte er ihr die vier Himmelsrichtungen, damit sie die Arbeitsaufgabe orten konnte, öffnete er zwei Flaschen Bier, warf ihr eine zu und hob seine: „LeChaim..." Das jiddische Prost: Zum Leben.

Sandra schaute verdutzt und konterte nordeuropäisch „Skol!". Dann setzte sie ihre Flasche ebenfalls an den Lippen an.

„Wie gerne wäre ich diese Flasche!" dachte Adam und nahm einen tiefen Schluck, denn die Luft war staubig.

Jetzt ging's zur Sache. Sie arbeiteten Hand in Hand. Toll, wie es sofort funkte, die Heimwerkerchemie stimmte auf Anhieb. Sie kamen hervorragend weiter und merkten fast nicht, dass es dämmrig wurde. Irgendwann konnte Adam etwas nicht mehr genau erkennen und rief:

„Pah, so spät schon! Jungs, Zeit für den Feierabend."

Die Jungs bestanden aus Sandra. Die nickte.

„Du hast sicher Hunger", unterstellte er: „Wir machen uns kurz frisch und dann serviere ich dir einige herzhafte Happen."

Sie strahlte.

Er ging zuerst ins Bad, ganz Gentleman, weil er in die Küche musste.

Sie hatte mehr Zeit und machte sich nach ihm frisch. Trotzdem war er nicht so weit, wie er wollte und sie half ihm dabei, die letzten Feierabendbrötchen zu belegen. Für Verzierungen hatte sie die beliebte weibliche Hand, also ein paar kleine Gürkchen, einen Tupfer Senf oder Tomatenmark. Es sah lecker aus. Sie brachten die Platte ins Wohnzimmer; es gab noch ein kräftiges dunkles Bier: „Prost!"

Nach der deftigen Brotzeit wollte Adam wissen: „Darf ich dir einen Wein anbieten?"

Sie nickte.

Erst als er mit ihr den ersten Schluck getrunken hatte, checkte er, dass sich die Frage nach dem Heimkommen stellte. Nicht, weil es schon spät war, sondern weil der Alkoholspiegel stieg. Fairerweise musste er ihr einen Schlafplatz anbieten. Sie sah es auch so. Wenn sie wusste, wo sie ihr müdes Haupt später betten konnte, machte es kein Problem, noch ein Glas zu leeren.

Irgendwann durfte es kein weiteres Glas geben, weil das Schlafbedürfnis Oberhand gewandt. Irgendwie wollten sie noch ewig miteinander reden, aber vielleicht nur, um den Kontakt nicht zu verlieren. Doch das hat seine natürlichen Grenzen, die der Schlaf setzt. Adams Lösung war klar: Sandra stieg in sein Bett. Er selbst nutzte wieder einmal seine Couch; die war ihm von den Mittagsschläfchen her vertraut.

Ehrlich: Mehr lief nicht. Hätte Sandra mehr gewollt? Er merkte nichts. Er hätte mehr gewollt, aber ihm fehlte inzwischen die Energie. Macht Alkohol impotent? Noch vor dem Fragezeichen knackte er ab. Er wachte auch nicht auf, als Sandra, wohlgeformt und leicht bekleidet, zu ihm auf die Couch kam. Das war nicht nötig. Er träumte es nur. Sandra lag am Morgen noch in seinem Bett, fest schlafend. Ob sie von ihm träumte, konnte er nur träumen.

Er schlich sich aus dem Haus, holte frische Brötchen und weckte sie ziemlich nüchtern; bald duftete der Kaffee; er genoss sein Honigbrötchen und ihre Gegenwart. Nun ging es zügig: Der Tag dem Staat. Ein preußischer König hatte gesagt: Die Nacht dem Staat. Dabei dachte er an die sich aus dem Sex ergebende Rekrutenflut. Ausgeglichen und ausgeschlafen betrat Adam die Schule, das Lehrerzimmer und die Klasse. Fragte sich nur, ob das so bleiben würde.

14 Geister und Ungeister

Wozu bin ich hier? Eine Frage, die er sich an seinem Arbeitsplatz immer wieder stellte. Das Lehrerzimmer mutierte zum Meditationsraum. Das Fach Ethik! Hier, in der Frisörabteilung der Berufsschule 2. Ethik, was ist das? fragt der Lehrer seine erwachsenen Schülerinnen. Frisörinnen sind Frauen, die aufs Äußerliche achten. Haben die keinen Blick fürs Innere? Ethik, so sagte Valentins Söhnchen Viktor: Das sind die Moslems. Oder die, die an nichts glauben? Ethiker, nennt er sie mit seinem hellen achtjährigen Stimmchen. So unbefangen konnte der staatlich besoldete Lehrer nicht mit seinem Arbeitsauftrag umgehen. Orientierungshilfe im unüberschaubaren Alltag, formulierte Adam es für sich. Manchmal schien es ihm das wichtigste Fach für diese Altersgruppe zu sein. Ob er dieser Bedeutung gerecht werden konnte, das musste er offen lassen. Nicht immer hatte er das Gefühl, seinen eigenen pädagogischen Ansprüchen gerecht werden zu können.

Andererseits kannte er die Gegenentwürfe: Schulen wie in den USA, wo man die Evolutionstheorie von den Schülern fernhalten wollte: Wir haben den Mond erobert, aber ansonsten hat uns der liebe Gott (vielleicht sogar ein Amerikaner, und wenn, dann ein weißer... und ganz bestimmt ein Mann) direkt auf diesen Planeten gesetzt, der die Mitte des Universums ist, auch wenn alle Forschungen dagegen sprechen, aber schließlich hat der Liebe Gott mehr Recht als die Naturwissenschaftler, und der Liebe Gott ist so, wie wir ihn wollen, und er will das, was wir wollen, und...

Adam konnte auf diesem Niveau endlos schwadronieren. Er wusste: Die von ihm bildungsmäßig durchaus geschätzte Bundesrepublik hatte auch ihre Einfallslöcher für Denkverbote und Ideologien. Was sich an manchen Privatschulen zusammenbraute, grauste ihn. Er wusste, dass das bayerische Kultusministerium einer, naja, nennen wir sie mal unvorsichtig „Sekte" namens „Universelles Leben" mit einer Prophetin an der Spitze, das Recht auf eine eigene Schule zuerkannte, eine Schule, an der die Kinder abgeschirmt wurden von dieser bösen Welt, in der es nicht nur das Übel der Evolutionstheorie gab, sondern auch Sexualkunde, oder, o Graus, Demokratie. Demokratie hat nun einmal in der Erziehung laut UL nichts zu suchen; die lässt man sich am besten von göttlichen Energien vorgeben, die durch den Kanal einer Prophetin von einem fernen Planeten ins Klassenzimmer strömen – so hatte Adam es sich satirisch formuliert. Freilich konnte er mit seinen Ansichten nicht öffentlich auftreten, denn wenn diese Religionsgemeinschaften (war dieser Titel korrekt?) eines beherrschten, dann die Justiz: Sie propagierten einen Christusstaat, in dem der neutrale, laizistische Rechtsstaat keinen Platz mehr hätte, aber sie nutzten die Mittel des Rechtsstaates radikal aus und nach Adams Eindruck ließ sich niemand so effektiv juristisch „verarschen" wie ein bundesdeutscher Richter. Seinen Eindruck bestätigten Freunde aus Justizkreisen, die das im trauten Kreis äußerten. Freiheit ist stets die Freiheit der Andersdenkenden, soll Rosa Luxemburg gesagt haben; eine Kommunistin, und Kommunisten dürfen bundesdeutsche Richter nicht sein, aber dieses Diktum vertreten sie und können es sogar ausweiten: Freiheit ist stets die Freiheit der Andersdenkenden, auch wenn diese die Freiheit der Andersdenkenden ausmerzen wollen. Solange sie es nur wollen und nicht tun, müssen sie geschützt – äh, ja und dann auch unterstützt werden. Luxemburgs Zeitgenosse Lenin soll einmal gefragt haben: „Wer kontrolliert die Kontrolleure..." Damit hatte er eine Gefahr signalisiert. Schon vor hundert Jahren. Aber die bundesdeutschen Richter konnten dieser Gefahr nicht begegnen, ohne die Freiheit zu gefährden. Darum ließen Kultusministerien Schulen zu, die in Adams Augen staatsgefährdend waren, weil sie demokratiefeindlich waren.

Wenn er sich das vor Augen führte, dann wusste er wieder, wozu er da war: Er, an dieser Stelle, mit diesem Beruf: Seinen Schülern zu helfen, sich zu eigenverantwortlichen Individuen zu entwickeln (er konnte zur Seite ins Publikum hin flüstern: Ob sie wollen oder nicht... – Oft wollten sie nicht; denn Freiheit und Eigenverantwortung ist anstrengend...). Seine Gedanken wiederholten sich. Er musste jetzt das tun, worüber er sinnierte, also unterrichten.

Ran an die Front. Wenn er wusste, was er wollte, hatten seine Schützlinge schon mal etwas Wichtiges: ein Vorbild: Im Leben musst du wissen, was du willst. Er packte seine Mappe und machte sich auf den Weg.

Schwungvoll schritt er durch die Klassenzimmertür, schloss energisch die Tür, stellte sich lächelnd vor die Schülerinnen und begrüßte sie mit einem herzhaften „Grüß Gott.“

„Tag!“

„Guten Morgen.“

„Tagchen...“

„Servus“

...klang es ihm unrhythmisch entgegen, aber das konnte seiner Power nichts nehmen. Der Abend mit Sandra hatte ihn beschwingt und im Übrigen hatte er eine Show-Stunde vor sich. Dafür hatte er sich ein paar Taschenspielertricks angeeignet, um die Aufmerksamkeit der Schüler auf sich zu ziehen und seine Inhalte besser transportieren zu können. Der Lärmpegel sank erfreulich rasch ab.

Er nahm hinter dem Pult Platz, lehnte sich genüsslich zurück und streckte die Beine von sich: „Jetzt brauche ich eine mutige Freiwillige...“

Die Klasse ordnete sich sofort. Das war immer das Gleiche. Einige versteckten sich, einige demonstrierten ihr Unbeteiligtsein, einige zeigten ihre Neugierde, aber keine Bereitschaft, sich vor den anderen zu produzieren oder – huhuhu – sich bloßstellen zu lassen. Daneben fanden sich die Spielernaturen, die auf alles einließen, ohne zu wissen, worum es geht. Aber etliche von ihnen kniffen kurzfristig.

„Ich mach alles für eine gute Note..." schäkerte Nicole, fand zustimmendes Lachen als Unterstützung und ließ sich engagieren:

„Die Aufgabe ist einfach. Kommen Sie mal vor."

Sie stolzierte wie auf einem Laufsteg, sich nach rechts und links umblickend, allerdings nicht, um sich zu präsentieren, sondern so viel wie möglich Unterstützung mitzunehmen. Sie war wie häufig sehr kontrastreich gekleidet, mit plakativen Farben und eignete sich dadurch hervorragend für eine Spielposition.

„Wir machen ein kleines Spielchen..." bereitete sie Adam vor.

Nicole blickte unsicher, aber spielfreudig. Seine Schülerinnen waren es gewohnt, dass er es an Doppel- oder Mehrfachdeutigkeiten nicht fehlen ließ; und die meisten checkten sogar die Ironie, die dahinter steckte. Manche spielten „Anmache" mit, wohl wissend, dass es eine Show war und mit der Bereitschaft, über diese Kommunikationsform dann auch zu diskutieren. Jetzt ging es um ein einfaches Spiel:

„Ich habe hier einen Stoß ganz normale Karten..."

Er zeigte die Karten; offen und ehrlich wie ein Zauberkünstler.

„Sie können sehen: Es sind nicht lauter gleiche Karten."

Er lachte gekünstelt...

„Ein ganz normale Kartenspiel. Und nun..."

Er blickte Nicole tief in die grüngeschminkten Augen, während die Klasse gespannt wartete.

„...ziehen Sie eine Karte, schauen sie genau an und zeigen die Karte dann der Klasse. – Aber Vorsicht: Ich darf sie nicht sehen; ich will sie auch gar nicht sehen..."

Er spürte förmlich, wie es in Nicoles Hirn raste: Ein Trick! Aber welcher Trick? Ich will mich doch nicht verarschen lassen! Er hielt ihr die Karten aufgefächert hin. Sie zögerte mehrfach, bis sie aus der Mitte vorsichtig eine Karte herauszog und anschaute. Als sie sie wieder zurückstecken wollte, begehrte die Klasse auf: „Zeigen!"

Adam wandte demonstrativ den Kopf ab.

Nicole zeigte der Klasse die Karte. Adam fächerte die Karten, so dass Nicole sie zurückstecken konnte. Das war die heißeste Phase, jetzt musste alles klappen und die Klasse durfte keine verdächtige Bewegung bemerken. Er kommentierte das Geschehen, damit sie auf seine Worte achteten.

„Nicole, stecken Sie sie richtig rein. Ich darf sie nicht unterscheiden können. Ja, genau, in die Mitte. Jetzt mische ich sofort! Ich mische gründlich und zeige Ihnen sicherheitshalber die oberste... und die unterste Karte. Die beiden sind es nicht, und wenn sie es wären, würde ich noch mal mischen. soll ja kein Trick dabei sein."

So geschah es auch. Für Adam war die Sache gelaufen, für den Zauberer Adam, denn der Lehrer Adam hatte noch eine Menge vor sich. Er musste nicht nur den Thrill produzieren, denn dafür wurde er nicht bezahlt, sondern einen Erkenntnisgewinn erzielen. Dafür erhielt er sein stattliches staatliches Gehalt.

„So. Nächster Schritt. Nehmen Sie sich einen Stuhl und setzen Sie sich vor das Pult. – Also," sagte er, zur Klasse gewandt: „Ich weiß nicht, welche Karte es ist und wo sie steckt, aber ich kann mir fremde Hilfe holen. Ich hole mir eine Hilfe, die hier im Raum ist und die Sie nicht sehen können. Die Hilfe der Geister, die uns begleiten."

Grinsen, Lachen und Neugierde. „Das ist ein Trick!" „Lass ihn mal!"

Adam war das vertraut. Das Dumme war nur, dass er mit zwei Ergebnissen rechnen konnte: Die einen würden das lernen, was er Ihnen erzählte und erklärte, die anderen würden das lernen, was sie sahen und was sie glauben wollten – nämlich Hokuspokus. Dafür wurde er nicht bezahlt. Aber den Möglichkeiten eines Lehrers sind Grenzen gesetzt. Es gibt Menschen, deren Prinzip darin besteht, sich verarschen zu lassen. Die Wiederwahl von Helmut Kohl nach der Lüge von den blühenden Landschaften[1] und die Wahl des US-Präsidenten Bush nach einer vierjährigen, demokratisch nicht legitimierten Amtszeit verdeutlichen das Ausmaß dieses gesellschaftlichen Phänomens. Er, Adam, war angetreten, die Dummheit zu be-

---

[1] Sein Gegenkandidat O. Lafontaine hatte eine nüchterne Berechnung eingebracht, die sich als richtig erwies, aber von der Mehrheit der Wahlberechtigten nicht akzeptiert wurde. – Und George W. Bush hat seine erste „Wahl" nicht wirklich gewonnen (das belegen die deutschen Tageszeitungen– die US-amerikanischen natürlich nicht. Den Verstand erschütternde Fakten bringt Michael Moore, ein US-Amerikaner) und durch den 11.9.2001 eine Verteidigungssituation herbeifabuliert, die voraussetzte, dass die Mehrheit der wahlwilligen Wahlberechtigten (in den USA sind viele Erwachsene nicht wahlberechtigt) geistig unterbemittelt ist oder es zumindest simuliert.

kämpfen[2]. Diese Stunde war sein straighter Versuch.

„Setzen Sie sich bitte so, dass Sie alles auf dem Pult genau sehen können. Erster Schritt: ich verteile die Kärtchen auf zwei gleiche Stapel. Achten Sie genau darauf, was ich tue. Keine soll mir hinterher erzählen, ich hätte nur einen dummen Trick benutzt."

Den Trick hatte er längst hinter sich gelassen; aber Show bleibt Show. Sie würden immer versuchen, ihm auf die Schliche zu kommen. Sie würden Vermutungen austauschen, sie würden sich in Spekulationen ergehen. Aber es gab 'zig realistische Möglichkeiten, wie es laufen könnte und er konnte massenhaft falsche Spuren legen. Die Frage war nur: Würden Sie am Schluss an einen Trick oder an die Kraft der Geister glauben?

„So, jetzt rufe ich die Kraft der Geister zur Hilfe. Dazu benutze ich ein Hilfsmittel, das Sie bestimmt kennen."

Er produzierte ein Pendel, ein wunderschönes, goldenes Pendel. „Sie wissen bestimmt, was dies ist?"

„Klar, ein Pendel, damit kann man was auspendeln."

O, wie klug Astrid doch war. „Schön, wie Sie das formulieren. Ich fasse die Aktion zusammen: Dieser Raum ist von Luft erfüllt; aber eben auch von etwas, das wir so wenig wie Luft sehen können, von den Kräften der Geister, von ihren Energien. Ich betätige mich als Medium. Ein Medium vermittelt das Unsichtbare und das Sichtbare. Die Kräfte der Geister, ihre Energien[3] strömen in mich, das Medium. Stellen Sie sich einen Lichtkanal vor, der durch meinen Kopf in mich hineingeht bis in meine Arme. Hier hänge ich mein Pendel auf. Es liegt auf der Fingerkuppe auf. Die Energie der Geister bringt es zum Schwingen. Das Pendel wird so schwingen, dass wir am Schluss die Karte ausfindig machen."

Er erklärte kurz die drei möglichen physikalischen Bewegungen.

„Selbstverständlich geht das nicht mit allem, was pendelt. Das ist ein besonderes Pendel. Ein geweihtes. Normalerweise würde dieses Exemplar 15€ kosten, wie eine einfache Kette. Aber dieses ist in den sieben Voll-

---

[2] Schon Curt Goetz, Bühnenautor des 20. Jahrhunderts ließ in seinem „Dr.med. Hiob Pretorius" die Titelfigur nach dem Bazillus der Dummheit suchen. Erfolglos. Das kann entmutigen, aber der Widerwille gegen Dummheit ist dadurch nicht wegzukriegen.

[3] Merken Sie sich das Wort „Energie"; damit lassen Sie sich am besten verarschen..."

mondnächten des Maies geweiht. Weshalb Mai? Nun?"

Sie kamen auf keine Erklärung.

„Also, was kommt unmittelbar vor dem Mai?"

„Na, der April..."

„Gut, der April, und dann direkt davor?"

„Vor dem ersten Mai kommt der 30. April."

„Prima, Sara, Sie denken mit. Wie nennt man jene Nacht vom 30. April in den 1. Mai?"

Sie blickten befremdet.

„Melanie, was haben Sie in jener Nacht gemacht?"

Melanie blickte irritiert: „Das weiß ich nicht mehr."

„Also: Besen oder Staubsauger? Altmodisch oder modern?"

Verständnislose Augen starrten ihn an, außer Derya, die lachte: „Ach, die Walpurgisnacht!"

Adam blickte lobend zu ihr: „Tja, das war's wohl. Sie sind vermutlich hingeflogen..."

Derya ging auf das Schäkern ein: „Zum Blocksberg? Klar. Mache ich jedes Jahr."

„Phantastisch. Dafür kriegen Sie ein Hexen-Ein-mal-eins ins Notenblatt."

„Danke schön..." Deryas Stimme war piepsig mädchenhaft und sie simulierte einen Knicks.

Adam schien ernsthaft zu werden: „Also, an den sieben Vollmondnächten des Maies ist das Pendel geweiht. Darum gibt es auch die Verbindung zwischen den Geistern und dem Pendel. Das können wir nun beobachten."

An dieser Stelle musste die Konkretion beginnen: „Achten Sie auf meine Hand und meine Finger. Ich werde sie nicht bewegen. Ich stütze meinen Arm ab, damit Sie sehen, wie ruhig Arm und Hand sind. Trotzdem: Die Energie bringt das Pendel zum Schwingen..." Er pendelte mit höchster Konzentration einen Stapel aus, teilte ihn wieder, pendelte einen aus und so fort, bis nur noch zwei Karten auf dem Tisch lagen. Die Entscheidung, wohin das Pendel ausschlug, überließ er natürlich Nicole.

Als die letzte Karte ausgependelt war, durfte sie sie hochnehmen, anschauen und der Klasse zeigen. Sie zeigte sie der Klasse nicht. Sie blickte total betroffen: „Das ist sie wirklich!" Bis zum Schluss hatte sie gefrotzelt. Sie schien das alles nicht ernst zu nehmen; aber dazu passte nicht, dass das Ergebnis stimmte.

„Zeigen!!!" tönte es vielstimmig hinter hier. Nicole drehte sich um und zeigte die Karte: „Es stimmt wirklich..."

Für Adam war das super gelaufen; weniger, dass das Experiment geklappt hatte – das hatte er lange genug geübt (als Lehrer wird man dafür bezahlt, dass man auch außerhalb des Unterrichts arbeitet. Er hatte sich das Know-How in zwei Ferienwochen angeeignet.). Am meisten freute ihn, dass die Gefühle stimmten: Der hat das wirklich geschafft. Gibt es die Geister? „Wer heilt, hat Recht..." sagen die Ärzte. Er hatte nicht geheilt, aber Recht gehabt. Was hieß dies nun?

„Zufall!"

Dieser entlarvende und abtörnende Zwischenruf kam ihm gerade recht. Er nickte: „Sie haben Recht. Das könnte Zufall sein. Wir wiederholen das Experiment. Passen Sie genau auf, dass alles mit rechten Dingen vor sich geht. Aber bitte: Verscherzen Sie es sich nicht mit den Geistern. Die können sehr unangenehm werden."

„Ich will das überprüfen!" Derya hatte sich gemeldet.

Oja, das war die Richtige. Die meinte es ernst mit ihrem Verstand. Er freute sich, dass sie so kritisch war. Sie kam zum Pult, weniger wie eine Spielerin als vielmehr wie eine Gutachterin. Alles lief wie beim vorigen Mal, nur beschrieb er ausführlicher, was gerade ablief, um keinen Zweifel zu lassen, dass alles mit rechten Dingen zuging. Das hatte er von den Gauklern gelernt. Er spürte Deryas Thrill, als sie die letzte Karte hochhob.

„Es stimmt!" Sie hielt sie in die Höhe.

Er lachte: „Haben Sie daran gezweifelt."

Sie hatte daran gezweifelt. Das Schöne war: Sie zweifelte immer noch. Sie traute ihrer eigenen Wahrnehmung nicht. Das ist viel wert. Sonst würde die Sonne immer noch um die Erde kreisen.

„Wiederholen wir das Experiment. Ziehen Sie noch mal eine Karte."

Das tat sie.

Es lief alles wie vorher, doch dann: „Jetzt verzichten wir auf das Pendel. Die Energie geht durch meinen Körper." Er rollte mit den Augen, schloss sie und ließ die Hände über den Kartenstapeln zittern, bis eine Hand schwer auf einen Stapel fiel. Das war der auserwählte. So ging es weiter bis zur entscheidende Karte.

Derya hielt sie hoch. Sie war es wirklich. Die Klasse schwitzte. Was sollte sie davon halten? Sie hatten damit gerechnet, dass Adam Pendeln und Geister widerlegte, aber nicht, dass er sie bewies..

„Können Sie auch die Zukunft pendeln?"

Das war Biancas Stimme. BILD-Bianca nannte er sie innerlich.

„Klar! Kommen Sie doch einfach vor!"

Übereifrig erschien Bianca. Worum geht es? Na, um die Zukunft allgemein; Liebe, Partner und alles... Und alles? Adam packte seine selbstgezeichneten Lebenskarten aus. Da war viel für Bianca drin.

Sie wirkte irritiert, als er ihr vier Kinder auspendelte, einen Jungen und drei Mädchen. Das glaubte sie nicht. Behauptete sie zumindest. Sie schien verunsichert, als sie zu ihrem Platz zurück schlich. Die vier Kinder klangen blöd. Aber vielleicht stimmten sie. Die anderen Karten hatten ja auch gestimmt...

„Ich soll vier Kinder bekommen?" Keuchte sie entsetzt.

Adam blieb cool: „Lassen Sie es mich wissen, wenn es soweit ist. Vielleicht erfahre ich sogar die Namen..." Adam musste an sich halten, ernst zu bleiben. Er mimte den Sachlichen:

„So. Jetzt haben wir Zeit verspielt. Ich muss noch Noten machen..."

??? Das verstanden die Schülerinnen nicht so ganz.

„Aber heute habe ich es leicht, ich muss die Noten ja nur auspendeln."

„Wie bitte?"

„Was?!"

„Hä?!!!"

„Was denken Sie denn, wie ich zu meinen Noten komme? Die Geister wissen doch besser, wie es in Ihnen aussieht als ich. Darum pendle ich sie aus. Es geht auch schneller."

Sie waren empört, aber das schien ihn kalt zu lassen. Namen für Namen las er vor, und über dem Blatt, das er von 1 bis 6 beziffert hatte, schwang sein wunderbares goldenes Pendel.

„Haben Sie mir eigentlich zugehört? Sie sind doch sonst so kritisch! Ich

70

sprach von der Weihzeremonie dieses Pendels: Um Mitternacht, in den sieben Vollmondnächten des Maies musste man mit diesem Pendel dreimal um eine Eiche gehen, das Pendel schwingen und rufen: Geister, die ihr die Luft erfüllt, nehmt dieses Pendel euch zum Bild... Dann ist es geweiht und den Geisern zu Diensten."

„Ja, und?"

„Das ist doch Blödsinn!"

„Aber es hat funktioniert!"

„Ich glaub trotzdem nicht dran!"

„Er hat es doch bewiesen...",

„Das war ein Trick!"

„Aber das Pendel hat funktioniert..."

Er brach die Diskussion, sofern man das Ganze noch als Diskussion bezeichnen konnte, ab. „Ich möchte wissen, was an dem, was ich sagte, definitiv falsch war."

Es kam nichts. Sie mochten ihn für bescheuert halten, konnten ihm aber nichts nachweisen, bis... Marco sich etwas müde äußerte: „Herr Lehrer, ich möchte nichts sagen, aber ich finde das ziemlich blöd."

Adam stutzte, denn diesen Schüler schätzte er ganz besonders: „Was von dem Blödsinn finden sie definitiv falsch."

Marco seufzte: „Es ist schon blöd, von sieben Vollmondnächten im Mai zu reden. Jeder Monat hatte nur einen Vollmond..."

„Jaaa!" Adam jubelte fast vor Erleichterung, dass jemand bereit und in der Lage war, seinen Verstand einzusetzen.... „Genau das war es. Meistens einen, höchstens mal zwei. Ich würde Ihnen jetzt gerne eine Eins geben, aber Sie brauchen keine mehr, im Unterschied zu manchen anderen; und die Noten sind leider nicht übertragbar."

Marco raffte sich zu einer Frage auf: „Wenn das so ein Schrott ist, warum beschäftigen Sie uns damit?"

„Das ist eine berechtigte Frage. Ich kann sie klar beantworten: Weil immer noch viel zu viele Menschen sich auf solche Praktiken einlassen; und zwar nicht als Spiel und Show, sondern als Lebenshilfe."

Marco verstand das nicht: „Das ist doch absolut blöd!"

„Ja, das ist es, aber so ist es. Ich wünschte mir, wenigstens bei meinen

Schülerinnen wäre es anders."

Marco lachte nur hohl. Das war sonst nicht seine Art. Aber auch er hielt den Reflexionswillen seiner Mitschülerinnen für äußerst begrenzt.

Nicole mischte sich ein und unterbrach das Männergespräch. Sie war noch nicht am Ende ihrer Neugierde: „Sie haben doch vorhin eine Lebenskarte versteckt. Was war das denn?"

Adam ärgerte sich. Hatte er das wirklich sichtbar gemacht.

Doch es gab keinen Ausweg. Etliche Schülerinnen hatten es beobachtet und wollten nun Rechenschaft von ihm: „Das waren die Lebenskarten. Sie haben doch der Melanie vier Kinder prophezeit. Welche Karte haben Sie da weggelegt?"

Adam seufzte: „Jaja, schon gut. Ich habe eine Karte weggelegt. Das war die Todeskarte."

Ah! Jetzt hatte er wieder volle Aufmerksamkeit. „Todeskarte? Wieso? Ich will die auch mal sehen..."

Genau diesen billigen Thrill hasste nicht. Aber er hatte selbst den Fehler gemacht. Drum hielt er die Karte hoch: „Das ist die Karte. Sie ist übrigens nicht von mir. Die hat mir ein Schüler mal untergeschmuggelt. Ich habe sie schon längst rausgenommen." Die Schülerinnen ließen nicht locker. So sah er sich genötigt, die ganze Geschichte zu erzählen. Vielleicht war es sogar ganz lehrreich, wenn er von seinen Fehlern erzählte.

„Das war so: Eine Klasse wie Ihre. Hier in dieser Schule! Neugierig, ohne allzuviel Ernst. In der letzten Stunde der Woche. Freitag Nachmittag. Außer uns kein Schwein mehr im Haus. Es ging ums Pendeln. Ich hatte eine große Klasse mit Schülerinnen aus ganz verschiedenen Gegenden der Welt... Diesmal war es eine türkischstämmige Schülerin. Sie wollte unbedingt ihre Lebenskarten auspendeln. Ich dachte an Freundschaft und Beruf und so, und plötzlich – die Karten liegen umgedreht vor einem – deckte sie die Todeskarte auf. Sie wurde blass – ich vielleicht auch. Die Mitschülerinnen beschwichtigten sofort: das heiße nicht wirklich Tod, sondern nur, dass irgendwas daneben geht, eine schlechte Note oder so etwas. Aber das beruhigte sie nicht wirklich. Dann war die Stunde und die Woche zu Ende. Eine Woche später sah ich sie wieder. Ich meine die Klasse, die Schülerin war nicht da. Niemand wusste, was los war. Eine weitere Woche später dasselbe. Sie war nicht da und keiner wusste Bescheid, auch keine Lehr-kraft. Allmählich machte ich mir Sorgen..."

Da schellte die Schulglocke. So ein Mist! Gerade an dieser Stelle. Aber seine Schülerinnen hatten jetzt Praxisunterricht. Da durften sie nicht zu spät kommen.

„Also, bis zum nächsten Mal!"

„Nein, erzählen Sie weiter..."

„Geht nicht, Sie müssen in die Praxis. Bis zum nächsten Mal..."

15 Hello Susie

Er klingelte.

„Komme gleich!" drang aus der Gegensprechanlage. Sie hielt Wort.

„Du siehst toll aus!" dachte Adam, verriet ihr aber seine Gedanken nicht. Es stand ihr gut, leger gekleidet zu sein. Das Lockere lockte ihn. Natürlich blieb er misstrauisch, denn er war sich der Gefahr bewusst, weib-liche Ausstrahlung falsch zu interpretieren. Momentan war er extrem emp-fänglich für alles, was die Weiblichkeit betonte. Bekanntlich soll man nie in einem Lebensmittelladen einkaufen, wenn man großen Hunger hat. Suzy wirkte wie ein Lebensmittelladenregal der Weiblichkeit. Sie bewaffnete sich mit dem Sturzhelm, ging ums Häusereck und holte ihr Rad. Ab ging's! Wow! Die Frau hat einen Drive drauf. Klar, Adam war gut in Form— schließlich radelte er täglich seine 12 km zur Schule -, aber hinter Susie musste er ziemlich reintreten.

Sie erreichten die Regnitz, ein wahres Paradies für Radler, die nicht ge-rade auf Mountainbiken stehen: Flach, gerade. Zum Leidwesen zügiger Radfahrer steht dieses Paradies auch Hundebesitzern und Joggern offen. Unglaublich, wie viele Nordic-Walker es gibt! Herdenweise scheinen sie aufzutreten. Zu allen Tageszeiten. Schon morgens auf seinem Weg zur Schule: Er war verblüfft, wie viele Frauen keiner Erwerbstätigkeit nach-gingen; dafür gingen sie nordisch. Eine Bestätigung für Adams unzeitge-mäße Behauptung, dass die moderne Technik extrem frauenfreundlich ist: Wenn sich eine Frau zum Hausfrausein entscheidet, ist das eine andere Entscheidung als vor hundert Jahren. Die harten Arbeiten machen Maschi-nen. Also stylt man – äh, frau - seinen – äh, ihren - Körper. Davon profitieren die Männer ohnedies mehr, wenn sie müde und geschafft nach des harten Tages Arbeit aus dem Büro zur Gattin nach Hause kommen, während ihre abgearbeiteten Sekretärinnen noch einkaufen gehen, um dann zu Hause den Haushalt zu machen und zu kochen.

Obwohl mit Susie unterwegs, blieb ihm viel Zeit zum Denken. Sie fuhren so schnell, dass für ein Gespräch keine Gelegenheit war. Glücklicherweise erreichten sie bald ihr Ziel: ein altes Schleußenwärterhäuschen, umgebaut, renoviert und nun als Kneipe sehr beliebt. Sie waren nicht die ersten Gäste, wie sie dem Fahrrädermeer vor der Tür entnehmen konnten. Aber im großen Wintergarten fänden sie bestimmt ein Plätzchen. Sie schlossen die Räder ab, hängten die Helme über die Arme und traten ein.

Susie bestellte sich den Eisbecher "Schleuße 99". Was Frauen nur an Eisbechern finden? Adam bewunderte die Gestaltungskraft der Eisdielenbesitzer und genoss die optische Vielfalt, aber ansonsten? Er blieb bei einer Tasse Kaffee.

„Siehst du, es geht auch ohne Motor!" Susie löffelte Vanilleeiscreme, auf der eine Schokosauce mit Pistazienkrümel dekoriert war. Adam ließ sich auf keine Wertediskussion ein (nichts ist so beischlafhemmend), sondern stimmte zu: „Das bringt Körper mit Natur zusammen. Deswegen nehme ich das Rad zur Schule. Das aktiviert meine Endorphine im Hirn. Ich trete erst in die Pedale und dann den Schülerinnen in einer Superverfassung gegenüber." Superverfassung? Susie war fassungslos: So berechnend? Aber sie hatte diese Reaktion selbst provoziert. Sie wollte Radfahren als positiv herausstellen. Aus Vorsicht wechselte Adam zu einer schulischen Thematik. Da kann man wenigstens versuchen, die Fronten so zu formulieren, dass man als LehrerIn zwangsläufig auf der gleichen Seite steht.

„Ich habe heute wieder mal an der Entwicklung der Menschheit zum homo sapiens gezweifelt," begann er; aber Eva – ach nein, es war ja Susie; er hatte sie doch noch nicht ganz umgestellt; auf alle Fälle reagierte die Frau ihm gegenüber flugs:

„Wenn dir das ein Problem ist, solltest du schleunigst den Beruf wechseln. Du kannst dir nicht mal bei den Kollegen sicher sein, ob das mit dem sapiens so leicht hinhaut..."

„Sei nicht so offen. Sonst könnte ich noch nach Beispielen fragen."

„Frag doch!" Das klang provozierend. Wollte sie Namen nennen? Hatte sie Lust auf Tratsch?

„An wen denkst du denn?" O, wie unvorsichtig! Das war ihm einfach heraus gerutscht. Susie verzog Mund, Augenbrauen und alles Mögliche. Dass sie dabei ihren Oberkörper bewegte, regte Adam auf. Weiber! Warum müssen die immer so weiblich wirken! Eine kleine Bewegung, und sofort – wie hätten seine Schülerinnen in ihrer affigen Art gesagt? Sofort denken Männer nur noch mit dem Schwanz... Ja, egal, was Susie jetzt sagte, er würde bereitwilligst zustimmen, um es sich mit ihrer Weiblichkeit nicht zu verscherzen. „Ihre Weiblichkeit", klingt das nicht wie „Ihre Eminenz" „Ihre Heiligkeit" „Ihre Majestät"? und das nur wegen des berühmten kleinen Unterschiedes...

Susie schien nichts zu bemerken. Das tun Frauen vermutlich nie. Da regen sie einen furchtbar auf oder an und haben anscheinend keinen Schimmer davon. Wenn sie reden, klingt das umgekehrt, als versuchten sie, einen Mann anzumachen und der würde gar nicht reagieren. Für Adam völlig unverständlich. Jetzt er musste seinen Verstand wieder einschalten, zumindest den Konversationsverstand, denn Eva – aua! Schon wieder hatte er die Frauen durcheinander geworfen. Das durfte ihm nie mehr geschehen, vor allem nicht, wenn er redete. Der weibliche Teil der Menschheit ist extrem empfindlich, wenn er mit dem Namen einer anderen Frau bedacht wird. Vorsicht, Adam! Die Frau hier heißt Susie. Sie will dir jetzt vertraulich den Namen einer Frau mitteilen, die sie schlecht machen will.

„Aber das ist doch klar!" tönte Susie bestimmt: „Schau sie dir doch einmal an, oder besser: hör ihr mal richtig zu. Sie mag jung sein – das bleibt man auch nicht immer, und hübsch – da lässt sich viel künstlich machen, wie wir aus unserem Beruf wissen, also, aber kaum fängt sie an zu reden, ist sie einfach doof."

„Von wem sprichst du jetzt?" wollte Adam Klarheit.

„Männer!" ächzte Susie, nachsichtig verächtlich oder verächtlich nachsichtig, „Männer checken das nie. Die sehen die Tünche und dann... Oder hast du mit Steffie einmal ein vernünftiges Wort gewechselt?"

Das durfte er nicht zugeben. Aber jetzt hatte sie einen Namen genannt. Nein, Steffie war zwar ein bisschen blöd, aber Susies Niveau konnte sie vermutlich halten. Jung und attraktiv stimmte. Erstaunlich, wie viele attraktive junge Frauen Lehrerinnen werden. Die hätten es eigentlich gar nicht nötig. – Äh, was nicht nötig? Er hatte gemeint: einen denkenden Beruf zu ergreifen. Peinlich! Solche idiotischen Gedanken hatte er sonst nicht. Hatte ihn Susie schon umgedreht?

Jetzt realisierte er, dass er selbst das Thema vorgegeben hatte. Er konnte auch wieder zurücksteuern: „Eigentlich waren wir ja bei den Schülerinnen."

Die zynische Frauenstimme steuerte bei: „Die ist fast noch eine Schülerin..."

„Also, ich wollte doch was von heute Vormittag erzählen..."

„Ach, entschuldige. Ich bin ganz Ohr. Die Schülerinnen mögen dich unheimlich. Die sind immer so begeistert."

Das irritierte Adam, weil er auch andere Äußerungen kannte. Aber wer freut sich nicht über ein Lob? Andererseits ging es nicht darum, im Gegenzug die Schülerinnen zu loben, im Gegenteil: „Weißt du, ich hatte so ein spannendes Thema wie ‚Pendeln'. Das demonstriere ich ihnen immer praktisch."

„Das kannst du? Stark. Das musst du bei mir auch mal machen. Was kannst du denn so auspendeln?"

„Alles, was ich will."

„Wie meinst du das?"

„Ganz einfach: ich muss schon vorher wissen, was rauskommen soll. Sonst habe ich ja keine Ahnung, was rauskommt. Das ist immer viel schwieriger."

„Du nimmst die Schülerinnen auf den Arm..."

„Klar. Bei mir kriegen sie es gratis. Sonst müssten sie vielleicht 50€ blechen. Ehrlich: manchmal habe ich Lust, es mir bezahlen zu lassen. Quasi als Schmerzensgeld, für so viel Dummheit, die ich aushalten muss."

„Jetzt rück schon raus: Was war heute früh?"

„Ich zeig dir's mal!" Adam grinste. Ihm war gerade gekommen: Wenn er es ihr nicht nur erzählte, sondern vorspielte, könnte es sie beeindrucken. Genau das wollte er, sie beeinflussen – äh, beeindrucken. „Also, schau mal..." In seiner Westentasche steckte immer noch sein Pendel. Das erwies sich jetzt als außerordentlich praktisch, während es im Grunde genommen außerordentlich schlampig war; denn er pflegte es in der Schule zu deponieren, um es nicht zu vergessen, oder im Falle des Vergessens leicht aus dem Lehrerzimmer holen zu können. „Ich demonstriere dir jetzt mal einen Teil der Stunde."

Er erklärte ihr, wie er weshalb das Pendel hielt, dann beschrieb er ihr die Besonderheit durch das Weihen (Mai, sieben Vollmondnächte, Walpurgisnacht). Sie checkte nichts. Das freute ihn, denn es sprach erst mal weniger gegen ihre Intelligenz als vielmehr für seine Präsentationskunst:

„Schau, ich habe dir eben bei der einfachen Beschreibung dieses Pendels eine Unmöglichkeit untergejubelt. Du musstest auf so viel aufpassen, dass dir meine Gemeinheit gar nicht auffiel. Das ist im Unterricht genauso. Heute hatte ich das Vergnügen, dass Marco es entdeckte."

„Dein Schwuler?"

„Was heißt hier, dein Schwuler? Rede ich ansonsten von meinen Heteros? Seine sexuelle Polung hat doch mit meiner Präsentation und seiner Intelligenz nichts zu tun. Hier geht es nicht um Sex, sondern um Verarschung."

Susie lächelte anzüglich: „Das ist manchmal das Gleiche."

Adam seufzte selbstkritisch: „Das stimmt. Ich lasse mich durch sexuelle Botschaften unbedarfter Weibsbilder immer wieder an der Nase herumführen. Da kann man mir wirklich viel vormachen. Aber jetzt geht es um Pendeln. Also, ich mache es kurz: Ich habe das Pendel in den sieben Vollmondnächten des Maies geweiht. Bloß: Die kann es nicht geben. Es gibt immer nur eine Vollmondnacht, schlimmstenfalls zwei in vierwöchigen Abstand."

„Was willst du damit sagen?"

„Ich versuchte, den Schülerinnen deutlich zu machen, wie leicht man eine falsche Information aufnimmt, nur weil sie erstens überzeugend vorgebracht wird und zweitens von so vielen Informationen umgeben ist, dass man gar nicht alle auf ihren Wahrheitsgehalt hin prüfen kann."

„Das ist echt gemein von dir. Die armen Schülerinnen!"

„Naja, du hast recht, aber bei mir ist eine geschützte Atmosphäre. Ansonsten lassen sie sich in freier Wildbahn im großen Stil verarschen."

„Na und?"

„Na, und dann kommen so tolle Sachen heraus wie ungewollte Schwangerschaft, oder sie heiraten garantiert die falschen Typen, die saufen, oder Schulden haben, oder sie betrügen, oder sie arbeiten lassen, während sie angeblich unschuldig arbeitslos sind."

„Du meinst, deine Verarschung ist ein Vorgeschmack aufs Leben?"

„Stimmt. Sonst würde ich es nicht machen. Zugleich ist es eine Warnung und der Versuch einer Lehre."

„Checken die das?"

„Wenn sie wollen, schon. Aber manche wollen es gar nicht. Je weniger sie bei mir kapieren, desto bereitwilliger stehen sie aufs Pendeln oder Kartenlegen. – Schönste Begründung heute: Die Mutter meiner Freundin macht das. Darum glaube ich dran."

Damit waren sie in der herrlichsten pädagogischen Diskussion: Das meiste glaube ich, weil ich den Menschen glaube, die es mir erzählen. Damit habe ich auch Recht. „Gerade", meinte Adam, „wenn ich astronomisch argumentiere: dass die Bilder vom Mond wirklich vom Mond stammen, das muss ich eben glauben, oder auch nicht."

So ging der Abend weiter. Aber irgendwann war klar: Jetzt muss es auch eine Weg zurückgeben. Wieder gab es einen Abschied. Konnte es nicht auch mal ein Zusammenbleiben geben? Ach Susie, du wärst schon die Richtige, weil ich dich mag, mit dir gute Themen finde, und du mich immer wieder anmachst, ohne dass du es ahnst. Aber... Adam wusste selbst nicht, was das „aber" war, aber es war noch ein weiter Weg bis zum Wohinauchimmer.

16 Geil: Die Todeskarte

„Wie war das mit der Todeskarte?"

Ha! Da konnte er stolz auf sich sein: Die Schülerinnen wollten von sich aus den Unterricht der letzten Stunde fortsetzen. Wie er wusste, auf ziemlich niedrigem Niveau. Seine Jugendlichen gierten nach billigem Thrill. Quasi Privat-Sender-Unterricht. Learning-by-doing-nothing... aber immerhin. Er setzte sich hin, auf seinen zentralen Stuhl, nahm seine Erzählhaltung ein, offen für Gesten, für Aufstehen, für Vorspielen, und fragte: "Bis wohin waren wir gekommen?"

„Sie hatten einer Schülerin die Todeskarte ausgependelt, sie kam nicht mehr und keiner wusste, wo sie ist..."

„Stimmt, wir hatten an einer heißen Stelle abgebrochen", bestätigte Adam. Etliche Schülerinnen begannen sofort zu spekulieren.

„Ja, war wirklich jemand tot?"

„War sie gestorben?"

„Sie hatten ihr Angst gemacht. Sie ist in ein Auto gelaufen!"

„Das ist immer so: wenn es einem prophezeit wird, glaubt man dran und es passiert."

Adam grinst laut: „Dann prophezeie ich Ihnen lauter Einser und Sie bekommen lauter Einser. Super. Also, so einfach ist das Leben nicht. Außerdem hatte ich ihr gar nicht den Tod prophezeit. Sie hatte nur eine dämlich Karte umgedreht, die ich danach für immer aus dem Spiel nahm."

„Den Tod kann man nicht aus dem Spiel nehmen!" Seine abergläubische Schülerin hatte natürlich mehr Recht als sie wusste. Sie war ziemlich dumm, aber das schützt vor klugen Sätzen nicht. Manche verstehen nicht, was sie sagen.

Elisabeth – hatte die sich im letzten halben Jahr überhaupt einmal gerührt? – platzte dazwischen: „Weiter erzählen! Zwei Wochen ist die Schülerin nicht erschienen. Und dann?"

„Genau. Dann kam die dritte Woche. Wieder Freitag nachmittag, letzte Stunde. Diesmal war sie da. Sie lebt! Natürlich hatte ich nicht wirklich befürchtet, ihr wäre etwas zugestoßen, denn das hätten wir irgendwie erfahren. Aber trotzdem, die innere Unruhe bekam ich nicht weg. Als ich das Klassenzimmer betrat, war sie wieder da. Wie immer brauchte ich einige Zeit, bis Ruhe einkehrte. Dahin rief sie: ‚Sie haben Recht gehabt!' Peng. Ich hatte also Recht. Sie lebte, aber ich hatte Recht.

Womit eigentlich? Ich hatte Recht gehabt? Womit? ‚Das mit der Todeskarte hat gestimmt...' Nun war ihr die Aufmerksamkeit der Mitschülerinnen sicher. Eifrig erzählte sie, sie sei damals nach Hause gekommen und am nächsten Morgen, am Samstag, hätten Verwandte angerufen: Der Opa ist gestorben.

Er war schon länger sehr krank, am Pendeln konnte es nicht gelegen haben. ‚Doch, das haben Sie ausgependelt!' – Jetzt sollte ich auf einmal an Opas Tod schuld sein... Der Opa lebte übrigens in der Türkei, ich hatte keine Chance, ihn zu kennen. Weil er in der Türkei lebte, mussten sie zur Beerdigung dorthin. Das dauerte alles ziemlich lange. Sie verbrachten auch noch eine Trauerwoche unten und... und deshalb war sie nicht erschienen.

‚Aber der Tod hat doch nichts mit meinem Pendeln zu tun. Ich kenne Ihren Opa gar nicht. Ich kann so etwas gar nicht auspendeln.' verteidigte ich mich.

‚Doch, das können Sie: Sie haben es ausgependelt!' Ich konnte sagen, was ich wollte, sie glaubte nur dem, was sie erlebt hatte, aber nicht, wo ich meine Grenzen sah. Wenn nicht einmal ich klären darf, was ich getan habe, dann... dann habe ich doch gar keine Chance. Das war mir eine Lehre! Ich habe Lehrlinge, von denen kann ich lernen, was es heißt, in die Lehre zu gehen. Meine Lehre scheint das Leben selbst zu sein. Zu meinen Lehrerinnen gehören meine Schülerinnen, auch wenn sie es nicht merken. Keine Frage: dann passte ich aber wie ein Schießhund auf und achtete darauf: Nie mehr die Todeskarte!"

Die Klasse war ruhig. Zufrieden? Erleichtert? Oder ein bisschen enttäuscht, dass das Ende nicht so spektakulär war wie der Anfang. Er hätte BILD-Zeitungsredakteur werden sollen; da kommen die sensationsgeilen Typen auf ihre Kosten, wenn auch die Darstellung nicht unbedingt deckungsgleich mit der Wirklichkeit ist.

Er wechselte das Thema: „Das hat länger gedauert, als ich vorhatte. Ich brauche noch Noten von Ihnen."

„Sie wollten die Noten doch auspendeln!" rief Astrid dazwischen.

„Genau! Was habe ich denn?" lachte Derya.

Er grinste, zog theatralisch sein Pendel heraus, nahm ein Blatt und zeichnete die sechs Noten. Er legte seine Klassenliste daneben und begann...

„Derya, Sie wollen wissen, was Sie haben? Ich frage den Geist des Klassenzimmers. Wohin bewegt seine Energie, seine kosmische Energie das Pendel? Na? – Na? Ja!!! Es ist eine Eins. Glückwunsch. Der Geist meint es gut mit Ihnen."

Die Schüler konnten genau beobachten, wohin das Pendel ausschlug. Er trug die Note ein und schaute sich um: „Melanie...???"

„Tja, das geht nicht so einfach, die Macht des Geistes muss ja erst sich im Raum konzentrieren, über meinem Kopf zusammenströmen, in den Kopf hineinströmen, und dann den Weg durch den Körper nehmen, über den Arm, die Hand bis in die Zeigefingerkuppe. Aber jetzt! Jetzt ist die Kraft angekommen. - O! Die kosmische Energie bewegt es zu einer Zwei! Glückwunsch, die Geister meinen es mit Ihnen gut."

Die Unruhe, die Bianca quälte, bekamen auch die Geister zu spüren. Er wollte sie entlasten: „Bianca: Nanana, da will das Pendel mit aller Macht zur fünf hin. Fünf! Es bleibt dabei, keine Gegenbewegung, es schwebt fast schon drüber, wenn die Schwerkraft nicht wäre, dann würde es hier festkleben. Nein, dagegen kann ich nichts machen. Die Geister, die unfehlbaren, haben entschieden."

Astrid quengelte: „Und ich? Wann komme ich? Ich will auch mal!"

„OK, jetzt Astrid..."

Bianca protestierte zeitverzögert gegen das Ergebnis der Seance, aber der Rest der Klasse zischte sie nieder.

„Astrid, da schwingt das Pendel sehr unruhig; Es erkennt kein eindeutiges Leistungsverhalten, will nicht richtig ausschlagen und bleibt zwischen zwei und fünf. So geht es nicht; da muss ich ein Machtwort sprechen und runde 3,5 auf Drei ab. Zufrieden?"

Er schaute sie ernsthaft an und zwinkerte ihr dann zu. Astrid war zufrieden, mit und ohne Geister. Sie kannte ihre Schwächen nur zu genau.

Es dauerte seine Zeit, bis er durch war. Am Schluss hatte jeder seine mündliche Note. Marco, vom Klassengeist mit einer Eins verwöhnt, jaulte genervt auf: „Meinen Sie das wirklich ernst? Pendeln Sie Ihre Noten Zuhause aus?"

Adam fragte sachlich zurück: „Glauben Sie das?"

Marcos Antwort enttäuschte ihn etwas: „Nein, eigentlich nicht. Aber bei Ihnen weiß man nie, wie man dran ist."

Das klang nicht gut. Er war zwar dafür, Scherze zu machen, aber Eindeutigkeit... daran lag ihm auch.

„Dann sage ich es klipp und klar: Natürlich pendle ich keine Noten aus. Und wenn ich es machen würde: Sie wissen: ich kann das Pendel durch

Konzentration steuern. Es kommt die Note heraus, die ich haben will. Genau das machte ich eben. Ich habe die mündlichen Noten gependelt, die ich Ihnen geben wollte. Geister waren dabei keine im Spiel, aber begeistert hat mich auch nicht alles, was ich hier zu hören bekam."

Seine rationale Begründung stellte Marco zufrieden, und die Hälfte der Klasse hatte abgeschaltet, als sie merkte, dass es um Begründungen ging. Sie hatten eine Note bekommen, der Thrill war vorbei und die Gedanken konnten wieder streunen. Bianca war ohnedies in heftige Gespräche mit Astrid verstrickt, d.h. nur Bianca redete. Astrid hörte zu, mehr oder minder engagiert; es sah mehr nach minder aus. Während ihrer heftigen Reden blickte Bianca immer wieder giftig zu Adam. Bei einer Fünf konnte er sich das sehr gut erklären... Die Berechtigung der Fünf konnte er ebenfalls sehr gut erklären.

Wofür wurde er vom Staat eigentlich bezahlt? Die Stunde war so gut wie vorüber und was hatte er gemacht? Noten, etwas Objektives. Aber einen gewissenhaften Lehrer kann es verunsichern, wenn eine Klasse ihm den letzten Schrott ohne nennenswerte Gegenwehr abnimmt. Er hatte provozieren wollen. Aber es war ihm nicht gelungen. Ist unsere Gesellschaft schon so verblödet, dass sie einen solchen Schwachsinn hinnimmt (vom schwulen Marco mal abgesehen? Aber es gibt auch unkritische Schwule. Dabei können sich umstrittene Minderheiten Kritiklosigkeit nicht wirklich leisten. Aber auch Minderheiten haben nicht zwangsläufig einen höheren IQ als Mehrheiten. Und die Minderheit mit einem hohen IQ ist nicht unbedingt in der Lage, ihre messbare Intelligenz auch angemessen einzusetzen. Deswegen unterscheidet die Sprache auch zwischen „Intelligenz" (dafür braucht man ein Fremdwort) und „weise" (dazu reicht die Kenntnis des Deutschen). Nicht jedes mathematische Genie blickt auch sonst im Leben durch. Manche Genies sind sogar durchgeknallt. Jetzt müsste er seine Klammer schließen und wieder ins Klassengeschehen zurück kehren. Also: Klammer die x-te zu:). Damit endete sein Nachdenken wie auch die Stunde: Der Gong ertönte.

17 Warum?

Das Handy klingelte. Himmelherrgottsack! Wo hatte er es bloß hingelegt? Er versuchte, dem Geräusch nachzugehen. Es klappte nicht. Es lag bestimmt zwischen irgendwelchen Gegenständen, die den Ton wieder reflektierten. Lauter, leiser... Allmählich wird der Anrufer sicherlich ungeduldig. Zum Glück ist die Mailbox aus... Da erspähte Adam das glänzende Teil neben dem ungarischen Zierkissen auf der Couch. Er hechtete hin: Erwische ich es noch? Er erwischte es und auch den Anrufer.

„Hallo Adam!" sagte Siggi: „Ich habe eine üble Nachricht für dich."

Blitzschnell rasten sämtliche Unmöglichkeiten durch Adams Schädel, wie der Massenstart bei der Tour de France, ausgeführt von lauter Ferraris. Seine Oberschenkel bebten. Nervös! Aber Siggi würde es ihm gleich sagen. Wollte er es überhaupt hören?

„Was ist los?!" drängte er.

Siggis Stimme ächzte betroffen: „Es geht um Eva."

„Eva? Was ist mit Eva los?"

In seinem Bauch wurde flau und die Hände umspannten fest das Handy.

„Eva hatte einen Unfall."

„Was? Wie? Wie geht es ihr? Was ist passiert?"

Er wusste nicht, wie er fragen sollte, um bereits mit dem ersten Wort alles zu erfahren.

„Blöde Sache. Du weißt, sie fährt gerne zügig; du weißt, sie konzentriert sich meistens auf mehrere Sachen gleichzeitig..."

Adam bleckte die Zähne und zog die Augenbrauen hoch; und ob er das kannte! Sie argumentierte mit ihrer Weiblichkeit und Gehirnhälftenvernetzungen. Er schnaufte tief, um seinen Ärger zu unterdrücken; für den war keine Zeit.

Siggi schilderte den Vorfall: „Wie beim Küchenaufräumen: zwei Hände für die Arbeit und das Handy zwischen Schulter und Ohr. Aber beim Autofahren. Sie wollte das Radio abstimmen, erkannte zu spät eine krasse Kurve nach rechts – stell dir vor: sie kennt die Strecke. Die ist ihr geläufig. Dann so etwas."

Adam stöhnte auf. Er konnte es sich lebhaft vorstellen. So war Eva, fehlte noch, dass sie in einen Apfel beißen wollte.

„Und dann?"

„Sie schaffte die Kurve nicht, raste über die Gegenfahrbahn – zum Glück kam kein Laster - voll auf eine Garagenwand."

„Aua!" Adam tat es fast selbst weh.

Zum Glück war sie nicht frontal drauf geprallt, nur seitlich, aber sie war durchgeschüttelt worden, auch der Kopf; Gehirnerschütterung, und Brüche. Ganz genau wusste es Siggi nicht. Sie wurde gerade operiert.

Adam spürte, wie sie vor ihm stand, alles andere verdeckte. Das war sie, seine Eva. Das besitzanzeigende Fürwort tauchte sofort auf. Nennt man das so? Er war sich unsicher, aber sicher war er sich: Mein Herz hängt an ihr. Trennung, das mag es geben, aber Eva, du bist mir wichtig. Wir haben so viel miteinander erlebt. Ich komme!

Eine Fahrt quer durch die Stadt mit dieser Gemütslage ist eigenartig. Charakterlose Häuser säumten die Durchgangsstraße, nervig viele Autofahrer waren unterwegs. „Mach Platz, du Trottel!" Den grauen Kleinbus vor sich hätte er am liebsten weggepustet. Er versperrt die Sicht, man weiß nicht, wie es weitergeht, du hast nur dieses öde Hinterteil vor Augen, und du weißt nicht, warum der so schleicht. Soll er doch gleich parken!

Klar: Alle Ampeln waren rot. Er formulierte scharfzüngige Reden bei Bürgerversammlungen und ironische Leserbriefe für den Kommunalteil der Zeitung. „Ich kann nichts, ich will nichts können, alles was ich anfasse, geht kaputt; wo ich bin, herrscht Chaos. Hiermit bewerbe ich mich um eine Führungsposition beim Tiefbauamt. Ich möchte Straßenzüge planen, Verkehrsführung verantworten, Lichtzeichenanlagen installieren, Ampelschaltungen programmieren. Ich bin der geeignete Mann dafür und übertreffe alle bisherigen Verantwortlichen, von der Entscheidungsebene bis hin zur Ausführung, um Längen..." Wenn er mit dem Rad durch die Gegend raste, wurde er ein Befürworter körperlicher Züchtigung: Alle, die für Rad- und Verkehrswege zuständig sind, müssen sich auf ein Fahrrad setzen und acht Stunden lang durch die Stadt fahren, von ihm geführt. Gerade die Stellen, an denen der Radweg andere Straßen überquerte, würden aufgesucht. Ideal für Sesselfurzer: Die würden sich selbst den Hinter versohlen, an den Stellen, wo sie die Bordsteinkanten nicht genügend abgeschrägt hatten; und das war quasi überall... Selten traf das Wort „Selber schuld!" so präzise zu.

Mit solchen Gedanken, solchem Denkmüll zuckelte er durch die Gegend. Es lenkte von anderen Gedanken ab. Er hätte sich die Verantwortlichen gerne selbst vorgeknöpft, wenn er bei Grün startete, um sofort wieder auf Rot zu treffen. Er durfte, wenn er die Schaltungen kannte, nicht einmal langsam auf Rot zufahren, denn dann würde ihn sofort ein souveräner Zeitgenosse überholen, knapp vor ihm einscheren und scharf bremsen, um bei Rot zum Stehen zu kommen. Manche beschleunigen erst dann, wenn die Ampel gerade auf Rot geschaltet hat... Die Führerscheinvergabe ist nicht an Intelligenz gekoppelt; vermutlich auch nicht bei den Vergebenden (die vergeben einem Verkehrschaoten ja alles).

Wie effektiv lenken solche uneffektiven Selbstgespräche von den aktuellen persönlichen Problemen ab. Die Mitwelt erführe nie, was er so brillant formulierte. Dabei durfte er in diesen Auseinandersetzungen den Verkehr nicht aus dem Auge verlieren. An die letzten beiden grünen Ampeln konnte er sich nicht erinnern. Dass er jetzt an einer roten Ampel zum Stehen kam, konnte er sich nicht erklären. Er hatte es nicht bewusst gemacht. Vielleicht ist dies eine Frucht von Fahrpraxis: Du fährst korrekt, obwohl du nicht bewusst fährst, weil alles sich schematisch eingeprägt hatte.

„Beim Schalten darfst du nicht denken!" hatte ihm sein Fahrlehrer eingebläut: „Das muss dir in Fleisch und Blut übergehen." Damals glaubte er es nicht, weil es ihm als hohe Kunst des Autofahrens erschien, korrekt zu schalten. Darum schimpfte der Fahrlehrer: „Du darfst nicht nachdenken. Das muss von selbst gehen. Du denkst ja auch nicht, dass du jetzt einatmen und dann ausatmen musst. Da würdest du glatt ersticken. Schalten, Blinker setzen, Scheibenwischer... alles ganz automatisch. Du bist als Autofahrer ein Auto-Mat. Klar, mein Junge?" Den Typen mochte er nicht, aber er hatte es sich gemerkt. Seine Freundin hatte ihrerseits sich gemerkt, dass der Fahrlehrer beim Demonstrieren der Kupplung immer wieder daneben langte und versehentlich ihr Knie erwischte. Der Fahrlehrer war nicht schwul. Also passierte es Adam nie. Dafür war er dankbar.

Andrerseits machte der superschlaue Typ sich bei den Jungs gerne über irgendwelche Fehler lustig. „Da wärest du jetzt schon durchgefallen!" grinste er zu Adam direkt nach dem Losfahren. Adam blickte verständnislos. Für Fehler war noch keine Zeit gewesen. Der Lehrer lachte. Dreckig?

Zumindest überlegen: „Es regnet. Vor dem Losfahren musst du die Scheibenwischer betätigen." Adam dachte (relativ höflich): „Ob du wohl deinen Verstand betätigst?" Aber er sagte es nicht. Das wäre bei dem Typen nicht gut rübergekommen. Wie viele Stunden er für die Prüfung benötigte, konnte nur der Fahrlehrer abschätzen, zu seinen Gunsten.

Mit solchen Gedanken düste der inzwischen versierte Autofahrer durch die Stadt. Es war gut, dass er nicht dauernd an Eva dachte. Da wäre er noch unkonzentrierter gewesen als seine Schülerinnen. Bei dieser Selbstkritik fiel ihm eine Kolportage eines Kollegen ein. Der hatte im Lehrerzimmer eine schriftliche Aufgabe gestellt: „Was hat die Schülerin mit folgender Niederschrift gemeint? „Mehrtürer" Automatisch denkt man an Autos. Aber es war die Verschriftlichung von Märtyrer. Ein Begriff, bei dem die Schülerin weniger an Autos als vielmehr an gar nichts denkt. Irgendwann würde er ein Wörterbuch der witzigsten Verschreiber zu Papier bringen.

Vor ihm erschien sein Ziel: das Krankenhaus. Was ein Krankenhaus vor allem auszeichnet: Mangel. Weniger an Betten als vielmehr an Parkplätzen. Er kannte eine bayerische Großstadt, die einen Krankenhausneubau gezielt mit zu wenigen Parkplätzen ausstattete, um die Besucher zur Benutzung öffentlicher Verkehrsmittel zu bewegen. Das ging daneben. Denn die Idee von Bus und Bahn kam beim Anliegen „Krankenbesuch" nur wenigen und denen auch erst nach der Ankunft und während der Parkplatzsuche, abgesehen von zu hohen Preisen und unübersichtlichen Fahrplänen, abgesehen von Fahrern mit sehr unterschiedlicher Kulanz gegenüber Fahrgästen, die auf den Bus zu rannten. Er hatte Glück: Gerade fuhr jemand aus seinem Parkplatz. Er konnte parken. Glückshormone tummelten sich in seinem Kopf, als er auf die Klinik zuging.

Bezeichnend für ein Krankenhaus: ein riesiger Gebäudekomplex mit nur einem einzigen Eingang, gut getarnt durch Rauchwolken, die die Schilder „Rauchen verboten" verbergen. Dass die Zuwiderhandlung mit 1000€ bestraft wird, nimmt man erst spät wahr und dass jemand wirklich zur Rechenschaft gezogen wird, überhaupt nicht. Am meisten stießen ihn die Rollstuhlfahrer ab, die nur ein Bein hatten, aber um die Wette pafften, da er unter ihnen viele „Opfer" des berühmten Raucherbeins vermutete: Du rauchst, deine Durchblutung ist gestört, dein Bein stirbt ab, es wird amputiert, und das ist für dich so schlimm, dass du beim ersten möglichen Zeitpunkt (noch nicht im Auf*rauch*raum, äh Aufwachraum) wieder zur Zigarette greifen musst. Dieser Widersinn machte ihn hilflos aggressiv und erinnerte ihn an die Schülerinnen, die für ihre Probleme alle möglichen Ursachen benannten außer ihr eigenes Fehlverhalten. So ein Krankenhaus kann nachdenklich machen.

Er kämpfte sich hindurch: durch die Schleuse, die Rauchschleuse, denn Rauchen ist in bestimmten Zonen erlaubt, durch die alle Besucher müssen. Der Rauch hält sich nicht an die Zonen, sondern schweift durchs Gelände, bis auf die Stationen. Er dachte an die Flugzeuge, wo früher die Nichtraucherzone hinter der Raucherzone war und der Rauch locker zu den Nichtrauchern zog. Genial!

Er hatte ein Ziel: Eva. Am Info-Center erfuhr er, wo sie lag. C232. Super. Wie beim „Schiffeversenken", dem beliebten Spiel unter Jugendlichen. Wo ist C? Dem Architekten war das klar. Er hatte den Wettbewerb gewonnen, weil er einen punktsymmetrischen Bau entworfen hatte: Also: alles spiegelt sich an einem Punkt, und das ging in alle Richtungen so weiter. Die Chaostheorie könnte an Reisbrettern für Krankenhäuser entdeckt worden sein. Trotzdem: Bevor er ermattet in einer Sackgasse liegenblieb und nach Wochen nur noch sein Skelett gefunden wurde, frug er sich durch. Er landete bei Eva.

Zögernd betrat er mit dem ungewohnten Blumenstrauß in der Hand das Zimmer. Er hatte sich sagen lassen, so gehöre sich dies, und in dieser ungewohnten Situation schienen ihm Konventionen hilfreich, die er sonst als nervtötend wegschob. Wenn du nicht weißt, wie du dich verhalten sollst, halte dich an Regeln. Ein bandagiertes Gesicht blickte ihn an. Weniger das Gesicht, als vielmehr die Augen, die der Verband freigab. Da lag sie. Lass dir nichts anmerken vom Schock. Sei natürlich, unbefangen, als wäre nichts passiert, lass nicht merken, dass es gespenstisch aussieht.

Er fixierte sie, packte den Blumenstrauß fester und warf einen Blick auf die Nachbarin. Die Nachbarpatientin! Er kannte sie. Sie war es. Eva! Er war total verstört, dann fiel ihm ein Stein, ein Felsbrocken, ein Berg von der Seele. Das bandagierte Gesicht gehörte nicht Eva; sondern der Zimmergenossin. Eva war wiedererkennbar. Getragen von Erleichterung veränderte er seine Zuversichtsbotschaft Richtung Bandagen in freundliche Begrüßung und ging auf Eva zu. Aus ihrem Blick konnte er nichts heraus-lesen. Die Jahre des Zusammenlebens hatten kein Wörterbuch ergeben. Ging es ihr wie ihm? Wusste sie noch nicht, wie reagieren. Vielleicht wäre ein Ritual auch für sie hilfreich. Gut, dass er die Blumen hatte.

„Hallo Eva, grüß dich! Was machst du für Sachen?! Schau, ich habe ein paar Blümchen dabei. Gibt es hier so etwas wie eine Vase?"

Er fand sich idiotisch. Sein Schwellenunterricht war souveräner.

Eva lächelte, auf der Suche nach neuen Wegen der Kommunikation.

„Adam! Schön, dass du kommst. Ich wusste gar nicht, ob... Blumen! Wie schön! Die sind ja wunderbar!"

Es klang überzeugend. Meinte sie das wirklich. Egal. Sie goutierte seine Geste. Das reichte.

„Jaja, die haben hier Vasen. Aber ich fürchte, darin kommen deine wunderschönen Blümchen nicht zur Geltung. Hochklassige Vasen halten sich hier nicht. Ich läute der Schwester. Die soll was bringen."

„Nein!"

Hätte Adam gesessen, wäre er hochgesprungen:

„Die haben genug zu tun. Ich gehe schnell auf Station. Dort wird das gebunkert. Ich hole eine..."

Blöd gelaufen. Konvention hin oder her, so weicht man der Begegnung aus. Er stoppte er seine Bewegung Richtung Tür.

Er legte die Blumen vorsichtig auf den Nachttisch. Dann beugte er sich über Eva und gab ihr einen Kuss auf die Stirn; väterlich. Zumindest fühlte er sich so. Ganz tief verbunden mit ihr wie mit einem Kind.

Lächelnd strich sie ihm über die Stirn: „Ach, ich bin froh, dass du ge-kommen bist. Weißt du, ich bin total durcheinander. Es ging alles so schnell. Dabei packte mich das Gefühl, mein ganzes Leben würde mich plötzlich fragen: ‚So, das hast du aus mir gemacht?!' Das fragte mich die fünfjährige Eva naiv, und die vierzehnjährige vorwurfsvoll. Alles schien da, was ich in meinem Leben erlebt habe. Das durfte nicht zu Ende sein!" Sie schluckte und hatte feuchte Augen. „Aber damit wollte ich dich nicht überfallen... Ich finde es schön, dass du gekommen bist, trotz allem..."

Adam ging es ähnlich, aber seine ironische Art gewann Oberhand:

„*Wegen* allem! Ich bin *wegen* allem gekommen. Das geht nicht: Jahrelang ist man sich total wichtig, und plötzlich, nur wegen einer Trennung, soll einem der andere nichts mehr bedeuten. Das wäre blöd."

„Finde ich auch..."

Sie schaute ihn mehrdeutig an. Sie kannte selbst keine Lösung.

Ihre seltsame Verständigung wurde durch eine Krankenschwester unterbrochen. Sie ging auf das Nebenbett zu: „So, jetzt müssen wir zum Röntgen. Da müssen wir die Bremsen lösen." Sie löste die Bremsen. Ein Gruß hatte sich noch nicht von ihren Lippen gelöst. „Jetzt wollen wir aus dem Zimmer gehen." Wer ging hier? Sie schob das Bett aus dem Zimmer; von der Patientin war kaum etwas zu erkennen, schon gar nicht eine Reaktion.

„Peng! Was war denn das?"

Eva nickte: „So bescheuerte Kommunikationsformen wie im Krankenhaus habe ich lange nicht mehr erlebt. Die Krankenschwestern bevorzugen das vereinnahmende ‚Wir‘, obwohl sie es bestimmt anders gelernt haben. Und die Ärzte? Abgesehen vom Assistenzarzt sind sie nicht besser. Sofort die inklusive Redeweise, ‚wie geht es uns denn heute‘? oder wir reden von einem gemeinsamen Bekannten: ‚Was macht denn der Bruch?‘. Noch schlimmer ist die Chefarztvisite. Kein Gruß. Sofort spricht er mit seinen Kollegen oder was auch immer über uns wie ein Schreiner über das Holz, mit dem er arbeitet, oder ein Mechaniker über das Auto, das er in Arbeit hat. ‚Hier, schauen Sie mal die Fraktur! Wunderbar! War ziemlich kompliziert, aber es klappt wie am Schnürchen.‘ Klingt inhaltsleer, aber er wird gut dafür bezahlt. Nicht für seine kommunikative Kompetenz, sondern sein chirurgisches Geschick."

Adam bemühte sich um Gerechtigkeit: „Ich finde, wenn es um eine Operation geht: besser ein kommunikativ versagender guter Chirurg als ein chirurgisch versagender guter Kommunikator. Wenn ich an die wortgewandten, sympathischen Finanzberater denke: bei denen fühle ich mich wohl. Jahre später merke ich: Operation gelungen, Patient pleite."

Eva überzeugte das nicht: „Ein Arzt muss mit einem reden können."

Adam brummte: „Wie sollte ich dir widersprechen? Denk an die Stones: ‚You can't always get, what you want.‘ Du lässt dich bestimmt

lieber von dem spröden Oberarzt operieren als von der fürsorglichen Krankenschwester. Der versteht die komplizierte Materie."

Eva überzeugten seine Argumente nicht. Ihre Ansprüche an die
Menschheit waren höher.

Adam versuchte, das Thema zu wechseln: „Sag mal, was ist eigentlich
mit deiner Bettnachbarin los. Das sah übel aus."

Eva blickte ganz anders. Die Geschichte hatte sie mitgenommen.
„Weißt du, wenn du das hörst, dann fühlst du dich... naja, für mich ist das
alles bald vorbei; ein Schreck, viele Schmerzen, eine Operation, ein Hei-
lungsweg, dann ist es Vergangenheit. Aber bei Maria ist es anders."

Sie reagierte auf Adams Blick: „Maria heißt sie. Im Krankenzimmer
bleibt man nicht lange förmlich. Dazu kriegt man zu viel voneinander mit.
Bei ihr war es nicht viel anders als bei mir. Ein Autounfall. Aber: Sie hat
Gesichtsverletzungen. Da bleiben Narben. Weißt du, was das für eine Frau
heißt? Narben im Gesicht! Das ist eine Art Todesurteil. Jeder, der dich
anschaut, schaudert. Er will es nicht zeigen, aber du checkst es sofort, bevor er unbefangen mit dir redet. Das ist... Ja, da findest du bestimmt sofort
ein paar Wörter, wie das ist. Ihren Beruf wird sie auch nicht mehr ausüben
können. Der Arm macht nicht mehr mit."

„Aber so etwas kann man doch üben... Krankengymnastik!"

Eva lachte hohl: „Typisch, alles sofort relativieren. Du musst akzeptieren, dass es ein Rien-ne-va-plus gibt. Für Maria ist das Leben gelaufen. Die
hat es hinter sich. Jetzt folgt nur noch Vegetieren."

Adam protestierte: „Das ist billig! Da verhöhnst du alle, die ihr Leben
irgendwie packen, auch wenn es nicht der Frühstücksmargarinewerbung
entspricht. Du ahnst nicht, was man dem Leben abgewinnen kann!"

„Du nimmst die Belastung nicht ernst!"

Adam wurde ärgerlich: „Doch, das tue ich. Aber ich habe gelernt: Du
hast nur das eine Leben. An dem hängst du; und wenn sich die Umstände
ändern, dann bleibt es doch dein einziges Leben, und du musst was draus
machen, weil du etwas von deinem Leben haben willst."

„Aber es bringt doch nichts mehr, es ist doch alles vorbei."

„Du kannst dir immer noch etwas Schlimmeres vorstellen. Wenn dir
das gelungen ist, kannst du aus deinen Möglichkeiten noch etwas heraus-

holen. Natürlich nicht, wenn du immer das Unmögliche herausforderst."

Eva wollte widersprechen, aber kurz fing sie an zu denken. Die Zeit zum Denken ließ er ihr gerne, wenn auch nicht ohne Selbstüberwindung. Wer will nicht gerne weiterreden, wenn er den Eindruck hat, er habe gerade einen guten Gedanken erwischt und könne ihn ausbauen.

Ihm war dieser Bibelvers eingefallen. Er versuchte, ihn zu rekonstruieren: „Was ihr einem der Geringsten..." Hm... welcher Geringsten? „meiner Brüder", genau, so hieß es, das störte ihn; es hätte auch um Schwestern gehen können; er war gleichberechtigt groß geworden. Das war für ihn so selbstverständlich, dass ein Verstoß ihn aufregte: Die Zeiten gehören zu unseren Großeltern und ihrer Generation, wo Geschlechter unterschiedlich gewertet wurden. Aber das Thema war anders: Was ihr einem der Geringsten meiner – sagen wir mal: Geschwister – „...getan habt, habt ihr mir getan." Das hieße hier: Maria braucht Menschen, die ihr unbefangen begegnen. In der Befangenheit unbefangen. Oder: die Befangenheit gemeistert.

Wie sagte Hegel: Dialektik heißt: In der Synthese sind These und Antithese aufgehoben. Ja, die Befangenheit und Unbefangenheit widersprechen sich und müssen aufgehoben werden auf eine höhere Ebene, wo die Unbefangenheit ihre Wirkung entfalten kann, aber andererseits die Befangenheit hinter sich gelassen hat, oder unter sich gelassen hat, über ihr steht. Dass Hegel bei Krankenbesuchen helfen könnte, hatte Adam nicht wirklich vermutet, und dass er ein praktischer Ratgeber bei der Anwendung eines biblischen Gleichnisses sein könnte, hatte er auch nicht erwartet. Matthäus 25, da ging es um das große Weltgericht, das freilich passte zu G.W.F.Hegel. Der sah die Weltgeschichte als Selbstentfaltung des Heiligen Geistes, der von sich ausgehend zu sich zurückkehrt, sich dazwischen verwirklicht, was ihm eine neue Qualität verleiht. Auf diesem Hintergrund gesehen würde ihm in Maria Gott selbst begegnen. Pseudonym, also mit verändertem Namen. Wer Gott für männlich hält, hat damit besondere Probleme. Aber eine spirituelle Größe geschlechtlich wie Mensch oder Tier festlegen zu wollen ist ohnedies unangemessen. Gott begegnet in Maria. Das klingt spannend.

War er zu weit gegangen? Nach allem, was er von Eva gehört hatte, litt Maria unter ihrer Situation. Da klänge alles, was er in sich formuliert hatte, wie ein Hohn. Mein Leben ist zerstört und er sagt, in mir begegnet ihm

Gott... das wäre Sadismus. Er musste es für sich behalten, aber er konnte es leben. Ob er es leben könnte, wenn ihm die Bandagen vom Gesicht genommen würden? Könnte er durch die Narben hindurch sehen?

Er hatte die Erfahrung gemacht: Eine schöne Frau war ihm begegnet, er hatte ihr Aussehen bewundert. Er hatte sie genießend angesehen. Er sah immer mehr von ihr, immer mehr, immer mehr, bis er alle Züge ihres Gesichtes wahrnahm und darin viel Leere zu entdeckte, viele Untiefen. Die Schönheit war verflogen, ent-deckt als verlogen; natürlich konnten einem schöne Frauen, die gar nicht wirklich schön waren, leidtun. Aber an erster Stelle kam die Enttäuschung. Andererseits: Er hatte Frauen gesehen, die ihm leid taten, weil sie unattraktiv wirkten. Er lernte sie besser kennen, hörte sie reden, hörte zwischen die Worte, auf die Töne, sah dazwischen die Augen, die Blicke, und spürte das Leben, das in allem steckte, das in ihnen steckte und durch sie sprach... So entdeckte er, was in ihnen steckte: die Schönheit des Lebens. Wie schön kann ein Mensch sein, wenn du das Leben selbst in ihm entdeckst.

Das würde Maria jetzt nicht helfen. Der Blick in den Spiegel, der eigene Blick, das Erschrecken über sich selbst: So will ich nicht sein. Und dann: Keiner kann mich schön finden. Schlimmer: Jeder erschreckt vor mir. Daneben (existierend in einem parallelen Universum) das Gefühl, ich bin ich. Es ist mein Leben. Mein einziges Leben. Meine Existenz. Mein Leben liebe ich, auch wenn ich vor meinem Aussehen erschrecke.

Der Blick der Liebe geht tiefer als die Photographie. Der Mensch sieht, was vor Augen ist, Gott sieht das Herz an, heißt es in den heiligen Schriften der Juden. Es steckt eine tiefe Wahrheit in diesen Worten. Was billige Journalisten abbilden, entspricht nicht der Wirklichkeit, auch wenn es photographisch objektiv ist. Der Blick der Liebe, das ist es, wovon Jesu redete und was er selbst praktiziere. Du bist liebenswert, und wer liebenswert ist, ist lebenswert, dein Leben ist wertvoll. „Aber ich bin entstellt". Dein Herz ist nicht entstellt. Nur wer ein entstelltes Herz hat, ein hartes Herz, ein liebloses Herz, der ist wirklich entstellt. Aber dem nützt auch eine schöne Fassade nichts. Er wird es spüren. Es zählt letztlich nur die Liebe. Die es in vielen Spielarten gibt.

Adam merkte, wie weit ihn seine Gedanken getragen hatten. Fast spürte er eine prophetische Kraft in sich, die Kraft der Liebe. Er spürte diese Kraft für Maria, die er nicht kannte, die hinaus gefahren worden war, die verzweifelte, wenn sie an ihre Bandagen dachte, die verzweifelte, wenn sie dachte, was das Abnehmen dieser Bandagen offenbaren würden. Er spürte diese Kraft auch für Eva, die an der Katastrophe vorbeigeschrammt war und nicht durch die Hölle der mitlebenden Augen hindurch musste, die nicht die Kraft der Liebe austesten musste, wenn sie in die Öffentlichkeit trat. Auch sie hatte die große Infragestellung erlebt. Auch sie war am Ende angekommen, an der Angst, den nächsten Augenblick nicht zu erleben, an der Angst, dass niemand sie mehr anschauen wollte. Der Blick der Liebe, der Leben schafft, auch sie würde ihn brauchen.

„Ich verstehe das nicht!"

Aus Evas Stimme klang eine Irritation, die bodenlos war.

Hier ging es um die große Frage des Lebens, wenn das Leiden kommt. Fünf Buchstaben, die dein ganzes Leben erschüttern: „Warum?" Am besten mit einem Ausrufezeichen „Warum?!" In dieser Zeichenkombination steckte: Das ist eine Frage und ein Vorwurf zugleich. Diese Frage kann niemand wirklich beantworten, und doch wird sie unablässig gestellt. Keiner will eine Antwort hören. Warum nicht? Weil er eine Lösung will, keine Antwort. Er will eine Lösung, die die Frage überflüssig macht. Er will nicht wissen, warum es das Leiden gibt, sondern er will, dass es das Leiden nicht mehr gibt. Es ist keine Frage des Verstandes, sondern eine Frage des Gefühls, mit einem Vorwurf und Angriff auf die Macht, die alles zu verantworten hat. Würde es Maria helfen, wenn sie wüsste, warum sie das Schlimme erleiden muss? Nein. Vielleicht würde es etwas erklären, so wie ein an Lungenkrebs erkrankter Raucher wüsste, dass das Rauchen ihm eine tödliche Krankheit gebracht hat. Aber erstens wusste er das vorher schon, und zweitens half das jetzt auch nichts mehr.

Adam dacht mit Schaudern und Ärger an seine Begegnungen vor dem Krankenhaus: Die großen Schilder, dass Rauchen verboten ist und bis zu 1000€ Strafe nach sich zieht. Aber genügend Raucher bildeten eine Rauchschranke für Besucher. Nicht wenige im Rollstuhl, mit nur noch einem Bein. Raucherbein, das ist ein Begriff: Durchblutungsstörung des Beines, Versorgungsstörung, das Bein wird schwarz, stirbt ab, muss amputiert werden, Ursache: Rauchen. Und nach der Operation: raus mit dem Rollstuhl an die frische Luft und eine Zigarette angesteckt. Ursache klar, Folge klar, Folge furchtbar, aber dagegen hilft nur eins: Rauchen, damit du dich wieder beruhigst. Rauchen tut gut, gerade nach einer Amputation. Schick deinen Verstand in die Wüste.

In Adam kämpften Ärger und Mitleid. Der Verstand schien zu unterliegen, trotz der Aufklärungsarbeit der Ärzte. Über die Öffentlichkeit hatte die Aufklärung längst stattgefunden. Zigarettenpackungen enthielten plakative Warnungen, die übers Raucherbein hinausgingen: Tod! Für dich und deine Umgebung.

In den USA wurden Prozesse geführt. Raucher klagten gegen Tabakfirmen, weil diese für ihre schweren Erkrankungen verantwortlich wären. US-amerikanische Gerichte gaben den Klägern Recht. Die Firmen mussten Unsummen zahlen. Er hatte nichts dagegen, dass diese Firmen, die sich durch die Zerstörung anderer bereicherten blechen mussten – wie die einfachen Aktionäre, die vom Lungenkrebs lebten -; dagegen hatte er nichts. Aber er hatte etwas dagegen, dass Menschen Recht gegeben wurde, die blöd bleiben wollten. Dass Rauchen schädlich ist, ist bekannt. Wer sich von Tabakfirmen täuschen lässt, will sich täuschen lassen. Wer blöd sein will, darf das, aber er soll nicht andere für die Folgen seines Blödseinwollens haftbar machen.

Er dachte an die vielen Männer und Frauen, die gegen die Mahnung ihrer Umgebung einen Partner geheiratet hatten, der von vornherein schlecht für sie war, als Schläger, als Trinker, als Nichtsnutz. Hinterher folgte die große Klage. Nein! Das konnte er nicht akzeptieren. Wenn er ehrlich war: Es nervte ihn, dass er von solchen Menschen umgeben war. Viele seiner Schülerinnen, er vermutete sogar, die Mehrheit, gehörte zu den Selbstbelügern: erst sich nichts sagen lassen und hinterher klagen. Die Lebensvariante war ihres Lernverhaltens: Erst nicht aufpassen, nicht richtig mitschreiben, nicht lernen und bei der Schulaufgabe sich beklagen: „Das haben wir nie gehabt." „ Da habe ich gefehlt." „Das Arbeitsblatt haben Sie uns nicht gegeben!" Dass andre Schülerinnen es anders mitbekommen hatten, dass es neben Sechsern auch Einser gab, änderte nichts an den Vorwürfen. Noch schlimmer: Er erlebte Eltern, die sich nur die Feindbilder ihrer Schulzeit erhalten hatten, aber niemals selbstkritisch realisierten, wo ihr eigener Beitrag zum Scheitern lag.

Bianca mit ihrer BILD-Zeitung: War das ihr eigener Weg oder der Weg ihrer Eltern? Die Antwort konnte er nie geben, ohne die Eltern zu kennen. Aber er erlebte, dass Kinder das Produkt ihrer Eltern waren. Vielleicht können Eltern nicht alles schaffen, was sie versuchen, aber sie können ziemlich viel versauen durch schlechtes Vorbild. Sie konnten ein schlechtes Vorbild sein und die Kinder gingen einen guten Weg, weil sie rechtzeitig checkten, wo echte Vorbilder waren. Leider, leider kam dies viel zu selten vor.

Was hatte das mit Marias Bandagen und Leiden zu tun? Irgendwie nichts. Außerdem: Maria war weg, Eva war da. Um sie musste es gehen... Aber ein kurzer Blick auf die Uhr auf dem Nachttischchen zeigte: Er musste jetzt gehen. Dabei wäre doch irgendetwas zu klären gewesen.

„Du, ich muss jetzt! Aber morgen komme ich wieder."

"Schade." Sie lachte: „Ich meine, schade, dass du gehen musst, nicht, dass du wiederkommst. Ich wünsche dir einen schönen Abend."

„Tja, äh, und dir: gute Besserung, schnelle Heilung und so. Grüße an die Mitpatientin."

Beim Gehen achtete er darauf, dass er nicht zu schnell lief. Es sollte nicht nach einer Flucht vor der bedrückenden Seite des Lebens aussehen. Er wusste genau, wie schwierig es ist, einen gehen zu sehen, während man selbst nicht gehen kann. Warum ich?... Das beschäftigte ihn auf der Rückfahrt mehr als alle Verkehrshindernisse, die aktuell auftauchten.

18 Der Chef und die Chefs

„Sie sollen sofort zum Chef kommen!" Aus der Telefonmuschel klang die beunruhigte Stimme der Sekretärin.

„Gut, ich komme! Worum geht es?"

„Hat er nicht gesagt. Er klang sehr aufgeregt. Sie sollen sofort kommen! Mit drei Ausrufezeichen!"

„Ich fliege!" scherzte Adam. Frau Bachstein lachte nicht, sondern legte auf.

Steffie wollte sofort wissen, was los ist. Doch er wusste es selbst nicht:

„Ich soll sofort zum Chef kommen. Die Bachstein war total aufgeregt. Was kann das nur sein?"

Richtige Sorgen machte er sich nicht. Er hatte kein schlechtes Gewissen, aber auch keinen Dunst, was den hohen Herrn aufregt hatte.

Steffie blickte besorgt, Susie, die gerade reinkam, spürte nur die seltsame Stimmung, aber da war er auch schon draußen mit einem flapsigen „Ich muss mal..." Pause. „...zum Chef!" Adam lachte ungezwungen und steuerte die Sekretariatstür an.

Frau Bachstein, akkurat geschminkt, mit dem Sex-Appeal einer Eisbombe, empfing ihn kühl und winkte ihn nach einem kurzen Telefonat in Direktorat. Er fühlte sich dem Chef vorgeführt, wie ein Verurteilter beim Schafott. Das konnte heiter werden. Was war bloß los?

Der Chef thronte nicht wie gewohnt Akten zerblätternd hinter seinem Schreibtisch, sondern lief nervös hin und her. Er, ansonsten demonstratives Mitglied der Geheimloge „Zum Knigge", streckte nicht einmal die Hand zur Begrüßung aus, sondern kam gleich unsachlich zur Sache:

„Was haben Sie denn da wieder angestellt?! Der Chef hat angerufen!! Was haben Sie sich bloß dabei gedacht?!"[4]

Vermutlich ergänzte er in Gedanken: ,Wenn Sie überhaupt denken können.' Der Schulleiter war schon immer ein Schleimer, ein Weichei gewesen. Einen Stellung beziehenden Satz hätte er nie ausgesprochen. Selbst beim Denken könnte er sich etliches verbieten. Seine Gedanken – immerhin Chefsache – äußerte er nicht besonders frei.

„Wie stehen wir da?! Was soll der Chef von uns halten!" Der Schulleiter wirkte fassungslos, obwohl er bereits Zeit gehabt hatte, sich mit der Information, welche auch immer, anzufreunden.

Der Chef? Welcher Chef? Von sich selbst gleichzeitig in dritter Person Singular und erster Person Plural zu reden war unwahrscheinlich. Bei allem, was ihm Adam unterstellte, war die Vorstellung abstrus, er könne sich selbst angerufen haben, um sich über einen seiner Untergebenen zu beschweren. Es musste ein alternativer Chef sein. Von dem da oben, vom

---

[4] So einen Chef hatte ich einige Jahre später auch. Nachdem ich gegangen worden war, machte er Karriere: Solche Männer braucht das Land: Hinterfotzig. Mein Umfeld bestätigt mir: Institutionen leben von solcher Obrigkeit.

lieben Gott konnte dieser Paragraphenfuzzi nicht reden. Der Kultusminister? Hätte viel zu tun, wenn er zu solch mediokren Typen Kontakt aufnähme; obwohl Adam den Kultusminister in eine ähnliche Kategorie einordnete. Gut, dass man einen Mund zum Fragen hat. Zwar findet nicht jede Frage eine Antwort, aber der Direktor schien bestens darüber informiert, vor wem er („Wir") jetzt „wie?" dastand.

„Herr Direktor, entschuldigen Sie, verzeihen Sie mir, aber ich komme beim besten Willen nicht darauf, von wem Sie sprechen."

Sein Chef was gasping. OK,. das ist englisch, aber finde dafür ein deutsches Äquivalent! Rang nach Worten? Stand mit offenem Mund da? Schnappte nach Luft? Rang nach Worten? Keuchte? Gut: ‚Rang nach Worten' zwar zweimal gefallen. Das traf es: Handbewegungen, die Worte vom Himmel oder von der Decke holen wollen. Aber der Himmel bleibt verschlossen, die Decke kommt nicht runter, obwohl sie manches Elend bedecken könnte. Worte lassen sich nicht aus der Luft heraus ziehen, Leute wie der Schulleiter können höchstens heiße Luft ablassen. Aber selbst dazu schien er momentan nicht fähig.

„Sie wissen genau, was ich meine! Bianca! Wie konnten Sie nur! Ein Mitarbeiter meines Kollegiums, meiner Lehranstalt, gerade Sie! Das hätte ich nie von Ihnen gedacht. Was haben Sie sich dabei gedacht? Da kommt man nicht im Traum drauf!"

Adam war baff: „Wovon sprechen Sie? Was ist mit Bianca los? Klar, eine unserer dümmsten Schülerinnen – soweit man das Lehrer beurteilen kann. Aber für Biancas Dummheit bin doch nicht ich haftbar zu machen, und für ihre verkorkste Erziehung könnten Sie den Vater heranziehen, wenn Sie ihn irgendwo auftreiben, oder die Mutter, die sie sofort auftreiben können, ein armes Hascherl, das zwar Kinder kriegen kann, aber für das Großziehen völlig ungeeignet ist. Ist Bianca schwanger geworden, weil der Aufklärungsunterricht in meinen Stunden zu kurz kam oder defizitär war?"

Adam versuchte, den Sprengstoff aus der Situation zu nehmen, obwohl er nicht ahnte, worauf der Chef hinaus wollte. Bei Bianca lag so viel im Argen, dass er eine echte Eingrenzung sofort verworfen hatte.

Der Schulleiter lief rot an: „Die Sache mit den Noten!"

Adam schüttelte den Kopf: „Nichts zu machen! Sie ist nicht besser. Sie ist auch nicht so dumm, dass sie keine besseren Noten bekommen könnte. Sie ist einfach stinkfaul. Dafür kann ich sie nicht mit guten Noten belohnen, nicht einmal mit durchschnittlichen. Das wäre nicht fair, schon gar nicht im Vergleich mit denen, die deutlich dümmer sind, sich aber unheimlich bemühen und dafür ein paar Früchte ernten sollten, die dieses Früchtchen sich einfach nicht verdient."

Eine lange Rede! Aber sein pädagogisches Konzept beruhigt die Wogen offensichtlich nicht. Der Schulleiter wischte eine unsichtbare Tafel ab, auf die Adam etwas hingeschmiert hatte. „Unfug! Sie wissen genau: Diese Ungeheuerlichkeit! Muss ich deutlicher werden?! Noten auspendeln! Wenn das die Öffentlichkeit erfährt? Wenn der Chef an die Zeitung geht, oder ans Schulreferat, oder... und sie soll nicht die einzige gewesen sein. Vor aller Augen haben Sie sie bloßgestellt, die Noten der ganzen Klasse ausgependelt. Ich kann es nicht fassen! Offen gesagt, ich dächte an ein Disziplinarverfahren, wenn es dadurch nur nicht noch mehr publik würde. Sie können von Glück sagen, dass eine solche Ungeheuerlichkeit nicht nach außen dringen darf, sonst säßen Sie schon auf der Straße."

Adam war betroffen. Er versuchte, zu lachen, weil er den Vorwurf lächerlich fand; aber er merkte, dass der Schulleiter intellektuell überfordert war – ein Zustand, der dem Kollegium nicht unvertraut war. Paragraphen und Anweisungen konnte er besser handeln („ä") als Situationen, an denen konkrete Menschen beteiligt waren, die er nicht mit Buchstaben und Ziffern in einen Verwaltungsvorgang integrieren konnte.

„Herr Direktor, Sie haben Recht, wenn Sie mir diese Ungeheuerlichkeit nicht zutrauen. Das könnte ich mir als Lehrer nicht erlauben. Gestatten Sie, dass ich die Sachlage kläre."

Der Schulleiter gestattete, zögernd, ob er erwarten könne, dass es eine entlastende Aufklärung gäbe, aber aus ihm sprach, ja, schrie schier die verzweifelte Hoffnung, alles sei nur ein schrecklicher Irrtum, ein Missverständnis. Andererseits konnte er sich beim besten Willen und mit der schlechtesten Phantasie nicht vorstellen, wie es zu solch einem Missverständnis kommen konnte, denn Pendeln konnte man sehen, und vor der ganzen Klasse konnten es alle sehen, und was alle sehen können, kann kein Irrtum sein.

Was alle sehen, kann nicht falsch sein? Welch grandioser Irrtum, um den Adam wusste, den er aber nicht korrigieren wollte. Er war schon in seiner Kindheit grenzenlos erstaunt, dass Zauberer vor aller Welt zaubern konnten, etwas taten, was sie gar nicht taten, und alle sahen es trotzdem. Wenn Zauberer wenigstens über übersinnliche Kräfte verfügt hätten; die kann man zwar auch nicht sehen, aber notfalls an sie glauben. Aber wenn Zauberer von vornherein alles nur als Show deklarieren...?

Er wollte glauben können, was er sah. Die Sonne geht auf, die Sonne geht über den Himmel, die Sonne geht unter und dass sie auf der anderen Seite der Erde wieder zurück geht, muss man zwar glauben, aber es klingt sehr einleuchtend. Am liebsten hätte er Kepler, Galilei und Kopernikus auf einen Schlag verbrannt oder zumindest als Karteileichen abgeheftet. Aber wenn es nicht einmal stimmt, dass die Sonne um die Erde kreist, auf was kann man sich dann noch verlassen. Zauberer und Illusionisten überall. Über die tolpatschigen Clowns konnte er als Kind herzhaft lachen, wenn sie hinfielen. Das sah so putzig aus, wenn einer aus der roten Nase landete. Ihm selbst würde so etwas nie passieren. Er hätte auch nie eine rote Nase. Nein, der kleine Schulleiter hätte sich nie zum Clown geeignet.

Adam spann seine Phantasie über seinen Vorgesetzten weiter: Statt dessen war der große Schulleiter zur Witzfigur geworden. Wer Comedy, Kabarett und Karikaturen kennt, weiß, dass man es als Witzfigur ziemlich weit bringen kann, bis zum Ministerpräsidenten, Bundeskanzler und sogenannten Präsidenten der Vereinigten Staaten. Warum nicht auch Schulleiter? Tragisch, denn da hat man eine Vorbildfunktion, wie der Mannschaftskapitän der Fußballnationalmannschaft. Der wird in aller Regel nicht seiner intellektuellen Qualitäten wegen gewählt, und ist von Sprache und Benehmen her auch nicht, was sich die Mutter als Schwiegersohn wünscht (den Rest nähme sie gerne mit, Ansehen und Einkommen..., aber nicht das Lodderleben.).

Adam dachte an seine Jugend, als Deutschland noch eine Republik gewesen war. Später wurde sie zum Kaiserreich, mit einem Kaiser, dessen Herz aus schwarzweißem Kunstleder bestand, dessen Denken nicht minder schwarzweiß zu sein schien, mitunter sogar einfach nur schwarz, und der es geschafft hatte, bei den Meistern der Sprache, den Reportern, die Abschaffung der Vergangenheitsform durchzusetzen. Grundsätzlich finden alle Fußballspiele gleichzeitig statt und sind keine 90 Minuten lang, wie noch Sepp Herberger wähnte, sondern zeitlos, nämlich in einer andauernden Gegenwart: „Dann stehe ich da, nehme den Ball, der Torhüter zögert, ich haue drauf, rein und Tor...“ „Dann gehe ich vor, und der Peter spielt zum Paul und...“ „Ich weiß noch genau, 1974: ich sehe denn Ball, schaue kurz nach rechts und links und Tom und Jerry kriegen den genialen Paß zum dritten Tor.“ Ja, sprachliches Kaiserreich, Reich der Ewigkeit, die nie vergeht, weil sie keine Zukunft und keine Vergangenheit kennt. Dann scheiterte der Kaiser am eigenen Märchen. Sklaven hatte er übersehen und Bestechung geübt. Das verzieh ihm sein Volk. Jetzt lebt er in der häuslichen Hölle. Da er keine Zukunft und Vergangenheit kennt, bleibt diese ewige Gegenwart. Kein Pardon! Aber jetzt geht es nicht, Verzeihung, jetzt ging es nicht um den eitlen Kaiser, sondern den eitlen Schulleiter. Jetzt musste dieser eine fremde Welt begreifen, die Welt des Verstehens durch Ironie, durch Verfremdung. Bertholt Brecht war fast siebzig Jahre tot, aber die schulische Führungsebene überforderte der V-Effekt.

„Also“, jetzt kam ihm eine Ideen für den aktuellen Kampf: mit dem Lehrplan argumentieren. Das könnte klappen: „Sie wissen ja, dass laut Lehrplan in dieser Altersgruppe die okkulten Phänomene und ihre Gefahren behandelt werden müssen. Sehr schwierig, weil die meisten darauf geiern, dass es ein phantastisches Phänomen gibt, aber nicht im geringsten daran interessiert sind, die Erklärungen zur Kenntnis zu nehmen und sich davor zu schützen, betrogen zu werden.“

Der Schulleiter blickte etwas ernsthafter. Mit Adams flapsigem Ton konnte er nie etwas anfangen, der passte nicht ins Aktendeutsch, aber er hatte sich ein Stück weit daran gewöhnt und versuchte, die pädagogische Lage zu erfassen, der Appell „Sie wissen doch...“ provozierte bei ihm ein unwillkürliches Nicken, obwohl er es nicht wusste und auch nicht wissen konnte, weil es in dieser Form nicht vorgeschrieben war, sondern im Ermessen der Lehrkraft lag.

Für ihn eine grauenhafte Vorstellung: nach eigenem Ermessen zu entscheiden, nicht nach Vorlage; damit kritisierbar zu werden und zur eigenen Entscheidung stehen zu müssen. Die Hölle, die wäre für ihn ein aktenordnerfreier Raum mit Ermessensentscheidungen im Stundentakt gewesen. Jesu Gleichnis von großen Weltgericht, wo jeder die Entscheidungen seines Lebens selbst rechtfertigen muss, wo jeder hören kann, wie oft er Gott im Mitmenschen begegnet ist und sich zu entscheiden hatte, wie er Gott hilft, das hätte er aus der Bibel gestrichen, wenn er die Bibel gekannt hätte. Bibel, das klingt schon so nach gut und böse und Eigenverantwortung... Schauderhaft. Wenn man nur die Verfassung ändern könnte! Aber Adam argumentierte nicht mit der Bibel, sondern mit dem Lehrplan, der nur wenig bekannter ist.

„Okkultismus, verstehe, Satanskulte und so. Da muss man die Jugend warnen...“

Adam hatte den Schulleiter ganz auf seiner Seite, oder genauer da, wo der Schulleiter seine Seite vermutete, denn als echter Pädagoge hätte Adam die „Jugend“ nie vor Satanskulten gewarnt. Er hätte sie in imaginäre, aber realistische Szenen hineingeführt und sie dort Entscheidungen treffen lassen; sie hätten das Handwerkszeug ihres bisherigen Lebens anwenden müssen; und wenn er den Eindruck gehabt hätte, dass das jemand nicht auf die Reihe bringt oder auf einen Weg, der ihm schadet, hätte er ihm zusätzliches Handwerkszeug angeboten. Einen so hilflosen Menschen wie den Chef, der vor ihm stand, wollte er nicht aus seinem Unterricht entlassen. Leider war dies nun sein Vorgesetzter und nicht sein Schööööler; ein bedauerlicher Beleg dafür, wie manche Lehrer und Lehranstalten versagen: aus diesem hoffnungslosen Buben hätte etwas werden können; aber die Pädagogik hatte wohl resigniert. Brave Bubis sind bei Lehrkräften beliebt. Dadurch bleiben zwar die Lehrer kräftig, aber die Bubis kommen nicht zu Kräften. Macht nichts, sie können Schulleiter werden – oder Kultusminister. Trenne nie s-t, denn es tut den beiden weh. Tat!

Doch der Schulleiter hatte nicht nur erleichtertes Verständnis signalisiert, sondern brachte aufgrund seiner tiefen pädagogischen Erfahrung und Reflexion vorsichtige Mahnungen an: „Unsere Schülerinnen verstehen solche subtilen Methoden nicht. Die glauben alles, was sie zu sehen bekommen. Da muss man vorsichtig sein.“

Adam erklärte, er sei durchaus vorsichtig und erläuterte seine Maßnahmen.

Seinen Vorgesetzten hatte er fast beruhigt, als jenem noch etwas einfiel: „Ach, das wäre eine sehr harmonische Lösung! Aber ich erinnere mich gerade daran, dass der Chef unserer lieben Bianca" (er zwinkerte Adam verschwörerisch zu) „also, er hatte noch einen gravierender Fall zu berichten: Sie sind sexuell ausfallend gegen ihre Schülerin geworden."

Adam fiel in seinem Stuhl zurück, baff: „Was bin ich geworden?"

Er konnte es nicht fassen. Er glaubte nicht wirklich, sich verhört zu haben. Aber er wollte es noch einmal hören.

Der Schulleiter nickte schwer, zog die Augenbrauen hoch, kniff die Lippen bedenklich zusammen und wiederholte dann:

„Die Schülerin hat vor ihrem Chef behauptet und blieb auch auf Nachfrage dabei, Sie hätten sie sexuell belästigt."

Adam war nicht mehr baff. Er war auf hundertachtzig! „Was habe ich getan?!!! – Das ist eine Verleumdung. Das verdient eine Anzeige."

Der Schulleiter nickte: „Ja, der Ausbilder hat Sie angezeigt."

Adam bekam sich nicht mehr ein: „Und wie haben Sie reagiert?!"

„Regen Sie sich doch nicht so auf! Ich habe natürlich gesagt, dass ich der Sache nachgehen will. Ich habe mit der Schülerin gesprochen und mit etlichen Klassenkameradinnen; Astrid hat Biancas Version bestätigt und da wurde mir so manches klar..."

„Was haben Sie? Sie haben hinter meinem Rücken über mich gesprochen? In so einer rufschädigenden Angelegenheit?[5] Das muss ich mir nicht bieten lassen. Das hat Folgen. Damit wir uns richtig verstehen: auch für Sie! Ich werde geeignete rechtliche Schritte unternehmen. Darauf können Sie Gift nehmen!"

Adam war so empört, dass er aufstand und das Zimmer verließ, ohne sich weiter zu verabschieden. Der Schulleiter war zwar noch nicht mit ihm fertig, aber er mit der Welt und diesem Vorgesetzten; draußen im Vorzimmer warf er der unschuldigen Sekretärin noch einen bösen Blick zu und verschwand. Erst im Lehrerzimmer kam er wieder zu sich.

---

[5] Wenig witzig: sechs Jahre nach dieser Fiktion erlebte dies der Autor wirklich. Auch, aber nicht nur in Bamberg gibt es solche Versager als Chefs, bei Staat, Kirche und…

19 Männer rauchen eine Pfeife

„Die Mechaniker können immer alles erklären. Aber ich? Eva fährt los, sie landet im Krankenhaus, und zwischendurch grinst ihr Gevatter Tod ins Gesicht. Wie kriegst du denn so etwas auf die Reihe?"

Die Band plätscherte cool vor sich hin, ein paar Takte Klavier, ein paar Takte Klarinette und einige lockere Breaks von den Drums. Er liebte diese Kneipe mit den ungewöhnlichen Accessoires. Eine Zündapp-Werbung aus den Fünfzigern über einer Nähmaschine, wie er sie von seiner Großmutter her kannte. Ein nur leicht geglättetes Schulzeugnis von Anno Dazumal und ein Bild, das nur aus einem Rahmen bestand, in dem die Wand zu sehen war. Das alles machte so viel Sinn wie Evas Unfall, nämlich gar keinen. Trotzdem gefiel es ihm. Es ließ Raum für Assoziationen. Assoziationen-Accessoires. Seine Fragen waren kein Selbstgespräch. Er stellte sie Valentin, seinem Freund. Es gab sieben Milliarden Menschen, aber in dieser Situation kannst du auf alle verzichten außer auf Freunde.

Bei manchen Freunden wären die Fragen rhetorisch geblieben, doch bei Valentin wusste er: Den treibt das um.

„Weißt du," Valentin klang nachdenklich, „ich erinnere mich an das Ende meiner Schulzeit, wie das mit der dritten Fremdsprache war."

Adam grinste innerlich: Manche Geschichten hört man öfters. Als Beweis seiner Zuneigung erzählte er seinem Freund dessen eigene biographische Skizze, während dieser Pfeife und Tabak hervorkramte und sie in Ruhe stopfte: „Jung-Valentin, im Überschwang seiner neu produzierten männlichen Hormone hatte sich in eine Klassenkameradin verliebt, und, wie passend, dein Freund in ihre Freundin. Warte! Ich komme noch auf die Namen!" Er dachte angestrengt mit sämtlichen verfügbaren Eselsbrücken nach. Seine Züge entspannten sich: „Franziska und Elisabeth, stimmt's?"

Valentin zündete ruhig die Pfeife an, zog und nickte: „Wie hast du dir das merken können?"

Adams mnemotechnische Tricks waren berühmt, weil unterhaltsam. „Also: Im Alpha-Beth kommt E vor F; wenn es aber F vor E ist, ist es kein Alphabeth mehr, also umgangssprachlich: Ka-Alfa-Bet. Dann muss man nur noch Franz sich merken, deinen Lieblingsheiligen: Franz is K-A, El is a Beth. Ist doch logisch, oder?"

Valentin überlegte, dass einfaches Sich-Merken doch einfacher wäre, denn Adam selbst fand die Eselsbrücke nicht einmal mit der Erklärung einleuchtend, aber sie klappte. Wie so vieles in der Welt: Du kannst es nicht erklären, oder es erscheint unsinnig, und es klappt doch. Weshalb ist das Jahr nicht genau 365 oder 366 Tage lang? Weshalb stimmen Erdumdrehung und Sonnenumkreisung nicht überein? Einmal rotiert die Erde um ihre Achse, das andere Mal um die Sonne. Weshalb geht es nicht um ganze Zahlen? Und es stimmt doch: Die Erde dreht sich um sich selbst und „kreist" um die Sonne. Adams Gedanken hatten kosmische Formen, die nicht ohne Komik waren. Manchmal rotierte er auch selbst.

Zufrieden mit seinem mnemotechnischen Erfolg, setzte Adam die Erzählung fort: „Die pickeligen Edelfräulein wählten Griechisch. Grund oder Ursache: Franziskas Vater war ein Apotheker mit Geschäft und wollte seiner Tochter eine Zukunft als Verkäuferin bieten; und deswegen wolltest du unbedingt in der Griechischklasse sein."

Valentin lachte: „Das habe ich wohl schon mal erzählt..."

„Mehr als einmal!"

„Ich bitte um Entschuldigung. Es könnte wieder vorkommen. Alte Männer werden redselig, und ihr Thema ist Politik und die eigene Jugend. Das erste ist immer schlecht, und die zweite ist immer wunderbar gewesen... Aber dir geht es um etwas Wichtiges. Also. Griechisch bedeutete bei uns in der Klasse: Platon, der von Sokrates erzählte. Platon formulierte homoerotische Andeutungen. Ob die Beziehung zwischen Lehrer und Schüler, zwischen Platon und Sokrates, nur platonisch war, ist schwer zu sagen. Xanthippe könnte ein Auslöser wie auch ein Hinderungsgrund gewesen sein. Aber bei den alten Griechen lief da wohl etliches..."

„Valentin!" Adam ermahnte ihn seufzend: „Bleib beim Thema. Du liebst deine Soli und Improvisationen wie ein Musiker. Aber es geht um..."

„Jaaa! Du hast ganz Recht! Mea culpa, mea maxiama culpa!"

Valentin ärgerte sich über sich selbst, bestrafte das Griechische durch kirchenlateinische Zitate und kehrte zum nicht benannten Thema zurück:

„Gerechtigkeit! Das höchste Thema dieser wilden Philosophen. Gerechtigkeit und immer wieder Gerechtigkeit. Das packte mich als Jugendlichen. Gerechtigkeit ist ein jugendliches Thema. Gerechtigkeit sollte klar sein und überhaupt nicht verwaschen."

Adam hatte selbst zur Pfeife gegriffen, schaute fragend auf Valentins Tabak und auf den Freund, dieser nickte: „Nimm dir..." Dann pafften beide. Aber er wollte den Erkenntnisweg abkürzen; so gerne er gemütlich ein Pfeifchen rauchte und in der Schulzeit schwelgte, seine Gefühle waren woanders gebunden:

„Schule hin, Platon her: Warum muss so eine tolle Frau wie Eva so etwas durch machen? Noch schlimmer hat es ihre Bettnachbarin getroffen; sie ist auch keine böse Frau, aber von jetzt an muss sie Angst haben, dass sie jemand anschaut, in ihr entstelltes Gesicht blickt, während alle anderen Frauen sich so zubereiten, dass sie unbedingt angeschaut werden!"

„Das findest du ungerecht? Geht es um Gott?"

„Gott!" Adams Stimme enthielt unerwartet einen verächtlichen Ton, der enorm aggressiv war. „Wenn du dir das alles überlegst, und nicht nur diskutierst, sondern es blöderweise am eigenen Leibe erfährst, dann – sorry – kannst du den Glauben an Gott nur noch für Dummheit halten. Wenn es Gott gibt, darf es so eine Ungerechtigkeit nicht geben, und wenn es so eine Ungerechtigkeit gibt, dann gibt es logischerweise Gott nicht."

Adam schaute herausfordernd. Valentin verkroch sich. Nein, das tat er nicht. Dieses Totschlagargument ist so verbreitet und wird von den doofsten Typen missbraucht, dass jeder, der über Verstand verfügt und ihn auch einsetzen will, schon allein deswegen für Gott Argumente sucht, weil er die Dummheit unerträglich findet. Noch der Dümmste kann Gott ad absurdum führen. Willst du mit dem Dümmsten auf einer Stufe stehen? Er zog bedächtig an seiner Pfeife und blies den Rauch genüsslich noch oben:

„Also, ich sag dir gleich, was am Ende des Denkens oder in der Mitte eine zentrale Rolle spielt: Du sagst, wie Gott zu sein hat, und wenn er nicht so ist, gibt es ihn nicht."

Adam wollte widersprechen, doch Valentin ließ es nicht zu; fast heftig fuhr er fort: „Überleg doch einfach mal, was du über Gott weißt. Du könntest viel über Gott wissen, was irgendjemand behauptet. Du weißt über Gott, was Leute sagen, die entweder an seiner Macht teilhaben wollen oder die ihn unter allen Umständen entmachten wollen – meistens, weil sie die bekämpfen, die an Gottes Macht teilhaben wollen. Ich sage dir, ich gehöre am ehesten unter die zweiten. Ich habe kein Interesse an irgend einem von Menschen gemachten Gott."

Adam blickte verzweifelt: „Bevor ich gar nichts mehr checke: Was willst du mir sagen?"

„Für mich ist klar: Ich überlege mir: Wie hat Gott sich in Jesu gezeigt und geäußert? Erst wenn ich das erforscht habe, geht es für mich weiter. Da zeigt sich mir nicht ein theoretischer Gott, da begegnet er mir in Fleisch und Blut und da zeigt er, wie er ist, in konkreten Begegnungen, in seinem Verhalten. Und das war immer lebensbejahend und liebesbejahend." Sein Rauch kräuselte spielerisch zum Himmel, naja, eigentlich zur Decke, aber immerhin nach oben, als hätte Gott sein Rauchopfer angenommen.

Wie bei Kain und Abel, dachte Adam. Aber meine Frage ist noch nicht erhört. Diese Antwort gilt für ihn. Ich kann sie noch nicht verstehen. Aber einen kräftigen Schluck Bier, den würde er vertragen:

„Prost, Valentin!"

„LeChaim, Adam!"

20 Weiber!

„Sag mal, was läuft da ab?! Willst du mich verarschen? Wollt ihr mich linken?!" Sandra war rot angelaufen. Sie hatte ihre Hände geballt. Ihre Augen blitzten, was durch die blauen Lidschatten noch unterstrichen wurde.

So kannte Adam sie gar nicht. Was war los mit ihr? Er war sich keiner Schuld bewusst, fühlte sich aber sofort schuldig. Blöd, wenn du dich schuldig fühlst, aber nicht weißt, weshalb. So reagierte er auch; und wusste nicht wirklich, wie er reagieren sollte. Er wollte Infos, aber es ging um Gefühle.

„Ich verstehe dich nicht. Was meinst du? Natürlich will ich dich nicht... also, ich... Was ist eigentlich los?"

„Du weißt es ganz genau!"

Seine Erwiderung schien sie noch mehr in Rage zu bringen. Die Brüste unter dem T-Shirt wogten und hätten ihn angemacht, nein, sie machten ihn wirklich an, aber eindeutig im falschen Augenblick. Das war ganz offenkundig nicht der Moment für Zärtlichkeiten.

„Nein, ich weiß es nicht! Ich merke nur, dass du aufgebracht bist..."

„Aufgebracht!" sie lachte künstlich. Ihren Ton hätte ein Schriftsteller mit ‚Hohles Lachen' beschrieben. „Du und Eva, ihr spielt ja wohl ein ganz fieses Spielchen. Getrennt! Ha!"

Ein kurzes, hartes und freudloses „Ha!". ‚Ich durchschaue alles' signalisierte sie. Adam wusste nicht, was sie meinte. Freilich, eine gewisse Ahnung schlich sich in seine Gedanken ein: Sie glaubt, zwischen mir und Eva läuft noch was, oder wieder was. Da liegt sie aber völlig daneben. (Oder auch nicht, kam aus irgendeiner Region seines Hirns als Kommentar. Aber diesen Kommentar wies er empört ab. Eva, das war gelaufen! Selbst wenn er... sie aber nicht! Klar, eindeutig, unmissverständlich. Wie konnte Sandra daran zweifeln?!)

„Ihr liefert eine ganz hinterlistige Show!"

„Nein, bestimmt nicht!" setzte er sich zur Wehr.

„Mach mir nichts vor: Du gehst ins Krankenhaus, du hast trübe Augen; du wartest darauf, dass ein Anruf von ihr kommt."

Sie machte eine Pause. Die Bilder in ihrem Zimmer traten an ihre Seite, solidarisierten sich mit dem Opfer dieses fremden Beziehungsspielchens. Sie zeigte sich zutiefst verletzt: Sie hätte seine Zuneigung so ernst genommen, aber kaum käme ein Appell von jener ekelhaften Person, wechselte er wieder die Fronten.

„Ich bin doch für dich nur..." sie suchte nach einem Wort, einem Begriff, nach irgend etwas, das ihre Gefühle und die Situation beschreiben sollte und ihr zugleich nicht ihre Ehre nahm.

Adam spürte: Es ging ihr um die Beziehung, ihre Ehre, ihre Selbstachtung.

Ehre. Das durchzuckte ihn. Bei diesem Wort assoziierte er alles Negative, das er durch den Missbrauch dieses Wortes durch die Nazis kannte – seinen Großvater inbegriffen. Dazu kam als aktuellere Gedankenverbindung der sogenannte Ehrenmord. Das war bedrohliche Gegenwart. Sandra war keine Muslimin. Aber das schützt nicht vor Mordgefühlen, und auch nicht vor Mordgedanken. Eine unbestimmte Angst beschlich ihn. So irrational, wie diese Frau reagierte, so irrational konnten auch ihre Handlungen sein. Was, wenn sie in der Küche mehr zufällig als gezielt ein scharfes und spitzes Messer erwischte? Was, wenn sie zustach, weil ihre verletzte Ehre es ihr befahl, oder auch nur ihr Haß?

„Du liest hier etwas hinein. So ist es nicht..." verteidigte er sich, obwohl er jede Verteidigung blöd fand, da sie dem Angriff im Prinzip recht gab.

„Ich bin doch nicht doof", wiederholte Sandra ihre Position: „Ihr habt Streit miteinander, aber in Wirklichkeit gehört ihr noch zusammen. Ich bin nur eine Figur in eurem Schachspiel."

Sie blickte ihn verächtlich an: „Du willst mich opfern, um einen besseren Zug bei eurem Machtspiel zu machen."

Ihre Stimme klang hart, und etwas zu klug und souverän: „Aber ich mache da nicht mit, ich spiele nicht mit. Geh doch zu deiner Eva, wenn sie so paradiesisch ist!"

Sie schien ihre lyrische Formulierung zu genießen. Eva und Paradies, das gehörte zusammen. Sandra und Hölle wiederum nicht. Woher kommt wohl der Name Sandra?

Er hatte diesen ungünstigen Drang zur Abschweifung und dachte bei Sandra an Sandrart, den Maler, der über Kunst geschrieben hatte. Aus Frankfurt stammt er, wie Goethe, und sein Geburtsdatum hatte er sich gemerkt: 12. Mai 1606. Am Jahrestag seiner Geburt hatte er sein Abi geschrieben, den ersten Teil, klassischerweise Deutsch... gestorben war der Theoretiker des Barock in Nürnberg, jener Stadt, die mit Barock wenig verbindet, dafür mit vielen anderen positiven und negativen Stichpunkten.

Gerne wäre Adam hängengeblieben bei Reichstag, Taschenuhr, Globus, Motorrädern und Fußball. Bildung lenkt so angenehm von konkreten Konflikten ab. Aber schmerzhaft drang Sandras unbarmherzige Stimme in sein Kulturbewusstsein:

„Und?! Hast du nichts dazu zu sagen? Bin ich dir nicht mal einen Kommentar wert? Du hältst mich wohl für total blöd..."

Sie brach schier in Tränen aus und schien den letzten Satz ernst zu meinen, und verletzend dazu. Aber er hielt sie nicht für blöd, höchstens für irrational. Aber das konnte er nicht sagen, ohne dass sie sich verletzt fühlte. So seufzte er: „Nein, überhaupt nicht. Du bist eine sehr kluge Frau. Ich finde dich sehr lieb. Du kannst unheimlich viel. Aber manchmal habe ich den Eindruck, dass du mich gar nicht verstehst."

Er merkte sofort: Das war ein Fehler. Der Versuch, dem Gespräch eine neue Wendung zu geben, war missglückt, weil sich in seiner treffenden Bemerkung ein Angriff verstecken konnte.

Ehrlich gesagt steckte der auch drin. Manchmal fand er Sandra bescheuert. Bei Freunden wäre ihm wohl herausgerutscht: Die Frau ist hormongesteuert – ausgerechnet eine Heimwerkerin mit maskulinen Attitüden.

Frauen argumentieren umgekehrt mit ‚schwanzgesteuert'; seine Schülerinnen grinsten: „Männer denken mit dem Schwanz..." – Dem widersprach er nie. Auf jeden Widerspruch hätten einige Anwesende hormongesteuert reagiert und das war so etwas von unfruchtbar. Gerade, wenn sie ihre fruchtbaren Tage hatten... dachte er sarkastisch; und bei denen sind es echte Tage, statt nur die von den Hormonen vorgegebenen zwölf Stunden.

Es war schwer, mit Sandras Aggression umzugehen. Es ist niemals leicht, mit Aggression umzugehen. Eigentlich fand er eine Aggression, die sich nach außen statt nach innen wandte, besser als autoaggressive Handlungen, die in Richtung Suizid deuteten. Eigentlich. Aber als konkretes potentielles Opfer wollte er das lieber nicht unterstützen. In diesem Interessenkonflikt würde sein Selbsterhaltungstrieb siegen.

„Das musst du doch verstehen: Ich kann sie doch in dieser schlimmen Situation nicht allein lassen. Da lebt man jahrelang zusammen, teilt Freud und Leid, und ist gerade in einer Krise aufeinander angewiesen. Wenn aber die Krise just kommt, wenn man sich getrennt hat und noch niemand da ist, der einem zur Seite stehen kann, dann..."

„...nein, dann ist es doch eine Pflicht. Ich weiß doch, was los ist! Ich kenne sie doch, und sonst kennt sie keiner so gut. Wie soll sie denn da durch kommen? Das heißt doch nicht, dass zwischen uns was läuft. Ich möchte es mit der elterlichen Pflicht vergleichen: Aus der Vergangenheit heraus erwachsen Pflichten. Davor will ich mich nicht drücken."

Sandra lief rot an: „Dann drück dich eben nicht. Ich verdrück mich lieber! Lauf doch hin zu deiner Eva! Turtel rum mit ihr! Mach ihr das Leben süß! Aber mach nicht andere Frauen an und führe sie an der Nase herum! Erst so tun, als wäre da etwas wie... ich will es gar nicht beim Namen nennen, sonst würde es schmutzig! Lauf doch zu deiner Hure, du läufiger Hund! Ich spiele euer Spielchen nicht mehr mit."

Sie rannte hinaus und knallte die Türe zu.

Er hatte ihre Tränen gesehen. Sie hatten ihn bewegt. Er fühlte sich schuldig. Scheißgefühl! Schuldig, obwohl er nichts Böses getan hatte. Schuldig, obwohl er versuchte, auch den unangenehmen Pflichten des Lebens gerecht zu werden. Warum jetzt? Warum so? Warum er? Wie soll er da noch richtig reagieren, zwischen den Fronten, die alle Recht behielten? Und dann noch Unterricht halten... Warum hatte er keinen Schreibtischjob, wo er nur Akten sortierte, warum musste er sich auch noch beruflich mit Menschen auseinandersetzen, mitten in die Gefühle und Hormone hinein!

Da half nur eins: ein guter Freund. Er griff zum Hörer und wählte sich die Finger wund; aber entweder war gerade niemand da, oder der jemand war der Anrufbeantworter, oder der Freund hatte gerade heute keine Zeit, sondern erst... O, das würde ein übler Abend werden.

21 Teufel und Co

Adams Stunde begann heute als Frontalangriff. Er öffnete die Tür zu Klassenzimmer, ging zügig zum Pult, forderte kurz und äußerst erfolgreich zur Ruhe, grüßte und begann: „Gerechtigkeit. Heute geht es um etwas, von dem jeder etwas versteht und zu dem jeder ein Gefühl hat. Gerechtigkeit. Ich erzähle Ihnen kurz eine Geschichte, genauer: skizziere; dann erhalten Sie eine Frage, eine kurze Bedenkzeit und anschließend treten wir in die Diskussion ein. Wenn die Frage nicht innerhalb von zwanzig Minuten gelöst ist, müssen Sie die Antwort über Bücher und Internet herausfordern."

Einige Schülerinnen lachten.

Er blickte irritiert.

Eine friedliebende Schülerin klärte ihn auf: „Sie sagten, wir sollten die Antwort herausfordern."

Er stutzte und lachte auch kurz. „OK., danke für die Erklärung. Sie wissen, was ich meinte: herausfinden. Nun zu meiner Geschichte. Damit fordere will ich Ihre Phantasie heraus."

Er wusste, dass sie seine Erzählungen schätzten, weil man sich dabei so gut entspannen konnte und sich sogar manches fast nebenher merkte. Aber heute brächte er mehr Drive in die Stunde, keine Idylle mit Mandala ausmalen oder Phantasiereisen:

„Stellen Sie sich vor, eine Frau, es könnte Ihre Mutter sein, so Ende dreißig... fährt eines Morgens wie jeden Werktag zur Arbeit; sie durchquert dabei ein kurzes Waldstück. In diesem Augenblick kracht von einem hohen Baum ein Ast ab und fällt mit voller Wucht aufs Auto, direkt in die Windschutzscheibe; diese bricht heraus, kommt der Frau entgegen, sie verliert die Kontrolle über das Auto und rast über die Böschung in den Wald, direkt an einen großen Baumstamm. Als sie nach langer Zeit wieder zur Besinnung kommt, liegt sie im Krankenhaus. Sie kann sich an fast nichts mehr erinnern, was den Unfall betraf. Aber bald konfrontiert ihr Freund sie mit den Fakten, die er von der Ärztin hatte: Wenn die Bandagen an ihrem Kopf entfernt sind, bleiben hässliche Narben. Wenn sie das Bett verlassen darf, wird sie dies nicht alleine können. Eine Wirbelverletzung macht sie für den Rest ihres Lebens abhängig von der Hilfe anderer. Vieles wird ihr in Zukunft unmöglich sein, was bisher selbstverständlich war."

Ende. Er schwieg.

Die Schülerinnen warteten. So konnte es nicht ausgehen.

Aber er schwieg. Das war wirklich das Ende.

Die Mädchen blickten betroffen. Dazu konnten sie gar nichts sagen. Erst allmählich löste sich der böse Bann. Einige fragten nach, ob gar nichts zu machen sei, und ob vielleicht..., und man würde doch Fälle kennen, wo... und dann kannte eine junge Frau eine wunderschöne Geschichte, wie ein junges Mädchen mit Querschnittslähmung ein völlig normales Leben führte. Es ist immer erleichternd, wenn man die Schwierigkeiten des Lebens, die andere haben, relativieren kann.

Rigoros kürzte Adam diese Rationalisierungsversuche ab. „Ich stelle Ihnen die Frage, die jene Frau stellt. Sie sollen antworten. Die Fragen, die sie nicht nur anderen, sondern auch sich und wer weiß wem stellt, lautet: ‚Warum ich? Was habe ich getan? Womit habe ich das verdient?' Wie kann Gott das zulassen?"

Anika war in ihrem Element, in voller Fahrt: „Genau! Deswegen gibt es Gott gar nicht. Die vielen Kriege, die vielen Toten, die verhungern, und der Papst, der die Pille verbietet, obwohl es Überbevölkerung gibt!"

Ist es nicht wunderbar, wie schnell ein junger Mensch die Situation der ganzen Welt analysiert, schonungslos die Ursachen aufzeigt und...? Mit der

Alternative tun sich die meisten schwerer. Diese Jugendlichkeit erhalten sich manche bis ins hohe Alter, bis zum letzten Atemhauch mit 99 Jahren.

Anika fand lebhaften Zuspruch. Nicht wenige brachten eigene Beispiele, weshalb es Gott nicht geben könne.

Zwischen die aufgeregten mischten sich auch besonnenere Stimmen: „Für die Kriege kannst du Gott nicht verantwortlich machen. Das wäre noch schöner, wenn an den Kriegen Gott schuld wäre und nicht die Kriegstreiber!"

„Stimmt. Das liegt am Teufel. Der hat die Seele von den Menschen besetzt."

Vereinzeltes Lachen erklang:

„Teufel?! Wir leben nicht mehr im Mittelalter. Teufel gibt es nicht."

„Doch, natürlich. Es gibt doch immer das Gegenteil: Gut und Böse, hell und dunkel, also auch Gott und Teufel..."

„Ja, an den Satan glaube ich auch, aber an Gott nicht."

Alle blickten zu Sabrina. Keine wunderte sich. Sabrina bevorzugte schwarze Gewandungen, auch die Haare waren tiefschwarz gefärbt; sie schminkte sich hell bis weiß, hatte natürlich unnatürliche Ringe um die Augen und einen schwarzen Lippenstift. Manchmal zierte sie ein Totenkopfring. Ohne ihre Einmischung hätte ein originaler Jugendton gefehlt.

„Du mit deinem Teufel! Das ist doch alles nur Einbildung. Du willst doch nur den Thrill."

„Und blöde Erwachsene schocken..."

Unsicheres Lachen geisterte durch die Reihen.

„Den Lehrern Angst machen!"

Adam schauderte. Das folgende Prusten nahm einen Druck aus der Klasse. Das war genau der Druck, den er nicht wollte, dass nämlich bestimmte Gruppen oder Grüppchen sich gegeneinander formierten. Er wollte eine konstruktive Diskussion.

„Also, da haben wir fast alles, was wir an gegensätzlichen Positionen auftreiben können. Gott, kein Gott und Teufel. Wenn es keinen Gott gibt, ist es ganz einfach. Dann gibt es keinen Verantwortlichen und auch keine Gerechtigkeit, denn wo sollte die herkommen."

„Das wäre blöd, wenn gar keiner verantwortlich wäre..."

Das war aus Oxana rausgebrochen. Sie schaute sich verunsichert um. Normalerweise sagte sie gar nichts. Die anderen waren auch irritiert. Sie fassten Mut:

„Stimmt doch! Du brauchst jemanden, dem du einen Vorwurf machen kannst; manchmal, wenn ich es selbst gemacht habe, sage ich: Der Lehrer ist ein blöder Affe, weil ich eine schlechte Note geschrieben habe."

Einige nickten heftig und verständnisvoll.

Jasmin unterstützte sie: „Meine Mutter sagt das auch. Die arbeitet im Krankenhaus. Wenn jemand gestorben ist, kommt die Familie, traurig, und plötzlich ist das Krankenhaus am Tod schuldig. Irgendetwas haben die Ärzte falsch gemacht. Als ob die Ärzte durch die Gegend laufen und Krankheiten verstreuen..."

„Das macht doch Sabrinas Satan!" Alina wollte einen Witz machen.

Adam rief sie zurück: „Bleib beim Thema, Alina. Kannst du wiederholen, was Oxana und Jasmin sagen wollten?"

Zu seiner Überraschung schaffte sie es, obwohl sie nach seinem Eindruck nicht gerade die Hellste war: „Ja, ich kenne das. Als meine Oma gestorben ist, die hatte Krebs, hieß es: Die Ärzte haben die Krankheit nicht rechtzeitig erkannt, die Ärzte haben die falschen Medikamente verschrieben, die Ärzte haben nicht gut genug operiert, die Ärzte haben... Dabei ist sie zur Heilpraktikerin gegangen und nicht zum Arzt. Der Arzt konnte nichts feststellen, sie kam ja nicht."

Jasmin war auf ihrer Seite: „Und wenn! Ich war immer gut in Bio, aber du glaubst nicht, dass Biologie einfach ist. Es ist alles unheimlich kompliziert; wir sind keine Maschinen, die repariert werden können."

Adam konnte sich nicht zurückhalten: „Jaja, wenn ich mein Auto zur Werkstatt bringe, kriegen die oft nicht raus, wo die Ursachen liegen, wo sie den Fehler finden können. Dabei sind diese Maschinen von Menschen konstruiert und angefertigt; man müsste sie beherrschen können. Und bei Menschen weiß man noch so wenig..."

Sabrina unterbrach ihn: „Es geht nicht um Maschinen. Es geht drum, wo das Böse in der Welt herkommt. Ich glaube, dass der Satan die Welt beherrscht. Das Böse herrscht immer, siegt immer. Deswegen ist es das Beste, man betet den Satan an. Der hilft mir siegen."

Adam war sprachlos. So blöd und einleuchtend hatte noch keine Schülerin argumentiert. Nein, blöd war es nicht, blöd war, dass er auf Anhieb nichts erwidern konnte, denn die Weltgeschichte oder zumindest die bekannte Geschichte der Menschheit war auf ihrer Seite.

Doch von unerwarteter Seite näherten sich die Hilfstruppen: „Du machst doch das gleiche wie die Kirche: Du betest den Satan an, als wäre er der liebe Gott. Du schaust dir alles ab, was sie in den Kirchen haben und setzt dann einfach ‚Satan‘ dafür ein und drehst vielleicht noch die Farben um. In Wirklichkeit tust du gar nicht, als wäre der Satan böse, sonst müsstest du ihn hassen. Das Böse kann man nicht lieben.“

Adam hätte Anika am liebsten umarmt. Trotz ihres platten Atheismus‘ hatte sie hier einen wunderbaren Satz formuliert. Er drehte sich auch sofort um, nahm eine Kreide und schrieb an die Tafel:

„Das Böse kann man nicht wirklich lieben.“

Dann wandte er sich Anika zu: „Anika, das haben Sie herrlich formuliert. Aber natürlich müssen wir selbst einen so schönen Satz hinterfragen: Warum nicht?“

Anika machte eine wegwerfende Handbewegung, schloss blitzschnell die Augen und öffnete die violettgeschminkten Lider bewusst langsam, als fände sie es unerträglich öde, so eine Frage zu beantworten, wo sich die Antwort doch praktisch von selbst ergab...

„Lieben ist doch an sich schon etwas Gutes, wer das Böse liebt, weiß entweder nicht, was böse ist, oder er weiß nicht, was lieben ist, oder er will einfach nur widersprechen, weil er nichts Richtiges weiß.“

Oho, eine Spitze in Richtung Sabrina!

„Weiber!“ dachte Adam, wenngleich leicht amüsiert, aber laut sagte er: „Mir fällt dazu ein Roman der Weltgeschichte ein. Sie kennen ihn vielleicht. Nineteen-Eighty-Four, oder 1984.“

Einige Augen leuchteten wiedererkennend auf. Melanie, die bisher nur mit den aufmerksamen Augen dem Unterricht gefolgt war, japste „Der ist super!“, und zog den Kopf ein, als sich einige Blicke auf sie richteten...

Jasmin, neckisch im schrägen Pulli, glänzte wieder mal durch Präzisierung: „von George Orwell. Wollen Sie seine Biographie hören?“ Das war wie ein richtiges Understatement formuliert. Ihre langen schwarzen Locken

114

machten sie zu einer attraktiven jungen Frau, aber ihre Worte machten sie zu einem sehr intelligenten Wesen, dem man solche Attraktivität nicht zutraute. Wer attraktiv ist, braucht nicht klug zu sein, zumindest nicht als Frau. So ist das Gesetz der Welt. Manchen Frauen geht es ganz gut damit. Aber für ihren Lehrer war Jasmin eine Erleichterung: Attraktivität macht nicht automatisch blöd. Ebenso wenig wie blond oder sonst etwas.

Doch diesen Aspekt kommentierte Adam nicht, sondern nickte nur kurz, mehr oder minder anerkennend und skizzierte kurz den Inhalt: „In diesem Roman geht es um die Überwachung des Lebens durch den Staat; das Symbol heißt ‚Großer Bruder', der einen von überall her anschaut. Dieser Staat versucht, die Herrschaft auch über die Hirne zu erhalten und praktiziert so eine Art Gehirnwäsche. Worte werden ausgetauscht, Informationen auch, es gibt sogar ein Wörterbuch und es gibt solche Definitionen wie *'Liebe ist Haß', ‚Krieg ist Frieden'. Also, wenn wir die Begriffe einfach austauschen, werden die Worte nichtssagend und wir können uns nicht mehr verständigen, zumindest nicht über die Sprache."

„Was hat das mit uns zu tun?"

„Wenn wir über Gott oder über Satan reden, dann bringt dieses Reden nichts, wenn beides nicht zu unterscheiden ist."

Tanja hatte kurz mit Oxana getuschelt und nickte zustimmend: „Das Böse muss böse bleiben!"

Das schien zu stimmen, aber Jasmin, die gerne einen kleinen Kommentar einstreute, hinterfragte es: „Nein, wir müssen zwar Böses böse nennen, aber jeder muss eine Chance haben, sich zu ändern."

Sabrina fühlte sich nicht ganz wohl unter ihrer weißen Schminke. Es klang fast versöhnlich, als sie Adam fragte: „Haben Sie nicht mal gesagt, der Satan gehöre zu Gott?"

Alina unterstützt dieses Thema: „Wie ist das mit dem Teufel, ist der nicht ein gefallener Engel?"

Jetzt wurde es schwierig für Adam. Denn das war ein ganz anderes Thema. Sollte er es als guter Lehrer aufgreifen, oder sein ursprüngliches Lernziel verfolgen?

„Also, kurz auf die sachliche Ebene. Ach, wir sind in der Schule; da ist es hilfreich, wenn Sie ein paar Notizen machen. Ich schreibe es an die Tafel."

Einige Schülerinnen stöhnten auf, aber letztlich griffen alle zu ihrem Block und nahmen einen Stift zur Hand. Er diktierte: „Das Böse" „Fragezeichen", an die Seite das heutige Datum. Dann schrieb er an die Tafel: Satan, Teufel, Luzifer...

„Kennt jemand eine Geschichte, zu der eine der Personen oder was immer das auch ist, gehört?"

Sabrina ging in die Offensive. Sie wähnte sich auf sicherem Terrain, ihrem Spezialgebiet. Die schwarzen Lippen erschütterten das totenbleiche Gesicht durch ein lebendiges Lächeln des Selbstbewusstseins. Was die Kennerin hier sagte, würde anerkannt werden.

„Satan ist ein gefallener Engel. Er gehörte ins göttliche Reich, dann erkannte er die Ohnmacht des Guten. Er stürzte auf die Erde und ist nun ihr Herr."

Adam lachte fast fröhlich: „Das habe ich in dieser Zusammenstellung noch nie gehört. Klingt spannend! Aber das hat sich jemand zusammen phantasiert, vor nicht allzu langer Zeit. Wer die alten Schriften kennt, weiß, dass das Luzifer, Teufel und Satan unterschieden werden. Ich mache es so: zu jedem Begriff eine kurze Geschichte, für die Ohren und das Gedächtnis. Dann ein Merksatz ins Heft, für die Probe. Wer mir erklären kann, warum diese Probe etwas Satanisches ist, bekommt eine mündliche Eins."

Sofort ergoss sich eine Flut von Vermutungen, aber er winkte lachend ab: „Bitte erst nach der Geschichte, meine Damen. Spekulationen helfen ihnen nicht weiter. Beginnen wir mit Satan. Kennt jemand Hiob?"

Etliche Finger hoben sich zögernd. Er vermutete, dass einige weitere Mädchen nicht trauten, es zuzugeben, oder Angst hatten, bei einer Rückfrage nicht bestehen zu können.

„Wer sich das biblische Buch ‚Hiob' zu Gemüte führt, den packt ein großer Ärger: Der Satan bringt viel Unheil über einen Menschen, der nichts dafür kann, nämlich Hiob. Satan fungiert als Verursacher. Wer aber ist dieser Satan? Der ist in Wirklichkeit gar nicht schlimm. Der ist sozusagen der Staatsanwalt Gottes. Er soll herausfinden, wie es mit Gut und Böse wirklich ist. Er soll sich nichts vormachen lassen. Sie kennen die vielen Menschen, die gut sind, oder sich so geben, als wären sie gut. Sie spüren: in Wirklichkeit sind die gar nicht gut... die wirken nur so, die geben sich nur so, wenn's hart auf hart geht, zeigen sie ihre üble Seite."

Die Klasse nickte im Rhythmus. Jede kannte irgendwelche „anständigen" Menschen, die es in Wirklichkeit nicht waren...

„Also, Satan soll nachprüfen, wie das mit dem Gutsein ist. Darüber diskutiert er mit Gott, der Hiob für gut hält. Satan ist sich sicher, dass Hiob nur gut ist, weil es ihm gut geht. Da kannst du leicht gut sein!"

Hier rechnete er mit einer lebhaften Diskussion, denn die jungen Menschen wussten: Je besser es dir geht, desto weniger musst du böse sein...

Jasmin konnte sich nicht zurückhalten: „Genau wie bei unserer Nachbarin; die war unheimlich nett. Dann bekam sie Brustkrebs. Die ganze Straße wusste es. Sie ließ sich operieren. Das wusste die ganze Straße. Seitdem ist sie eklig. Ich glaube, sie ist gar nicht mehr krank. Aber wenn ich ihr begegne, sagt sie bestimmt etwas Böses. Früher war sie anders. Die Krankheit hat sie böse gemacht."

Adam fuhr sich nervös durchs Haar und nickte: „Ich kenne Ihre Nachbarin nicht und will nichts über sie sagen, aber das kann passieren. Solange dir nichts widerfährt, bist du gut und brav und nett und alle mögen dich, aber dann passiert dir etwas, bringt dich total durcheinander und die anderen erkennen dich nicht wieder."

Anika unterbrach ihn: „Aber was hat das mit Satan zu tun?"

„Äh, ja, also: Satan, erzählt die Hioblegende, stellt die Menschen auf die Probe und überprüft ihre Standhaftigkeit. Eine Art Qualitätskontrolle."

Jasmin quiekte; trippelte fast mit den Füßen, als müsse sie dringend aufs Klo: „Dann ist der Satan eigentlich gut. Wenn er rauskriegt, ob jemand wirklich gut ist, kann man sich drauf verlassen."

Oxana sträubten sich schier die lila gesträhnten Haare: „Das ist total gemein! Der hat nichts Böses getan, wird bestraft und soll brav bleiben, bloß damit er gut ist..."

Adam schaute sich um. Die meisten hatten zugehört, gespannt, aufmerksam. Oxana überzeugte die meisten: Das ist gemein.

Er resümierte: „Ich stimme Ihnen zu. Es wirkt gemein. Andererseits: Mir wäre es oft lieber, ich müsste nicht erst schlechte Erfahrungen mit Menschen machen, sondern wüsste vorher, dass ihr anständiges Erscheinungsbild nicht ihre Persönlichkeit repräsentiert. Aber kürzen wir ab: Satan nicht einfach böse. Er stellt das Gute auf die Probe, ob es wirklich gut ist. – Kurze Notiz ins Heft: ‚Satan ist Gottes Staatsanwalt und prüft die Qualität des Guten‘.“

Die Köpfe senkten sich zum Schreiben. Das war gut so. Damit war die Diskussion unterbrochen. Er wusste, über die folgenden Punkte konnte man endlos debattieren. Doch er wollte nur eine Begriffsklärung, um zu seinem Thema kommen, das er noch nicht verraten hatte.

Er ging etwas näher auf die Schülerinnen zu und schaute in die Hefte. Die Einträge sahen verblüffend unterschiedlich aus: Akkurate Schriftbilder und total geschmierte, liebevoll unterstrichene und umrandete Wörter und schmucklose Informationen. Manche hätte er gerne ausgedruckt und verteilt, bei anderen faszinierte ihn, welche Liebe diese jungen Menschen in die Gestaltung dessen legten, was sie notierten. Er ging zum Pult zurück.

„Zweiter Punkt: Der Teufel. Ich schreibe Ihnen etwas an die Tafel. Satan ist ein hebräischer Begriff, Teufel kommt ein griechischer. Also: δια-βολοσ. Versuchen Sie, die Schrift nachzumalen. Darin stecken zwei Wörter. Dia und bolos: Durch-einander-bringer. Denken Sie an einen Kegelspieler, der mit seiner Kugel die Kegel durcheinanderwirft. Er wirft alles um... Das ist etwas ganz anderes, nicht wahr?! Nicht der Satan, der die Dinge auf Herz und Nieren prüft, sondern der, der Chaos bringt. Das würde ich eher negativ bewerten. Manche kennen die Geschichte der drei griechischen Göttinnen, zwischen die eine göttliche Kraft einen goldenen Ball warf und ihn der Schönsten widmete. Die wollte jede sein. Schon war Zwietracht da. So ein Werfer des goldenen Balles ist der Teufel. Notieren Sie: Zweitens: Der Teufel ist der Durcheinanderbringer.“

„Ist das dann der richtige Satan?“

Adam lachte. Die Frage war in sich unsinnig: „Wenn Sie so wollen. Das ist wirklich negativ. Aber jetzt kommen wir zum Dritten.“

Sabrina, die vermutlich unter der weißen Schminke vor Eifer rot geworden war, konnte nicht an sich halten:

„Das ist Luzifer. Aber gegen den können Sie nichts sagen! Der hat nämlich die Macht!"

Die Diskussionsphase hatten sie schon abgeschlossen, darum überging Adam über ihren Einwand: „Also, einen Lichtbringer gibt es in vielen alten Sagen. Die Menschen lebten auf der Erde und konnten viel. Aber: Ihnen fehlt die Macht, mit der sie sich Essen kochen, im Winter wärmen oder im Dunkeln sehen konnten. Sie beherrschten das Feuer nicht. Das war den Göttern vorbehalten. Da erschien eines Tages ein junger Gott, der sich für besonders gescheit hielt und sagte den Menschen: ‚Wenn ihr mich als Herrn anerkennt, gebe ich euch die Macht des Lichts, der Wärme und der Kraft, ich gebe euch das Feuer!' Fasziniert versprachen die Menschen es ihm, weil sie diese Macht beherrschen wollten. Der junge Gott nahm Feuer von der Feuerstelle seines göttlichen Vaters und brachte es auf die Erde. In Windeseile verteilte es sich über die ganze Erde. Als die Götter es merken, war es zu spät: Die Menschen verfügten über die Kraft des Feuers wie Götter. Da packten die Himmlischen den jungen Gott und warfen ihn aus ihrer Welt. Die Menschen nannten ihn Lichtbringer, auf lateinisch: Luciferus. Seitdem gilt er als der Böse, der das Gute gebracht hat."

„Wer wirklich klug ist, hält das gar nicht für gut!"

Anika wurde heftig. Jasmin nickte zustimmend: „Das glaube ich auch. Mit dem Feuer kannst du auch zerstören."

Anikas Augen blitzten: „Es könnte auch die Atomkraft sein. Die Menschen können nicht damit umgehen. Nicht nur die Atombomben, die die Amerikaner geworfen haben."

„Sag nix gegen die Amerikaner." tönte Alina von der Seite.

Alle wussten, ihr Freund ist GI. Das heißt nicht General Islamist, sondern Gemeiner Schütze. Die Wirklichkeit ist härter als die Satire, GI steht für government issue, »Staatseigentum«. Eigentlich bezog es sich nur auf die militärische Ausrüstung, aber da der Aufdruck auch auf der Uniform zu lesen war, identifizierte man den Inhalt der Uniform gleich mit dem Rest des Staatseigentums... Sehr praktisch für die Body-Bags, das Menschenmaterial und Kollateralschaden.

„Die Amerikaner haben uns damals befreit."

„Mich nicht!" rief Jasmin, die den Eindruck hatte, zu lange nicht zu Wort gekommen zu sein.

Doch Alina, mit ihrem neckisch rosa Pulli und dem passenden Lippenstift eher englisch wirkend, überhörte sie demonstrativ und warf Anika vor: „Du mit deinem Antiamerikanismus!"

Die angegriffene Mitschülerin verteidigte sich: „Die US-Amerikaner waren nicht nur die ersten, sondern auch die einzigen, die Atomwaffen im Krieg wirklich eingesetzt haben. Und die ersten, die einen außerirdischen Himmelskörper bombardierten. Versteht ihr? Einfach so zum Spaß. An ihrem Unabhängigkeitstag 2005 bombardierten sie einen Himmelskörper."

„Das hat uns schon unser Lehrer erzählt", erinnerte sich Melanie.

Jasmin kommentierte spitzbübisch: „Ja. Ich erkläre es dir: Die hatten dort keine Demokratie. Aber als die Amis ihre Macht demonstriert hatten, hatten sie wenigstens eine Demo-Krater..."

Die Klasse lachte, zeitverzögert, weil es nicht alle gleich kapierten. Adam lachte auch, erstaunt über dieses Mitdenken. „OK, Lucifer ist also der, die die Macht bringt, die Menschen nicht wirklich beherrschen. Bitte notieren Sie das so."

Oxana war verzweifelt: „Das geht viel zu schnell. Können Sie das noch mal wiederholen." Er konnte...

„Wir haben nun alle drei fest in unserem Griff, zumindest als Begriff. Ein Teufelchen, das sich begreifen lässt, ist gefangen, kommt nicht mehr so leicht heraus, verliert rapide an Macht."

„Stimmt nicht!" widersprach unerwartet ausgerechnet Michaela.

Mit Michaela rechnete er nie. „Warum denn nicht?"

Sie blickte ihn geringschätzig an: „Sie kennen Ihren Jesus nicht besonders gut..."

„Was hat der Teufel mit Jesus zu tun?" Das wollte Sabrina wissen.

Adam fragte sich im Stillen, ob sie in Mathe besser wäre, wenn es nur Sachaufgaben gäbe, die mit Teufel und Hölle zu tun hätten (Wenn der Teufel 666 Menschen in seiner Gewalt hat und noch 333 frei sind, wieviel Prozent der Menschen sind dann für die Hölle reserviert? Er könnte es dem Mathelehrer vorschlagen. Im Lehrerzimmer. Im Spaß.)

Michaela hatte eine Erklärung parat. „Jesus sagt: Wenn du den Teufel geschnappt hast und dich von ihm befreit hast, dann wirst du erst richtig einladend für ihn. Wenn du glaubst, dass du ihn ein für alle Mal gepackt hast, und dann packt er dich."

Adam war beeindruckt und notierte im Gedächtnis eine Eins für diesen Beitrag. Hoffentlich radierte sie ihm der Vergesslichkeitsteufel nicht wieder heraus. Aber der Klasse stand noch eine Belohnung bevor, und zugleich ein Wettstreit:

„Also, meine Damen: nun wie versprochen, die Frage für die mündliche Eins: Weshalb ist meine Extemporale etwas Satanisches?"

Jasmin Finger schnellte nach oben und sie wartete sicherheitshalber nicht ab, bis sie aufgerufen wurde, sondern rief als erste die Antwort in die Klasse, die auch anderen bereits auf der Zunge lag: „Weil Sie uns auf die Probe stellen wollen. Der Satan erprobt, wie gut einer ist. Und Sie erproben auch, wie gut wir sind."

„Prima!" lobte Adam, „das gibt nun eine sechs..."

„Waaaas?!" Jasmin war sich sicher, dass er einen Scherz machte, aber sie erriet nicht, welchen.

Adam winkte vertraulich ab: „Das gibt nun eine sechste Eins für Sie. – Das reicht. Jetzt sollten auch andere eine Chance bekommen. Aber heute nicht mehr. Adieu, meine Damen, A-Dieu."

Beschwingten Schrittes verließ der Satan seine Probanden...

22 In der Tiefe einer männlichen Seele

Adam kramte seine Taschenuhr heraus; eine hübsche, zierlich vergoldete Spielerei, die er an der Hose befestigt hatte. Zeit ist so nüchtern, da darf etwas Spielerei dazu kommen.... Es war später, als er dachte. Er müsste sich beeilen. Der Abend mit Valentin würde ihm guttun, bei all den Sorgen, die ihn umtrieben und sich in ihm herumtrieben. Wie banal und theoretisch klingen manche Themen, wenn sie ausgesprochen werden; aber tief in der Seele sind sie in einer Weise aktiv, die alles andere als banal und theoretisch ist. Da bilden sich Gedankenblasen wie in Comics, aber sie drücken innen im Bauch herum, leere Gedankenblasen, die sich spürbar aufblähen.... Sie suchen den Weg nach außen, den sie nicht finden, und drücken und schmerzen... Manchmal finden sie einen Weg, durch Worte, entweichen wohl artikuliert und könnten sich entfalten, entspannend entfalten. Dafür braucht man einen guten Freund.

Gut, dass Valentin sich heute Zeit für ihn nahm. Es trieb ihn viel um. Er fand die Frage nach der Gerechtigkeit spannend und mitten in aller Theorie dicht am Leben, tief in seiner Situation neben Eva. Natürlich würde auch die beste Antwort sie nicht gesund machen, aber... Irgendetwas erhoffte er doch davon. Dann drückten und drohten seine Probleme in der Schule. Etwas braute sich über ihm zusammen, eine Gewitterstimmung, die sich nicht unbedingt reinigend entladen musste... Darin steckte auch vernichtendes Potential, wie Blitze, die ornamental über den Himmel zucken, aber den Baum spalten, in den sie fahren und die ein Haus entzünden können...

Aber selbst wenn diese kosmischen Energien sich in den Erdboden ergießen würden, blieben die emotionalen Ladungen, die durch seine seelische Atmosphäre geisterten: So viele Frauen, so viele Unklarheiten, so viele Möglichkeiten oder auch Unmöglichkeiten. Nicht nur die Romandetektive dozierten: Cherchez la femme... Auch das lebendige Leben versteckt die Ursachen für sein Aufgeladensein oft im femininen Potential. War nicht auch die Erde, in die die Macht der Blitze sich entlud, weiblicher Natur? Gäia, hatte er im Griechischunterricht gelernt. Für feministische Philosophien spielte die Muttergöttin Erde eine zentrale Rolle. Aber er war männlich. Welche Frau gäbe gerne zu, dass im alten meristischen Weltbild die Entsprechung zur Erde der Himmel war, und dieser den maskulinen Anteil repräsentierte. Doch Adam fühlte sich nicht göttlich oder himmlisch, es beherrschten ihn höllische Seelenschmerzen.

In einer Kneipe abschalten würde schon mal helfen, bei einem guten Gespräch unter Männern. Da geht es nicht nur um Autos, Fußball, Politik und sexistische Witze, wie frau munkelte. Ja, es lag ihm vieles auf der Seele, manches brannte sogar unter den Nägel. Er wusste nicht einmal richtig, was er auswählen sollte. Das letzte Gespräch mit Valentin war wohltuend gewesen, aber andererseits: Sandra, Susie und auch Eva, Love and Sex... gibt es Wichtigeres im Leben?

Er erreichte die Wohnung des Freundes. Auf sein Klingeln hin öffnete sich die Tür, aber er konnte dem Geschlechtsgenossen nicht in die Augen schauen. Als er den Blick nach unten wandte, blitzten ein paar lebhafte Augen an. Ein zartes und zugleich kräftiges Stimmchen grüßte ihn mit „Hi Ädäm!"

Viktor, Valentins Augäpfelchen stand im Türrahmen. War wieder mal Vatertag? Offenbar. Dass Valentin diesen Tag sich für ihn, für Adam nahm bedeutete eine große Auszeichnung, denn sein Sohn stand bei ihm an erster Stelle. Da der große Kleine das wusste, akzeptierte er problemlos , dass der Vater etwas anderes vorhatte. Traumhaft fand Adam diese Vater-Sohn-Beziehung. Er hatte die beiden schon streiten gehört, über Dinge des Alltags, die Erwachsene anders sehen als Kinder, aber der selbstverständliche Umgang der beiden miteinander wog das bei weitem auf.

Aus der Wohnung erklang: „Bist du's, Adam? Ich komme gleich."

Er hielt Wort; Viktor versuchte Adam in ein Gespräch zu verwickeln, was sie heute Abend machen würden und wollte eine Tischvorlage für ihre Gespräche, doch der strenge Vater erteilte ein paar klare Anweisungen:

„Also, mein Süßer, wir haben besprochen, wie es läuft: Schlafanzug anziehen, Zähneputzen – mit Sanduhr bitte! Drei Minuten. Du weißt, was die Zahnärztin gesagt hat. Dann darfst du noch ein bisschen Musik anhören oder Geschichten. Um neun Uhr ist Schluss, wie vereinbart. Klar?"

Viktor blickte treuherzig: „Klar."

Ganz überzeugt war Valentin nicht: „Ich verlasse mich auf dich."

„Klar..." dieses zweite „Klar" klang ein bisschen unsicher.

Konnte sich der Vater wirklich auf den Sohn verlassen. Vertrauen ist gut, Kontrolle ist besser, aber jetzt gab es keine Kontrollmöglichkeiten. Es musste auch ohne gehen... der sichtbare Vater ging, der innere Vater blieb.

Der Vater beugte sich zum Sohn, der Sohn streckte sich zum Vater und es gab einen herzhaften Abschiedskuss.

„Viel Spaß!" wünschte der Sprössling den beiden Erwachsenen.

„Ein alleinerziehender Vater hat es nicht leicht", meinte Adam verständnisvoll, aber Valentin lächelte: „Ich habe es wunderbar –wir lieben uns: Vater und Sohn, bei uns haut es hin; für mich ist jeder Tag Sohn-Tag..."

„Kannst du dich auf pünktlichen Bettgang verlassen?" fragte Adam unterwegs.

„Im Prinzip schon. Das geht auch mal daneben, aber im Großen und Ganzen: Wir wollen uns vertrauen können."

„Weißt du", gestand Adam, als sie bereits in der Kneipe waren und auf ihr Bier warteten, „Wenn ich euch zwei so sehe, bekomme ich seltsame Gefühle."

„Du wärst wohl auch gerne Vater."

„Ehrlich, ich weiß es nicht. Eigentlich nicht. Zumindest bisher nicht, trotz meines Berufs. Ich konnte es mir nie vorstellen. Diese Rolle gehört zu einer anderen Generation, der über mir. Aber ich bin irgendwie ins Wanken gekommen. Je öfter ich den Kleinen bei dir erlebe, desto sehnsüchtiger werde ich. Manchmal denke ich mir: So schön hätte ich es auch gerne."

Sein Freund nickte: „Das verstehe ich absolut. Mir ging es ähnlich. In meiner härtesten Zeit konnte ich keinen Kinderwagen sehen, ohne schwermütig zu werden, und schwangere Frauen waren wie ein Horrorfilm. Bei allen klappt's, bloß bei dir nicht, war mein häufigster Gedanke."

Adam nickte solidarisch. Jack brachte das Bier: „Zwei Hefeweizen, die Herren!" servierte er höflich vertraut. Früher hatten die beiden Männer gedacht, eine vertraute Kneipe könne die Familie ersetzen. Aber erst war Valentin abgesprungen, und nun war es auch für Adam nicht mehr tragfähig.

„LeChaim!"

„LeChaim!"

Sie süffelten das goldene Nass. Dann packte Valentin seine Pfeife heraus und stopfte sie genüsslich.

Adam blieb beim Thema: „Ich erinnere mich schon. Du wirktest ziemlich durchgeknallt. Ich konnte es absolut nicht nachvollziehen. So ein radikaler Kinderwunsch, das hatte ich nicht mal bei Frauen erlebt. Dann versagte meine Phantasie: ich hatte schon so viele Freunde in die Familie abdriften sehen, die verschwanden wie hinter einer Nebelbank. Aber bei dir konnte ich mir nicht vorstellen, wie daraus ein Vater werden sollte."

Valentin verdreht die Augen, dann steckte er sich endlich die Pfeife in den Mund, entzündete sie mit einem Streichholz, blies eine wohlduftende Wolke nach oben und kommentierte dann:

„Jajaja, du mit deinen Vaterbildern. Nervtötend. Du konntest mich nicht so sein lassen, wie ich war, sondern musstet mir die diversesten Modelle überstülpen. Ich fühlte mich wie bei einem Verkäufer in einem Bekleidungsgeschäft, einem schlechten Verkäufer, der dir alles Mögliche zum Anprobieren gibt, als wärest du eine Kleiderpuppe, statt sich daran zu orientieren, wie du dich kleiden möchtest."

Adam fuhr sich durch die Haare: „Du hast Recht. Und ich finde es auch toll, wie das jetzt bei dir läuft. Deshalb bin ich ja so neidisch." Er stieß auf allervollstes Verständnis.

„Ach, du ahnst nicht... sag mal, macht es dir viel aus, wenn ich dir was vorschwärme..."

Adam spürte kurz in sich: „Ehrlich gesagt, ja, es tut mir weh. Aber du mach's ruhig, wenn wir nachher ein bisschen in die Strategie gehen. Schwärm du ruhig, und dann will ich wenigstens mit dir ein bisschen rumspekulieren."

Valentin sprühte nicht mehr vor Erzähldrang: „Du hast mich total abgetörnt. Pass' auf, ich erzähl dir mal was. Es mich schüttelte innerlich, als er zum ersten Mal meinen Namen aussprach und ich spürte: mein Sohn meint mich, er hat mich bei meinem Namen gerufen, ich bin sein..."

Adam verzog das Gesicht: „Klingt ein bisschen blasphemisch, oder?"

„Gut, lassen wir meine göttliche Begeisterung, gehen wir zu dir: Wir wissen aus leidvoller Erfahrung: zu einem Kind gehört eine Mutter."

„Jaja, vor den Erfolg haben die Götter den Schweiß gesetzt und vor das Kind die Mutter."

„Pfui, wie redest du denn! Was höre ich heraus? An wen hast du denn als Mutter gedacht."

„Ehrlich, ich weiß nicht. Das klingt nach Margarinewerbung: Papa, Mama und zwei Kinder, karierte Tischtücher, Frühlingssonne scheint durchs Fenster, alle sind sauber gewaschen und draußen kräht der Hahn. Aber das ist nicht meine Welt."

„Tut mir leid, alter Junge, zu einem Kind gehört eine Mutter, und die Frauen, die ich kenne, und auch die Frauen, die ich kenne, die du kennst, die wollen diese Margarine zum Frühstück. Speziell von dir serviert und am Muttertag von den Kindern."

Adam seufzte: „Gibt es nicht eine Alternative?"

„Eine Alternative? Mit Latzhose und Knoten im Haar?"

„Quatschkopf!" Adam lachte: „Mir geht es ums Vatersein. Ich stelle mir das schön vor: Schon in der Schwangerschaft..."

„Da ist das Kind weggesperrt ins Nebenzimmer."

„Sexist!"

„Nein, im Ernst. Da heißt es mal: Hast du gesehen? Es hat sich gerade bewegt. Aber du hast es nicht gesehen, und der kleine Sadist im Mutterleib bewegt sich auch die nächste Viertelstunde nicht, in der du auf den nackten Bauch starrst. Das ist wie das Warten auf eine Sternschnuppe..."

Kinder… Nachkommen… Israels Urvater Abraham hatte noch eine sehr urtümliche Vorstellung vom „Ewigen Leben": In deinen Nachkommen lebst du weiter – bei ihm um die 4000 Jahre. Nicht schlecht. Ewiges Leben, oder auch nur Neues Leben, das von dir ausgeht? Darüber musste Adam nachdenken. Das wäre noch etwas in seinem Leben. – aber mit welcher Frau? Sandra böte sich an, aber Eva... Ihn nervten die Witze, die ungefragt von Freunden und Nicht-Freunden total originell im Hinblick auf ihre beiden Namen fabriziert wurden und oft bei Kain und Abel endeten. Das führte unweigerlich zu der Frage, wie die Menschheit aus zwei Söhnen entstehen konnte. Das wusste er, aber er wollte es den Witzemachern nicht erklären...

Er hörte das Mythologische aus diesen Ursprungsgeschichten , aber auf diese banale Frage stand die Antwort schon in der Bibel, die die Super-Aufgeklärten lächerlich machen wollten; ohne das Original zu kennen, fanden sie ihre Fragen originell. Allerdings, das wusste Adam, böten die Originalantworten keine Lösung und standen schon gar nicht im Einklang mit den anthropologischen Forschungsergebnissen. Aber er könnte keinem Menschen aus der Steinzeit vorwerfen, dass er von Darwin keine Ahnung hatte. Er würde die überlieferten Antworten der Vorfahren ernstnehmen, aber keiner, der sich ernsthaft damit beschäftigte, hielte sie für der Weisheit letzten Schluss, auch nicht für den neuesten Stand des Wissens. Wer allerdings das Wissen und die Weisheit der Gegenwart für das letztgültig erreichbare Ziel menschlicheren Wissens und Verstehens hielt, reichte intellektuell an die Steinzeitmenschen kaum heran.

Ja, bei den Steinzeitmenschen entdeckte er ein nachhaltiges Defizit: Mangelhafte Braukunst! Er hob sein leeres Glas, blickte Valentin auffordernd an: „Noch eins?"

„Noch eins!"

23 Ein Zoo wird zum Hühnerhof

Er betrat das Klassenzimmer: Seine diskussionsfreudigsten Klasse. Anstrengend, aber eine Wohltat. Die Jugend von heute ist nicht so desinteressiert, wie es Miesmacher darstellen.

„Letzte Stunde haben Sie mich ziemlich aus dem Konzept gebracht."

Alina rief hinein: „Da hat uns wohl der Teufel geritten!" Die Klasse lachte.

Adam lachte mit: „Wunderbar! Herrlich, wie Sie die letzte Stunde auf den Punkt gebracht haben. Also, den Teufel brauchen wir nicht noch mal hervorholen. Aber ein Stückweit hat er uns von einer wichtigen Frage weggebracht, nämlich der Frage nach der Gerechtigkeit angesichts des Leidens. Eigentlich wollte ich Sie zu den Büchern und ins Internet schicken, aber ich glaube, es steckt noch eine ganz Menge in uns, das wir ausloten können, bevor wir wieder Input suchen."

„Ich wollte noch etwas sagen!" Oxana schob sich vor. „Ich habe mich noch mit meiner Tante unterhalten."

Toll, sie trägt den Unterricht in die Familie. Davon kann ein Lehrer nur träumen. Toll, wenn man ein Unterrichtsfach hat, in dem Themen Schülerinnen so bewegen, dass sie sie noch in der Freizeit ansprechen.

„Was hat ihre Tante gemeint?"

„Der war alles klar. Man darf die Ursachen nur in der Gegenwart suchen. Sie sagt, die Frau hat in ihrem letzten Leben etwas Schlimmes gemacht und wurde dafür nun bestraft."

Die Klasse staunte und auch Adam war baff. Dann nahm er sich zusammen. Versuchsweise sachlich fragte er: „Ihre Tante glaubt an die Wiederverkörperung, an die Reinkarnation?"

Oxana bejahte die Frage. Evchen, die sonst eher schweigsam war, oder deren häufigste Unterrichtsbeiträge in unerwünschter Partnerarbeit, sprich Schwätzen, bestanden, rief frech hinein:

„Was war sie früher mal? Ein Vögelchen, oder ein Gänseblümchen?"

Die Klasse griff das Thema begeistert auch. Bald füllte ein akustischer Zoo den Schulraum. Sie spekulierten über Schmetterlinge, Raupen und Stechfliegen ebenso wie über Löwen, Giraffen und Elefanten. Irgendjemand definierte einmal, der Spieltrieb würde den Menschen zum Menschen machen: Homo ludens. Seine Klasse erwies sich als Prototyp der Menschheit.

Als der Zoo in einen Hühnerhof mutierte, das Gackern überhandnahm, unterbrach Adam das Spiel. Oxana war kurz errötet, beteiligte sich dann aber an den doch witzigen Spekulationen.

„Zurück zum Thema. hier geht es nicht um Tier-Mensch-Verwandlungen, sondern um die Frage nach der Gerechtigkeit. Also, Ihre Tante meint: Die Frau ist an ihrer Krankheit selber schuld. Da die Schuld nicht in ihrer bisherigen Biographie zu finden ist, wird sie in eine vorige Existenz verlegt, von der die Frau gar keine Ahnung hat. Ist es so?"

Oxana nickte nur.

Adam nickte zurück: „So eine Vorstellung kann man entwickeln. Aber ich frage mich: Würde Ihre Tante das der Frau ins Gesicht sagen? Oder würden Sie selbst sich neben die Kranke setzen und ihr erklären, ihre Krankheit sei eine Strafe für eine Verfehlung eines früheren Lebens?"

Oxana blickte auf; sie brauchte einen Augenblick, um die Realistik der Szene zu erfassen. Dann schüttelte sie entschieden den Kopf: „Das würde ich mich nicht trauen. Aber meine Tante schon!"

Meine Tante schon... der Satz wirkte bei ihren Mitschülerinnen.

Jasmin, eigentlich ihre Freundin, brauste auf: „Was ist das für ein Typ?! Wie gemein: Da leidet ein Mensch ganz schlimm und kriegt noch den Vorwurf: Du bist selbst dran schuld. Und weshalb? Weil man in seinem vergangenen Leben etwas Schlimmes gemacht hat. Toller Vorwurf! Wie klug von deiner Tante! Die weiß wohl alles. Was hast du in deinem letzten Leben Schlimmes gemacht, dass du so eine Tante hast?"

Einige Schülerinnen lachten und Oxana wurde wieder rot, aber sie lachte auch ein bisschen – wer sie gut kannte, spürte: das würde sie Jasmin heimzahlen; auch unter Freundinnen bleibt so ein Foul nicht folgenlos.

Adam griff ein: „Bitte nicht so! Versuchen wir, sachlich zu bleiben."

Jasmin ließ ihn kaum ausreden und rief aufgeregt dazwischen: „Nein! Bei so was kann ich nicht sachlich bleiben. Was sagt diese superschlaue Tante wohl, wenn sie.... wenn sie... sagen wir mal, wenn sie Zahnschmerzen hat?" Jasmins Stimme wurde hoch und hysterisch, als sie die Tante karikierte. „'O, ich habe wohl etwas furchtbar falsch gemacht in meinem vorigen Leben. Wie böse muss ich gewesen sein! Jaja, das ist die gerechte Strafe...'"

Jasmin hatte die Lacher auf ihre Seite und Adam stimmte zu: „OK, ich verstehe Sie. Es ist schwer, hier sachlich zu bleiben. Es geht doch um Gerechtigkeit. Da werden wir sehr schnell heftig."

Sonja, die ansonten vor allem durch ihr blondes Haare und den sehr dezidiert ausgewählten Lippenstift auffiel – manchmal schminkte sie sich sogar zu Adams Ärger während des Unterrichts nach... – bemerkte trocken, aber sehr gut hörbar: „Die hat wohl lange keinen Sex mehr gehabt..."

„Sabrina!" Adam wies sie nachhaltig zurecht; aber im gleichen Augenblick dachte er: Wahrscheinlich hat sie recht.

Der professionell selbstkritische Pädagoge pfiff sich zurück. Mit seinem Sexualleben stand es auch nicht zum Besten. Er spürte den spontan männlichen Wunsch, sich mit einer knackigen Tante zusammen zu tun, mit oder ohne frühere Existenz. Jetzt aber musste er die Situation im Griff behalten, prekärerweise einschließlich seiner selbst.

„Lassen wir Tante mal Tante sein. Bleiben wir beim Thema. Krankheit, Unglück, Schuld, Gerechtigkeit. Erstmal legen wir einen schriftlichen Teil ein. Bitte nehmen Sie den Block und einen Stift zur Hand."

Die Schülerinnen murrten. Offenbar hatte er einige Beiträge abgewürgt und Schreiben gehörte nicht zu ihren Lieblingstätigkeiten.

Er ging an die Tafel und nahm die Kreide in die Hand.

„Das Datum des heutigen Tages. Dann als Überschrift..." Er dreht sich zur Tafel und schrieb „Theodizee".

„Bitte unterstreichen Sie die Überschrift. ‚Theodizee', Hat jemand diesen Begriff schon einmal gehört?"

Das war mehr ein ritueller Reflex; er rechnete nicht mit einem Ja. Um so verblüffter war er, als ausgerechnet Michaela „Ja" hineinrief. Michaela – er war froh, überhaupt ihren Namen zu kennen; sie zeichnete sich nicht gerade als Stütze des Unterrichts aus. Ob sie aufmerksam folgte, bekam er nicht mit, da die Klasse so diskussionsfreudig war, dass seine Aufmerksamkeit meistens den Redenden galt und er große Mühe hat, eine gerechte Reihenfolge beim Aufrufen beizubehalten.

Michaela, die große Blonde mit den schwarzen Schuhen (so hatte sie einmal wirklich ausgesehen, ziemlich unfrisiert und ihn daher an den Film von anno dazumal erinnernd), sagte: „Ja."

Mit einem erfreuten Unterton schaute er sie an: „Wirklich? Das ist ja ungewöhnlich. Wie kommen Sie dazu?"

Sie blickte sich durchaus ein bisschen stolz um: „Darüber habe ich mal ein Referat gehalten. Das weiß ich noch. Soll ich es einmal erzählen?"

Adam kam aus dem Staunen nicht mehr heraus. Das Schöne am Lehrerberuf ist, dass dich Menschen immer wieder überraschen können. Er könnte als Lehrer alt werden, denn das hielt ihn jung. „Also, erzählen Sie mal... ich bin ja gespannt."

Michaela zögerte, denn sie wollte loslegen, hatte aber nur ein Gefühl von dem, was sie damals gesagt hatte, nicht organisiert im Gedächtnis... doch egal, sie begann: „Also, diese Frage wird nicht überall auf der Welt gestellt. Es geht darum, wie Gott, wenn er gerecht ist, das Leiden in der Welt zulassen kann. Die Frage kann nur dort gestellt werden, wo Gott eine Rolle spielt, die mit Gerechtigkeit zu tun hat. Selbst wenn es so ist, sagen manche: Wenn es so schlimmes Leiden in der Welt gibt, dann kann es gar keinen Gott geben."

„Genau!"

„Stimmt!"

„So ist es wirklich!"

Die Zustimmung erklang von mehreren Seiten.

Michaela blieb unbeeindruckt: „Ich habe von uralten Naturreligionen gelesen, die es heute noch gibt, in Afrika. Die meinen: Wenn jemand krank wird, dann hat er einen verstorbenen Vorfahren beleidigt, vielleicht hat er einem Ahnen kein Essen gebracht. Deshalb ist er krank."

Adam war baff, was sie wusste und wie treffend sie es formulierte. Er nahm sich vor, von den eigenen afrikanischen Erfahrungen zu erzählen. Er ermunterte sie: „Was wissen Sie von den andren Religionen?"

„Was die Oxana sagte, passt zu den Hindus. Da hängt alles im Leben mit einem früheren Leben zusammen. Genauso, wie manches in unserem Leben nicht bestraft wird, gibt es Strafen, die nicht aus dem gegenwärtigen Leben, sondern von früher kommen." Sie stoppte, schaute sich um und sagte deutlich: „Das glaube ich übrigens nicht! So was glaube ich nicht."

Die Mitschülerinnen nickten und Adam freute sich, dass sie Position bezog. Manche beschränkten sich auf das Referieren, das war bei ihr erfreulicherweise nicht so; dabei hatte er diese Schülerin für ziemlich oberflächlich gehalten.

Wieder mal eine Ermahnung des Lebens, vorsichtig zu sein mit Bildern, die du dir von jemand machst. Max Frisch schrieb in seinem Tagebuch einmal sinngemäß: Es gibt das Gebot: Du sollst dir kein Bildnis machen. Das ist auf Gott bezogen: kein Bild von Gott, damit du nicht glaubst, dass du ihn in der Hand hast. Andererseits: Übertragen wir dieses Gebot auf Menschen: Du sollst dir kein Bild von deinem Gegenüber machen. Du sollst ein lebendiges Wesen nicht festlegen wie eine Statue aus Stein, unbeweglich, unveränderlich, leblos... Bei Michaela hatte er diesen Fehler gemacht, sonst hätte er sich nicht so über das Spontanreferat gewundert.

Er trieb sie an: „Michaela, machen Sie mit dem nächsten Punkt weiter."

Sie war die Fachfrau, das ließ sie spüren und blickte sich stolz um (Wissen ist Macht...): „Bei uns in Europa lief es ganz gut. Da behaupteten die alten Griechen: Wenn Gott gut ist, beendet er das Leiden. Weil das Leiden aber nicht beendet ist, gibt es Gott nicht. Ich finde das logisch. Das müssten die Christen eigentlich auch so sehen: Die sagen doch: Gott ist gut und er beherrscht die Welt. Also dürfte es nicht Schlimmes geben. Eigentlich schon seit der Schöpfung nicht."

Mädchen, du bist stark! dachte Adam. Das hatte sie ebenso knapp wie gut formuliert. Zugegebenermaßen ist diese Anfrage leichter zu formulieren als eine Antwort darauf.

„Prima!" kommentierte er, „Was gibt es dann trotzdem als Antworten?"

Jasmin und Sabrina bewegten sich bereits, wie Schlangen kurz vor dem Überfall, aber bevor die beiden unterbrechen, redete Michaela weiter: „Ich habe mir dann die Lösungen in der Bibel angeschaut, die müssten bei uns bekannt sein; aber ich kannte sie nicht. Ehrlich, ich fand die Frage immer unbeantwortbar. Also, ich habe meinen Lehrer gefragt. Er hat mir ein paar Bibelstellen vorgeschlagen, denn ich konnte nicht alles durchlesen." –

„Stimmt!" klang es aus etlichen Ecken, und manche mussten auch kichern, als sie sich Michaela mit der Bibel in der Hand vorstellten.

Die referierte weiter: „In den alten Geschichten erklärten die Propheten, wenn eine Katastrophe eintrat: Es geht uns allen schlecht, also hat das ganze Volk etwas falsch gemacht. Aber wenn es jetzt nur dem Einzelnen schlecht geht, dann ist es schwierig. Ich habe das Buch Hiob gelesen, einen Teil wenigstens. Da klingt es, als dürften wir solche Fragen nicht stellen, weil Gott so groß ist und wir so klein. Wir verstehen nicht alle Zusammenhänge, also dürfen wir ihn nicht anklagen."

Sabrina konnte sich nicht mehr zurückhalten und fuhr dazwischen: „Ich klage Gott gar nicht an. Ich stelle nur fest: Den gibt es gar nicht. Wenn du ehrlich bist, kommt bei dir auch nichts anderes raus. Ich lasse mir von Gott keine kritischen Fragen verbieten. Das macht nicht mal unser Lehrer!"

Sie blickte Adam an, halb herausfordernd, halb anerkennend. Adam lachte: „Da haben Sie recht. Allerdings..." er zwinkerte ihr zu: „Sie werden doch wohl einen Unterschied zwischen Gott und mir erkennen..."

Sabrina verzog ihren Mund, was angesichts des Kontrastes von Lippenstift und Schminke bei ihr fast diabolisch wirkte: „Ja: Sie sind toleranter."

Peng! Das war eine tolle Replik. Tut es einem Lehrer nicht gut, wenn er in der Konkurrenz zu Gott besser abschneidet?

Michaela schüttelte ihre Haare: „Ich lasse mir mein Denken aber auch nicht von dir vorschreiben." Das klang ein bisschen heftig, aber ziemlich stimmig. „Was ich dazu noch sagen wollte: In der Geschichte von Hiob kommt etwas vor, das mir gut gefällt. Da geben die Freunde von Hiob ihm lauter gute Erklärungen dafür, weshalb es ihm so schlecht geht, und sie sagen ihm, wie toll Gott ist und dass er sein schlimmes Schicksal nicht in Frage stellen darf. Aber am Schluss sagt Gott zu den Dreien –so ungefähr, dem Sinn nach: Ihr seid solche frommen Arschlöcher. Den Hiob, den mag ich. Der greift mich zwar an, aber er ist wenigstens ehrlich. Ihr seid doch nur verlogen... Also, das gefällt mir bei der Hiob-geschichte besonders. – Und jetzt, können Sie nicht weiter machen? Sie haben das doch gelernt."

Sie setzte sich. Adam verstand: „OK, Sie waren nicht vorbereitet. Aber ich finde, Sie haben es super gemacht. Beifall für das Spontanreferat?" Die Klasse applaudierte heftig, manche nutzen es freilich aus, um über die Stränge zu schlagen... Adam nutzte den Applaus, um Michaela eine mündliche Eins einzutragen. Die hatte sie sich redlich verdient.

Dann ging leider der reguläre Unterrichtsteil weiter; sie mussten sich die Essenz ihres Statements notieren.

„Womit habe ich das verdient?" seufzte Jasmin theatralisch und hatte die Lacher auf ihrer Seite.

„Sie haben das verdient, weil Sie es verdient haben, klüger zu werden." sentenzierte Adam, verbuchte aber auf seiner Seite keine Lacher, obwohl die Botschaft bei Jasmin ankam. Ihre Mimik verriet ein schnelles Durchchecken, ein entspanntes „Habe verstanden; war freundlich gemeint", und es blieb ein freundliches Lächeln auf ihrem Gesicht. Als auch die letzten fröhlichen Jugendlichen den akustischen Schlusspunkt gesetzt hatten, konnte er weitermachen.

„Denken Sie immer an die Frau, von der ich Ihnen erzählte und die uns das Gefühl gibt: Das hat die gar nicht verdient. Dann verbinden Sie es mit der Religion. Wir verwandeln die Aussage schnell in die Frage: ‚Womit hat sie das verdient' und personalisieren es, so dass es heißt: Wie kann Gott das zulassen, wenn er gerecht ist? Einen Verbrecher zu bestrafen, leuchtet jedem von uns ein. Aber eine unschuldige Frau? Andererseits erleben wir, dass die großen Verbrecher ungestraft davonkommen; denken wir an die vielen Wirtschaftskriminellen, die Mitmenschen in den Ruin treiben, manchmal in den Selbstmord, und die Familien unglücklich machen."

„Da glauben Sie noch an Gott?" Anika konnte ihn nicht begreifen: Einerseits schien er glasklar zu beweisen, dass es Gott nicht geben kann, und dann bezeichnete er sich sogar als Christ. Hatte er seinen Verstand kastriert? Sie glaubte es nicht, aber es wirkte so; er musste ihnen irgendeine Erkenntnis vorenthalten haben.

Adam wandte sich verständnisvoll Anika zu: „So könnte man reagieren. Aber man kann auch anders reagieren. Wenn Sie die Psalmen der Bibel lesen, die uralt sind, deutlich über 2000 Jahre, also für Erfahrungen und Erkenntnisse stehen, die sich durch alle Zeiten ziehen: Immer wieder wird dort zu Gott geklagt, dass es den Ungerechten gut geht und den Gerechten schlecht, dass die Bösen auf der Sonnenseite des Lebens stehen und die Guten im Regen. Das wird Gott geklagt. Aber es stellt seine Existenz offenbar nicht in Frage."

„Ja, früher musste man an einen Gott glauben. Aber heute benutzt man seinen Verstand."

Adam lachte demonstrativ: „So, Sie glauben also an Ihren Verstand. Ich bezweifle Ihren Verstand auch nicht. Aber: Ist bei dem, was vernünftige Atheisten getan haben, etwas Besseres herausgekommen als bei dem, was offenbar unvernünftige Religiöse getan haben? Ist die Welt seit der französischen Revolution besser geworden? Aufklärung nannte man jene Zeit und dachte daran, dass die Vernunft alles klärt. Die haben damals die Vernunft mit der Guillotine durchsetzen wollen: Bete die Vernunft an oder wir hacken dir den Kopf ab!"

„Sie sind polemisch!" Die Schülerin wehrte sich: „Sie tun doch immer so klug. Wie können Sie so verächtlich über die Vernunft reden."

„Du hast Recht... äh, Entschuldigung, Sie haben Recht. Ich achte die Vernunft sehr hoch. Aber manchmal ist die Vernunft beschränkt, nämlich dann, wenn wir merken, dass sie zwar wichtig, aber nicht alles ist. Unsere Wirklichkeit ergreifen wir nicht nur über die Vernunft, sondern mit den verschiedensten Sinnen. Verliebte lieben sich nicht über die Vernunft, Kunst genießen Sie nicht mit der Vernunft, Musik hören Sie sich nicht über die Vernunft an."

„OK. Ich höre Ihnen zu. Sie können weitermachen."

Anikas hübsches Gesicht hatte ein paar Falten, die sehr nach „genervt" aussahen. Offenbar wollte sie diesen philosophischen Vortrag nicht länger hören und auch die Aufmerksamkeit ihrer Klassenkameradinnen war abrupt gesunken. Es nützt nichts, wenn du als Lehrer kluge Sachen sagst, sie müssen auch gehört und verstanden werden. Jetzt verstand er: Weiter mit dem Thema.

„In Ordnung, Anika. Was könnten wir der Frau als Verstehenshilfe anbieten. Ich nenne Ihnen drei repräsentative Beispiele aus dem religiösen Bereich, Gedanken, die unser Abendland über Jahrhunderte beherrschte. Mit diesen Modellen lebten unsere Vorfahren. Schon bald entwickelte der Kirchenlehrer Origenes ein System, das pädagogisch ausgerichtet war: Wenn du leidest, lernst du dadurch. Leiden ist Teil des Lernens im Leben."

Sonja stöhnte auf: „Ich leide, also lerne ich!"

„Nein", widersprach affektiert superklug Alina: „Wenn ich lerne, leide ich."

„Hast du es gut, ein leidfreies Leben..."

Die spitze Bemerkung von Sabrina brachte erleichterndes Lachen in die Klasse. Alina lachte mit, denn es war nicht ernst gemeint.

Adam verzog die Lippen zu einer Schnute: „Eine echt witzige Klasse, muss ich schon sagen. Bei Origenes kam zu dem Lerneffekt beim Leiden noch der Strafcharakter. Den kennen wir aus der Pädagogik: Wer nicht lernen will, muss fühlen. Wenn ein Kind etwas falsch macht, bekommt es den Hintern versohlt, dann wird es sich das nächste Mal richtig verhalten."

„Was haben Sie denn für Vorstellungen?!"

„Was ist denn das für eine Erziehung?"

„Prügelstrafe?!"

Die Empörung kam schnell, aber sie ebbte auch wieder ab. Adam musste nicht widersprechen, denn sie erahnten, was er gemeint hatte, und sie erlebten ihn stets als einen Gegner von Gewalt in der Erziehung. Er konnte also den Faden wieder aufgreifen:

„Nächster Punkt: Ein paar hundert Jahre später kam der Heilige Augustinus. Ein Typ, der in seinen jungen Jahren viel rumsoff und rumhurte."

„Also, Sie als Lehrer, so können Sie doch nicht reden!"

„Doch, es stimmt nämlich. Er führte ein ausschweifendes Sexualleben. Als seine Geliebte schwanger wurde, heiratete er sie nicht, sondern überließ sie der Verachtung. Als der Sohn geboren wurde, nannte er ihn Adeodato. Die Mutter heiratete er trotzdem nicht. Da war nämlich seine Mutter dagegen. Die hieß Monika. Später war es die Heilige Monika."

„Das ist eine Sauerei!" empörte sich Oxana als Stimmführerin. Die beiden Heiligen hatten bei den Jugendlichen verspielt, die Hure gewonnen.

Adam fand: Die Hure hatte zu Recht gepunktet. „Ja, ich weiß nicht, wen ich mehr verachte: Augustin oder seine scheinheilige Mutter. Trotzdem ist es so, dass selbst Charakterschweine gute Einsichten haben können. Moral und Verstand sind nicht immer deckungsgleich. Naja, das Thema Verstand hatten wir schon. Also, Augustin hatte mehr Verstand als Einsicht, als er die Vorstellung von der Erbsünde ausformulierte. Er beschrieb es, als würde dem Menschen die Bosheit durch die Zeugung mitgegeben."

„Hat er von sich auf andere geschlossen?" grinste Sabrina, die die dunkle Seite des Lebens kannte. Die Vertreterin des Satans erntete anerkennendes Lachen und genoss es.

Ihr Lehrer präzisierte: „Von seinem eigenen Gezeugtwerden ausgehend vielleicht, als Sohn seiner Mutter. Aber seinem armen Buben, dem Adeodato, will ich das nicht anhängen." Jetzt lachte keiner, aber es herrschte eine heimliche Übereinkunft: Das unglückliche Produkt dieser Doppelmoral wollen wir nicht schlecht machen.

„Lassen wir den Augustinus mal sein: Dass keiner von uns ein Engel ist, wird auch keiner bestreiten. Wer ein bisschen realistisch ist, gibt bestimmt zu: Selbst wenn du dich total bemühst, du wirst nie ein durch und durch guter Mensch sein."

Anika hob die Hand: „Wenn wir eh nicht gut sind und es nicht mal werden können, könnten wir da nicht gleich..."

„Jajaja", tönte es begeistert aus Sabrinas Ecke, „Ich habe es ja gewusst, ich hatte Recht: Satan herrscht. Jetzt haben Sie es selbst zugegeben."

Sie strahlte über ihren Triumph. Eine glückliche Satanistin, toll! Soweit hatte es diese Lehrkraft gebracht. Dann sind unsere Steuergelder doch nicht vergeudet. Nicht einmal in solchen unproduktiven Fächern, die für unsere Wirtschaft nichts abwerfen und aus dem Lehrplan gestrichen werden sollten, zugunsten des Faches: „Geld ist geil" oder „monetäre Sexualkunde".

Jasmin ließ diesen Triumph nicht gelten: „Quatsch! Dann könnten wir uns gleich alle umbringen. Da gibt es auch andere Argumente!"

„Edel sei der Mensch, hilfreich und gut!" zitierte Sonja.

Sie waren dem Mädchenalter längst entwachsen waren, aber dieses Zitat für Poesiealben hatte fast jede in ihrem Freundebuch gelesen, von einer Tante in Schönschrift für das kleine Mädchen hineingemalt.

Michaela outete sich als Literaturkennerin: „Wir haben es in der Schule gelernt. Goethe, das war ein ganz großer deutscher Dichter. Der hat den ‚Faust' geschrieben, ich habe ihn nicht gelesen, aber der soll toll sein..."

Adam grinste in sich hinein. Nach außen musste er neutral bleiben. Er fand es süß, wie Michaela sich kulturbewusst einbrachte: „Da haben wir gelernt: ‚Wer immer strebend sich bemüht, den können wir erlösen.' Die Lehrerin hat gesagt: Ihr seid alle keine Engel, das weiß ich – da haben wir natürlich gelacht – und sie auch –Dann sagte sie: Ich bin auch keiner, aber ich bemühe mich, gut zu sein. Das ist doch besser, oder?"

Ob das jetzt die Lehrerin gesagt hatte oder es Michaelas eigene Meinung war, wurde nicht deutlich, aber aus der Klasse klang Zustimmung.

„Sonst geht doch alles den Bach runter."

„Es ist doch ein Scheiß, wenn jeder rücksichtslos ist..."

Nicht genial, aber Adam reichte die Grundhaltung: Tendenz: Gut sein.

„O.K., soweit Augustinus."

„O du lieber Augustin..." flötete... ???? wer war das jetzt gewesen. Das kam aus einer schweigsamen Ecke. Oft wusste Adam nicht: Dachten die mit, hörten die zu, waren die blöd, war es ihnen zu blöd, pennten sie nur... Schweigen ist so vieldeutig.

Immerhin war es ein kultureller Kommentar. Manchmal ist man dankbar für Kleinigkeiten. Er schaute auf seine Armbanduhr; jajaja, er hatte es gewusst, dieser diskussionbereite Stil raubt einem Zeitzeizeit... Er fand es gut, und die, die gerne diskutierten, auch, aber andere würden bei Kollegen wieder mosern[6]: Bei dem gibt es nie Arbeitsblätter, immer wird nur disku-

---

[6] Ein aussagekräftiges Wort, aber welcher Schüler weiß heute noch, dass es sich auf den Charakterdarsteller Hans Moser bezieht, und wer verbindet die Art, wie er Menschen karikieret, mit diesem Begriff... Manchmal würde er gerne einen Film mit Moser zeigen, um ihnen das beizubringen. Aber leider sind die pädagogischen Möglichkeiten aus zeitlich sehr begrenzt. So musste er es auf seine eigenen Kinder beschränken, die er ja leider nicht hatte...

tiert. Wie sollen wir da was lernen? Mit dem „dem" war eindeutig er gemeint. Also doch noch ein Input. Er ging zur Tafel zurück:

„So, ein paar kurze Notizen. Schreiben Sie: Origenes, Augustin. Dann kommt der letzte Punkt." Die Schülerinnen schrieben eifrig. Wenigstens in dieser Klasse fühlten sie sich nicht überfordert, wenn sie nach Gehör schreiben mussten. Denn er schrieb nicht alles an die Tafel.

Beobachtend schritt er die Reihen entlang; manche Schriftbilder bewunderte er: so akkurat hatte er es nie geschafft. Manche malten kleine Bildchen, machten Worte farbig, umrandeten etwas, viel schöner, als er es gesagt hatte; bei anderen war bereits die Wahl des Schreibutensils katastrophal. Doch selbst Geschmiertes kann richtig sein, aber eben nicht leicht zu lernen. Als er sicher war, dass auch die Letzte den letzten Buchstaben hingemalt hatte und der Lärmspiegel durch die, die fertig waren, das Ende signalisierte, kam sein Schlussbeitrag für diese Stunde.

„Da bleibt noch unser kleiner Augustinermönch."

„Heißt das nicht Augustinerhofmönch?" witzelte eine zarte Stimme.

Er lacht höflich: „OK, Bier braute er auch; dafür brauchte man damals eine extra Genehmigung. Genau in dem Jahr, in dem er seine große Erkenntnis hatte, gab es ein ganz wichtiges Gesetz in Deutschland, genauer: im geistigen Herzen Deutschlands. Na, wo ist das wohl? Richtig, in Bayern. Die Bayern sind bekanntlich sehr fromm. Sie haben mehr als nur zehn Gebote. Wer kennt ihr Hauptgebot?"

Betretenes Schweigen. Die Schülerinnen schauten ihn fragend an. Meinte er es ernst? Dann schauten sie sich gegenseitig an.

„Ha!" Dieser Ausruf kam von Jasmin (von wem sonst?).

„Klar: Das Reinheitsgebot!"

Richtig. „Gut gebrüllt, Löwin!"

Jasmin strahlte.

„In diesem Jahr gewann ein Augustinermönch eine große Erkenntnis. Der hieß Martin."

„Der Heilige Martin, den kenne ich, das ist der mit dem Mantel..."

Naja, es ist nicht alles Gold, was glänzt. „Hübsch geraten, stimmt aber nicht. Er wurde nur am 11.11. getauft. Weiß jemand, was am 11.11. ist?"

Diese Antwort kam prompt aus verschiedenen Kehlen: „Faschingsanfang." Bianca, das BILDchen ergänzte: „Um elf Uhr elf."

Damit musste er rechnen. Doch es stimmte nur begrenzt. Seine fehlende Zustimmung signalisierte das. Die Klasse dachte nach.

Michaela fragte: „Ist da Pelzemärtl?"

Jetzt erinnerten sich alle an ihre Kindheit.

Adam bestätigte sie: „Der Tag des Heiligen Martin. Weil der kleine Junge 1483 da getauft wurde, gab man ihm den Namen des Tagesheiligen. Sein Vater hieß übrigens Luder mit Nachnahmen."

„Blöder Name..." fuhr es Anika heraus. Sie lief rot an. Das war ihr doch peinlich, obwohl von den Luders niemand da war.

Jasmin schlug sich an die Stirn: „Luther, klar, Martin Luther... Was hat der jetzt damit zu tun?"

„Der brachte noch eine andere Sicht. Die Frage hieß jaWie kann Gott, der gerecht und allmächtig ist, es zulassen, dass soviel Unheil geschieht, das Unschuldige leiden müssen. Der Typ redete ziemlich impulsiv und mit Power. Stell dir vor, dieser bullige Typ baut sich vor auf und sagt: Ei, du Pimpfchen, was machst du da eigentlich? Hei, wer bist du denn, dass Du Gott infrage stellst? Kannst du mir sagen, wer du eigentlich bist? Selbst wenn du der deutsche Kaiser bist: Gegenüber Gott bist du ein Nichts! Seine Gerechtigkeit anzweifeln? Das ist Majestätsbeleidigung! Du kleines Etwas traust dich, ihn, den Schöpfer der Welt in Frage zu stellen? Überleg dir erst einmal, wer du selbst bist, und wenn du das geschafft hast, dann hältst du den Mund, ganz von allein. Gott ist heilig. Da bist du lieber still..."

Die Klasse war unerwartet still. Dann murmelte Anika: „Stark!"

Damit hatte er nicht gerechnet. Gerade die Atheistin spürte diese Atmosphäre. Ihm selbst war Luthers Erkenntnis nicht so nahe gegangen, denn für ihn blieb die Frage unbeantwortet. Er war noch nie obrigkeitshörig gewesen. Auch Gott gegenüber galt für ihn: Du kannst ihn in Frage stellen. Wenn er das nicht aushält, ist er nicht Gott. Beleidigen kannst du ihn eigentlich nur, wenn du ihn nicht ernst nimmst, also ihn nicht mit der Realität konfrontierst, oder zumindest damit, was du als Wirklichkeit wahrnimmst.

In diesen Generationenkonflikt ertönte der Gong, brachte den öden Schulalltagsrhythmus zurück, die Schülerinnen rafften ihre Sachen zusammen. Adam ächzte „Alles Gute bis zur nächsten Stunde" – ohne dass ihn alle hörten. Dann verschwand der Pulk in einer großen Staubwolke oder einer Gemischtduftwolke, aber weg waren sie trotzdem. Er trottete ins Lehrerzimmer zurück, ins LZ... Da musste er aus seinem Kokon erst wieder rauskommen.

24 Ein Lackaffe taucht auf

Irgendwie war der heutige Tag ganz gut gelaufen. Er hatte ein Super-Gefühl: Ich bin ein Spitzen - Lehrer: so eine geballte Atmosphäre... Im Hochgefühl dieser Erfahrung begab er sich auf den Weg ins Krankenhaus. Er freute sich auf Eva. Bestimmt gefiele ihr diese Stunde, wenn er ihr davon erzählte. Sie schätzte seine Kommentare zu den Schülerinnen - solange diesen Kommentaren eine väterliche Sympathie zugrunde lag. Als Chauvi konnte Eva ihren Adam nicht verknusen, das wusste er. Aber kein Problem! Die Stunde war auch ohne Macho-Sprüche super gelaufen.

Diesmal ärgerten ihn selbst die offenbar auf rote Welle geschalteten Ampeln nicht. Dass die Verkehrsführung entweder von Idioten oder von Sadisten verantwortet wurde, störte ihn heute nicht im Geringsten; voll innerer Ruhe nutzte er die Verzögerungen, von Eva zu träumen. O, diese Erkenntnis überraschte ihn doch. Eigentlich, eigentlich war ihre Beziehung... wie sollte er nur sagen... auf alle Fälle hatten sie jetzt eine gemeinsame Vergangenheit. „Schau der Wirklichkeit ins Auge: Es ist vorbei!" würde Eva sagen. Aber sie behielt zum Glück nicht immer recht...

Dass der Mercedesfahrer ihm die Vorfahrt nahm, war wohl sein gutes Recht, mit dem Stern vorne drauf. SUV? Stern Und Vorfahrt. Adam schaute ein zweites Mal auf die fremde Kühlerhaube und grinste mit einer gewissen Schadenfreude: Nein, der berühmte Stern zierte diese Luxuskarosse nicht; nicht mehr: entweder war er von einem Fetischisten geklaut worden, oder der vorsichtige Besitzer hatte ihn aus Angst vor dem Klauen selbst weggemacht. Was hast du von einem Mercedes, wenn du dir seines Sternes nicht sicher bist... das steigerte noch seine gute Laune. Ach Eva, wenn ich Carl Benz gewesen wäre, hätte ich mein Auto nicht nach meinem Töchterchen Mercedes genannt, sondern nach der schönsten Frau, die es gibt, also nach Eva. – Halt! Die Zeit für Komplimente war vorbei und da vorne wie von Zauberhand eine rote Ampel. Er hielt an.

Unfassbar: Er erkannte sich fast selbst nicht wieder. Seine Ausgeglichenheit hielt auch noch an, als der Typ im schwarzen Golf GTI neben ihm nicht nur die Musik so voll aufdrehte, dass die Bässe Adams Auto zum Beben brachten, sondern wie um eins drauf zu setzen noch mit Quietschen startete und von der Linksabbiegerspur aus sich vor ihn postierte – natürlich ohne zu Blinken - auf der Suche nach der Pole-Position. Doch die beste Polen-Position hat seinerzeit Karol Wojtyla erreicht, den toppte niemand; das schaffte nicht mal Pole-Position-Fan Michael Schumacher, als er ihn besuchte. Und Eva... Weshalb jetzt Eva? Weil Eva Adam immer dazwischen kam. War er verliebt? Verliebt in die Ex? Lächerlich. Realistisch! Beides? Der schwarze Golf verschwand aus seinem Blickfeld. Manchmal wünschte Adam sich, den Fahrer am nächsten Baum klebend wieder zu treffen. Statt Pole-Position Final-Destiny. Aber heute fehlten die aggressiven Phantasien. Eva wartete. Sie konnte nicht anders. Sie lag ja im Bett...

Das Krankenhaus planten seinerzeit progressive Sozialpädagogen: Die Besucher sollten auf öffentliche Verkehrsmittel umsteigen, zwangsökologisiert. Das merkten die Besucher auch, aber erst, wenn sie ankamen und keine Parkplätze fanden. Die Busfahrer merkten es auch, und zwar dann, wenn die Busse leer waren, weil die Autofahrer ihr Auto schon dabei hatten, als sie mit der grünen Lösung konfrontiert wurden; die Verkehrsplaner hatten aufgrund mangelnder Frequentierung den Busverkehr reduziert, und die belehrten Ex-Auto-Fahrer standen beim zweiten Anlauf an der Bushaltestelle und bewunderten den ausgedünnten Fahrplan. Wer liebt, muss leiden. Wenn du deine Lieben im Krankenhaus besuchen willst, leidest du eben am Busbahnhof. Die Planer leiden nicht. Sollten sie aber. Man wünscht ihnen die geballten negativen Erfahrungen ihrer Opfer, der Leute, die sie durch ihre Steuern finanzierten. Naja, in der Privatwirtschaft ist das nicht besser: Ich erarbeite durch meinen Eifer den Gewinn, der die Manager veranlasst, mich wegzurationalisieren, damit der Wegfall meines Lohnes den Gewinn steigert. Das ist blöd, aber das spüren nicht die Manager, sondern bestenfalls irgendwelche Nachfolger... Sinnbild unserer Gesellschaft sind solche mediokren Kapitalfunktionäre wie seinerzeit ein Herr

Ackermann. Von dem müssten überall Standbilder herumlungern. Der Mann personifizierte die Geistlosigkeit des Landes der Dichter und Denker. Schluck! Adam riss sich zusammen: Seine Aggressivität war zurückgekehrt. Doch die Krankenbewahranstalt kam in Sich. Jetzt musste er einen Parkplatz finden statt zu philosophieren.

Ihn ergriff tiefe Dankbarkeit für die Person, die da vorne über den Parkplatz lief: mit einem Schlüssel in der Hand. Für einen lebenserfahrenen Autopiloten signalisierte das unmissverständlich: Fahr mir nach und du kommst an einen freiwerdenden Parkplatz. Die nette Frau ließ sich zwar viel Zeit beim Suchen ihres Start- und Zielpunktes, aufschließen, Gurtanlegen und Starten (ehrlich: es war umkehrt: erst startete sie, dann stoppte sie, dann legte sie ihren Gurt an, dann stieß sie rückwärts heraus, dann blickte sie sich um, um zu wissen, wohin sie fuhr. Wie das halt so ist auf Krankenhausparkplätzen...). Die Bucht war frei, er buchtete sich freiwillig ein und eilte dann beschwingten Schrittes ins Krankenhaus. Seine gute Laune schien für einen Krankenhausbesuch nicht ganz angemessen, aber was sollte er machen?

Fast hätte er mit einem fröhlichen Lied auf den Lippen das Zimmer gestürmt. Doch das gehört sich nicht im Krankenhaus. So erfährt der sensationsgeile Beobachter nie, in welche Melodie sich das fröhliche Lied verändert hätte, als Adam Augenkontakt zum Krankenbett bekam. Eva hatte Besuch. Das fand er gut, sozial, unterstützenswert und alles. Fordert nicht Jesus im Gleichnis vom Großen Weltgericht auf, Kranke zu besuchen („ich war krank, und ihr habt mich besucht...")? Aber welcher durchschnittliche Besucher setzt sich auf die Bettkante. Das lernen sogar Krankenhausseelsorger in ihrer Ausbildung: My bed is my castle; don't touch it! Die Bettkante – von der man bekanntlich jemand stößt oder auch nicht – ist Privatbereich; der ist im Krankenhaus extrem knapp; knappe Ressourcen verdienen besondere Fürsorge. Aber in diesem Privatbereich hatte sich ein Mann niedergelassen. Kein Arzt, kein Weißkittel, kein heilender Halbgott, sondern ein durchschnittlicher, eher unterdurchschnittlicher Mann, zudem ein Mann, den er nicht kannte. Auf der Kante. Natürlich hätte es ihn völlig kalt lassen müssen. Tat es aber nicht! Er sehnte sich nach einer erlösenden Erklärung – war aber so benommen, dass er die schwereren Details der Information nicht aufnehmen konnte.

„Adam, darf ich dir Herrn Blöblübleu..." (so schnell kann man sich keinen feindlichen Namen merken!) „...vorstellen; er ist der Fernmeldetechniker der Station und überprüft meinen Radioempfang für die Abendandacht..." – Nein, das war nicht die Information, das war ein Streich seiner Phantasie. Diese entlastende Information, die alles entschärfte: er spürte: Die gibt es nicht! Da war er, der Worst Case. Dieser (objektiv gesagt abstoßende) Mann war, man konnte es ungeschminkt sagen, sein Nachfolger, sozusagen der bessere Adam, der perfekte Adam, der...

Jetzt half nur eins: Cool bleiben. Ein Mann zeigt nie seine Niederlage an. Er hat gewonnen, selbst wenn er verloren hat; denken wir nur an Gerhard Schröder. Ein Mann in den besten Jahren, den plötzlich eine undankbare Republik arbeitslos machte. Als er seinen Stuhl zu räumen begann, war seine Niederlage längst vergessen. Selbst an ihn erinnerte sich kaum noch jemand. Aber er hielt sich noch für den Bundeskanzler. Zumindest nach außen. Man weiß nie, wie es in Männern aussieht. Das behalten sie für sich. Oder erzählen es nur ihren besten Freunden. Schröders bester Freund hieß Putin. Der russische Präsident macht ihn zum Gasgenossen. So sind Männer: Wenn es kalt wird, wärmen sie sich gegenseitig und teilen das Mammut, das sie erlegt haben. Im sibirischen Eis soll es noch etliche Mammuts geben. Wenn die Mammuts nicht reichen, teilt man sich eben den Mammon. Auch nicht schlecht. So sind die Männer. Aber was macht Angela Merkel, wenn sie nicht mehr Bundeskanzlerin ist? Wo ist die Frau, die zu ihr steht? Beatrix und Sylvia scheiden aus.

Halfen ihm dieses Gedankenblitzen? Waren sie nur Ablenkungsmanöver? Würde Sigmund Freud diagnostizieren: Adam sublimiert, macht Kultur aus einer Niederlage? Nein, Satire und Kalauer halfen nicht wirklich. Da saß dieser Mann und lächelte gemein, als würde er von Herbert Grönemeyer finanziert. „I'm the champion!" schien er zu signalisieren. Adams Blut kochte. Er spürte Grönemeyers sprichwörtliche Faust in der Tasche, die in das fremde Gesicht will. Das hätte Eva ihm nicht antun dürfen. Wie der schon aussah! Anzug! Krawatte! So läuft ein anständiger Mensch nicht rum. Das ist die Berufskleidung von Herrn Ackermann, und der ist der

Verbrecher par excellence, erfolgreicher als die britischen Posträuber, dabei nicht bestrafbar, belohnt durch die Deutsche Bank und vermutlich Chef vom Teufel. Adam war sich sicher: Gewissenloser als Ackermann und Co. konnte auch der Teufel nicht sein. Ackermann hatte die höchste Position erreicht, die ein Mensch erreichen kann. Er war keine Person mehr, er war ein Begriff, ein Symbol, eine Chiffre, er stand für etwas. Noch nach Jahren. Ackermann, damit verbindet man etwas von der Größenordnung: Schwarzes Loch, rote Ampel, Sensenmann, Leichenacker...

So ein Ackermännchen saß an Evas Bett. War das die Schlange aus der Bibel? Folgte nun die Vertreibung aus dem Paradies? Oder war er schon jenseits von Eden? Er, der James Jean des 21. Jahrhunderts, unterlag dem James Anzug und Krawatte. Doch pubertäre Weinerlichkeit hilft nicht weiter. James Dean ist tot. Er endete, wie Adam es sich manchen Verkehrsteilnehmern wünschte. Doch er wollte leben!!! Das hieß: Umschalten. Neue Rolle. Der Mann von Welt. Ja: weltmännisch wie... wie... wie... ja wie? Wie ein Außenminister, der einem Menschenschlächter die Hand gibt, nur weil dieser der Präsident eines rechtlosen Staates ist.

„Das ist Hans-Georg", stellte Eva vor.

„Sehr erfreut! Adam!", kam ihr Ex-Freund ihrer Gegenvorstellung zuvor. Er war noch in der Lage, seinen eigenen Namen zu nennen und souverän wie der Ex-Kanzler aufzutreten; fast hätte er eine Hand in die Hosentasche gesteckt und eine Zigarre zwischen die Zähne, die er auf diese Weise zeigen konnte. Hans-Georg! Lächerlich. Johannes, der Bauer. Ein Kretin! Wenn Eltern ihr Kind so nennen, dann kann das nur der Beginn eines Lebens sein, das in einer Sackgasse endete...

„Ich kam zufällig vorbei..." blendete Adam mit einer lockeren Lüge den Kretin aus und wandte sich Eva zu (gut, dass er doch keine Blumen gekauft hatte; das wäre verräterisch gewesen), „Da dachte ich, ich schau mal rein, was du so machst. Freu' dich, dass du nicht am Straßenverkehr teilnehmen musst, es sind üble Dinge im Gange dort unten."

„Vor allem im fünften Gang!" Eva lachte. Sie versuchte, die Spannung mit einem Witz aufzulösen.

Adam hätte gelacht, wenn nicht dieser verfluchte Erbschleicher den Raum verseucht hätte. Etwas plump blätterte er eine Seite im Konversationsskript weiter: „Und, was sagen die Ärzte?"

Ärzte waren für Eva immer ein rotes Tuch gewesen. Ihre unumstößliche Meinung äußerte sie vorwiegend in gleichgesinnten Fachkreisen der Leserinnen alternativer Blätter; ihre fundierte oder zumindest festgemauerte Meinung über Ärzte implizierte, dass ein Medizinstudium einem Menschen komplett den Verstand raubte und daher ein Arzt unmöglich in der Lage sein könnte, auch nur die einfachste Krankheit richtig zu diagnostizieren. Das vermochte nur ihre Heilpraktikerin. Die hatte schließlich als Verkäuferin gelernt und ihre ganzheitlichen Kenntnis als Heilpraktikerin in teuren Wochenendkursen erworben. Das sind Berufslaufbahnen, die Eva imponierten – immerhin war schon einmal ein Bundeskanzler auf dem zweiten Bildungsweg zur Spitzenposition gelangt und erster Mann des Staates konnte man nicht nur als Herzog, sondern auch als Köhler werden.

Adam überzeugten solche Berufslaufbahnen von der Kosmetiktheke zur Augendiagnostik weniger. Er fand Bio in der Schule faszinierend und auch ziemlich kompliziert. An das komplexe Medizinstudium hätte er sich nie gewagt, das hätte ihn – er war von seinen intellektuellen Fähigkeiten immer überzeugt gewesen – stoffmäßig und vernetzungsmäßig doch überfordert. Dass eine umgeschulte Verkäuferin kompetenter sein sollte als ein Spitzenabiturient leuchtete ihm nicht ein. Es leuchtete ihm noch weniger ein, als er diese Verkäuferin kennenlernte. Die war eine gute Verkäuferin; sie wirkte besonders auf berufskritische Typen wie Eva überzeugend, und ihr Produkt, das sie an die Frau brachte, war ihre heilerische Kompetenz. Verkaufstechnisch war sie super und konnte es vermutlich mit den meisten Medizinern aufnehmen. Deshalb überzeugte sie Adam nicht. Als Baumarktkunde wusste er: Meine echten Ansprechpartner dürfen nicht die Verkäufer sein, so gut sich mit diesen plaudern lässt; ich brauche Handwerker, am besten Verkäufer mit handwerklichem Hintergrund. Aber er gehörte nicht zur Kundschaft der Heilpraktikerin, denn deren Kunden waren überwiegend weiblich. Was sagt uns das...

Zurück aus dem Land der Phantasien in die raue Wirklichkeit: Das anstehende Thema war nicht Evas Heilpraktikerin, sondern der Mann auf der

Bettkante, der nicht weggestoßen wird. Okay, er hatte einen Super-Seiten-Scheitel, war sehr sorgfältig rasiert, trug eine Brille von einem Markenhersteller und auch das übrige Out-fit war markant, aber... bleibt da noch etwas? Für Männer gäbe es noch andere Argumente und Vorzüge, aber Frauen lassen sich durch so etwas beeindrucken. Selbst Eva! Die dumme Pute, wie konnte die auf so einen Gockel hereinfallen? Sah sie nicht Adams goldenes Herz, das durch sein verschmutztes T-Shirt leuchtete? Dieser Eunuch, Wallach, Ochse! Der wollte doch nur eines! Adam wusste nicht genau, was dieses eine war. Aber mehr als eins konnte es nicht sein, weil dieser Hornochse bestimmt nicht mehr als bis eins zählen konnte. Dabei begann er bestimmt bei sich selbst, also bei Null! Hahaha! Adam fand seinen Witz so gut, dass er ihn fast erzählt hätte. Aber in jeder Gelegenheit souverän, wie er war, hatte er sich auch in diesem komplizierten Beziehungsgefüge im Griff. Als versierter Situationspsychologe erkannte er, dass ihm diese geniale Äußerung beide übel genommen hätten. Das Übelnehmen eines Wallachs hätte ihn kalt gelassen, aber das Übelnehmen einer scharfen Stute... Weg vom Sexismus! Wenn du aus dem Rennen bist, nimm es wie ein Mann, befahl er sich. Dabei wusste er, dass er nicht auf sich hören würde. Nein, Eva gäbe er nicht so leicht auf, schon gar nicht an so einen Lackaffen.

Wo war eigentlich Sandra? Was machte eigentlich Susie? Hatte er Eva nötig? Das waren echte Fragen. Das waren Fragen von Gewicht. Dagegen spielte die Frage nach der Finanzierung des Bundeshaushalts eine untergeordnete Rolle. Jetzt musste er wieder an die Front. Den Idioten an der Bordkante über Bord kippen! Er würde es schaffen. Er war ein Mann!

Wie behandelt man solche kaltschnäuzigen Frauen wie Eva, die einem einen überflüssigen Konkurrenten präsentieren? Sein Freund Paul hatte es ihm erklärt; der hatte massenhaft Erfahrung, war da souverän. Fragte sich nur, weshalb diese Erfahrungen so massenhaft waren. Brauchten die weiblichen Wesen doch etwas anderes als die Erfüllung eines Lebenstraumes durch ihn? Oder war seine Methode nicht durchschlagend genug? Paul wusste zu sagen, dass man nur irgendeine Frau ins Gespräch bringen müsste; wenn die eigene Eifersucht kocht, dann muss man die Köchin zur Eifersucht bringen. Welche Frau wäre nicht eifersüchtig, wenn irgendeine Frau ihr den Rang ablaufen würde, selbst beim „Ex". Ha!

„Ich soll dir übrigens von Sandra gute Besserung ausrichten."

Evas Augen, bisher locker souverän, wenngleich um Verständigung bemüht, wurden klein. Wurden sie sogar giftig? „Sandra, welche Sandra?"

„Na, Sandra halt, du kennst sie! Ein guter Kumpel. Sie hilft mir gerade beim Dach. Diese Einmannplatten sind ohne eine Frau nicht zu stemmen." Demonstrativ lachte er über seine spaßige Bemerkung. Sie sollte spüren, dass ihm dieser Lackaffe auf dem Laken nicht das Geringste ausmachte.

Egal, was sie spürte, ihre Stimme wirkte nicht völlig gelassen: „Ach so, dieser weibliche Bulle mit dem fetten Hintern..."

Ja! Ja! Ja! Innerlich begann er zu jubeln: Volltreffer! Eifersucht pur. Sonst müsste sie diese unbedeutende Frau nicht so abwertend beschreiben. Lackaffi war erst mal auf der Standspur gelandet. Sandra hatte Evas Interesse geweckt. Da ließ sich noch nachlegen. Eine Kunstpause schien nötig. Der Kommunikationsstratege vermied den Eindruck des Übereifrigen.

„Naja, ich will nicht auf dem Dachboden vergammeln. Ich musste mich fast schon schämen, als ich nach der Unterlattung nicht mehr zum Duschen kam und nicht ganz körpergeruchsfrei bei Susie auftauchte. Du weißt schon, die Kollegin, der ich ab und zu mal die Arbeiten nachkorrigiere. Zum Glück radelten wir dann noch am Kanal entlang. Da fiel es nicht so auf. Es konnte auch vom Radeln stammen. Aber ich will dich nicht mit meiner Freizeitgestaltung langweilen. Du hast es schwer genug, hier ans Bett gefesselt zu sein."

Oja, sie schien ihre Fesselung zu spüren. Lacky war inzwischen in der Tiefgarage gelandet oder beim Schrotthändler oder auf dem Flohmarkt. Diese zweite Frau verkraftete Eva kaum: „Du machst ganz schön mit Weibern rum. Hast du es nötig? Susie! Die mit dem Rock im Gesicht?"

„???"

„Tu nicht so, du weißt doch, das sie mit ihrer Haut ihr Schlafzimmer tapezieren könnte, soviel Falten wie sie hat. Das nennen wir Frauen eben solidarisch Faltenrockgesicht. Das kennt sie bestimmt auch. Erzähl es ihr mal. Sie wird lachen."

Adam war sich sicher: sie würde nicht lachen und er würde es auch nicht kolportieren. Evas geballte Gemeinheit erstaunte ihn – er hatte sie immer für erhaben über die Niederungen solcher platter Eifersucht gehalten. Er genoss den Triumph des Siegeszuges. Eine Frau, die nicht spurt, musst du nur eifersüchtig machen. Mit diesem Stoff konnte er am Tresen auftrumpfen. Evas Abgang erhöhte seine Thekenfrequenz erheblich.

Lackus blickte immer blöder durch seine Mammutbrille. Als würde die Unförmigkeit der Sehhilfe zugleich die Stärke des Willens, Charakters und Bankokontos belegen. Jeder ästhetisch empfinde Mensch empfände sie nur als aufdringlich. Adam glaubte fast, die Lage falsch eingeschätzt zu haben: Einen solchen Trottel würde Eva nicht zweimal anschauen. Der Mann konnte einem leidtun. Adam empfand schon solidarisches Mitleid mit diesem Loser. Vermutlich suchte er nur Trost bei Eva. Aber nicht immer und überall gilt Jesu Diktum „Wer suchet, der findet". Das ist mehr auf die religiöse Suche bezogen. Bei Eva klappte es weniger gut.

Er schien kapiert zu haben und kapitulierte. Er erhob sich schwerfällig, eben mammutmäßig und grinste Eva an (erheiternder Versuch, ein Lächeln zu imitieren): „Ich muss mich verabschieden. Wahrscheinlich habt ihr eine Menge zu klären. Du hast schon gesagt, dass er ein bisschen seltsam ist."

Er blickte von Eva zu Adam. Adam glaubte, seinen Ohren nicht trauen zu können. Eine Frechheit besaß dieser Lümmel. In früheren Zeiten hätte man so einen Typen zum Duell herausgefordert, im Morgengrauen. Dieser senile Kerl mit den zittrigen Fingern wäre von ihm mitleidig durchlöchert worden. Dann beugte sich das Ungetüm noch über Eva und gab ihr einen dezenten Kuss auf die Wange – anders ging es auch nicht, weil Eva gerade den Kopf anwandte. Sonst wäre er glatt auf dem Mund gelandet. So ein... Adam fiel das Wort nicht ein, obwohl es mehr als nur eine Version gab.

„Was hat der denn über uns zu reden?" empörte sich Adam, als Lacky die Türe hinter sich geschlossen hatte.

Eva schien durch den Abgang Oberwasser gewonnen zu haben: „Was soll schon sein? Man tauscht sich halt über seine Erfahrung aus."

„Was, bitte schön, heißt ,er ist ein bisschen seltsam'? Tickst du nicht richtig?"

„Komm, hör auf! Du weißt ganz genau, dass es viele gibt, die dich etwas kritischer sehen als du selbst. Vielleicht sind deine liebe Sandra oder deine süße Susie nicht so offenherzig... Abgesehen vom Dekolleté."

Adam, der den Zug abfahren sah, registrierte eine verlangsamte Fahrgeschwindigkeit: Das klang wie Eifersucht. Vielleicht sollte er es anders machen, egal, wie der frauenerfahrene Paul dachte, redete oder nur plapperte. Vielleicht könnte er Evas Aufmerksamkeit gewinnen, wenn er das tat, was er vorgehabt hatte, nämlich von der Superstunde erzählen.

„Ach, Evchen, lassen wir das. Ich bin ganz gut drauf. Ich habe heute eine Superstunde erlebt..."

„So, hast du?" Das klang wie eine Einladung zum Erzählen.

Adam erzählte. Evchen war wirklich beeindruckt. Freilich drückte die Schwere der Thematik die Stimmung. Sie konnte das Ganze leicht auf sich selbst beziehen. Adam kratzte sich am Kopf und kam mittels einiger „Ähs!", die Edmund Stoiber zur Ehre gereicht hätten auf eine andere Stunde: „Überhaupt, zur Zeit läuft es manchmal toll. Du weißt: Astrologie. Superdynamik. Wir haben..." Er erzählte vom Sternentanz. Bei seiner Schilderung der Schülerinnen musste Eva immer wieder lachen. Er karikierte die Typen zwar, aber anteilnehmend und wohlwollend. Lehrersein ist schön, wenn man seine Schüler liebt. Er spürte, dass dies Eva gefiel und fragte sich, wie lange sie noch im Krankenhaus liegen würde, denn plötzlich fielen ihm eine Menge Unternehmungen ein, die er mit ihr machen konnte. Die Erinnerung an Lacky wischte er schnell weg.

„Du, ich habe mir gedacht..."

Eva machte ihn auf ihre begrenzten Möglichkeiten aufmerksam. Damit war alles in die Warteschleife geschickt, aber besser als ein Nein.

25 Nebel der Vergangenheit

In der fünften Stunde betrat Adam seine unruhige elfte Klasse. Heute würde es schwierig. Gerade diese Stunde war ihm sehr wichtig. Es ging um Gefühle, um Mitspüren, um Achtsamkeit. Ob ihm das bei den – höflich formuliert – lebhaften Jugendlichen überhaupt gelang. Aber er wusste: Du musst ins Klassenzimmer kommen und einfach da sein. Das ist der wichtige erste Schritt. Lass keinen Zweifel daran, dass du wirklich da bist, nicht nur körperlich, sondern als ganze Person.

„Guten Tag!"

Auf ungeteilte Aufmerksamkeit konnte er nicht hoffen. Aber er gab Instruktionen, die die Situation veränderten: „Bitte schieben Sie die Tische zurück und bilden Sie mit den Stühlen einen Kreis."

Auf diese Aufforderung hin konzentrierte sich die Unruhe in seine Richtung, bildete einen Halbkreis mit ihm als Zentrum auch für die akustischen Signale:

„Das ist doch wie im Kindergarten!"

„Nicht schon wieder!"

„Was hat das denn mit meinem Beruf zu tun!"

„Darf ich aufs Klo?"

„Das interessiert mich nicht!"

Pädagogenalltag. Da darf einem PISA nicht in die Hose rutschen. Er hatte klare Vorstellung: „Wenn ich Kreis sage, meine ich Kreis!"

Er orientierte sich an denen, die bereitwillig waren. Draußen war es trüb; wie ein Novembertag mit Nebel. Man ahnte es schon beim Aufstehen und auf dem Weg zur Schule hüllte einen der Nebel ein. Er ließ das Licht im Klassenraum ausmachen und stellte eine große Kerze in die Mitte des Kreises. Das war den Schülern vertraut: Jetzt hören wir eine Geschichte. Heute kam die Kerze gut zur Geltung, weil selbst um die Mittagszeit durch die Fenster nur diffuses Licht schien. Das Setting stimmte: Kreis, Kerze und dann konnte die Konzentration kommen, choreografisch durch Kreis mit Kerze als Mittelpunkt, akustisch über ihn.

Die Schüler waren ruhiger, als er anfing: „Es wird Ihnen wie mir gehen: ein typischer Novembertag. Schon heute früh, auf dem Herweg: Nebel. Den ganzen Tag trübe. Man könnte trübsinnig werden. Die Bäume: die braunen Blätter fallen. Ich möchte Ihnen eine Geschichte erzählen, die an sich einem solchen Tag ereignete."

„Eine wahre Geschichte?"

„Eine wahre Geschichte. Der Mann, der sie selbst erlebte hat es mir erzählt. Weil nur wenige Menschen solche Geschichten aus ihrer eigenen Biographie erzählen, möchte ich sie weitergeben."

Das war wirklich sein Motiv. Sie schienen es ihm abzuspüren, blieben erstaunlich ruhig und wirkten zunehmend konzentriert, fast wie gepackt? Sie erlebten Authentizität, die sonst nur durch künstliche Medien vermittelt wurde. Die Geschichte stammte vom Vater seines Freundes Valentin, der als Junge eine besondere Nacht erlebte. Nach Adams Erfahrung sprach dieser ganz persönliche Bericht mit der Hinterfragbarkeit, fehlendem Heldenpathos, die Schülerinnen an.

Er begann seine Geschichte mit einer Schilderung, die in die beschriebene Jahreszeit passte: „Stellen Sie sich vor: ein Tag wie heute, ein Morgen wie heute, November, dunkel, trübe sogar... und ein Junge macht sich auf den Weg in die Schule.

Er war elf. Damals wohnte die Familie – die Mutter war verstorben und er hatte noch drei Schwestern... am Rand der Innenstadt. Auf dem Weg zur Schule musste er durch die Stadtmitte, über den Marktplatz. In der fränkischen Stadt arbeiteten die meisten Leute bei Industrieanlagen, auch sein Vater. An diesem Novembertag machte er sich früh auf, es war ein bisschen neblig. Das Ganze ereignete sich vor ein paar Jahrzehnten. Die Straßenbeleuchtung war nicht elektrisch, sondern mit Gas. Abend machte ein Mann zum Anzünden die Runde, und morgens löschte er sie wieder ausmachen. Das war weniger aufwendig als das Anzünden, da musste er einfach nur durchgehen und abdrehten... Gas wirft ein eigenartiges Licht. Mit Nebel vermischt wirkt es geheimnisvoll. Im Licht sind noch Schatten. So auch an diesem Morgen. Er kam Richtung Marktplatz. Um diese Zeit waren viele Menschen unterwegs. Die Arbeiter aus den großen Fabriken, die in der Stadt wohnten, gingen zu Fuß. Die aus den Nachbardörfern kamen mit Bussen. Autos hatte man damals nicht.

Der Junge spürte: Irgendetwas ist heute anders: Die Leute gehen nicht einfach über den Platz. Sie stehen in kleinen Gruppen herum und reden. Er war am Eingangsbereich, betrat den Marktplatz, und da sah er…

Um den Marktplatz herum standen lauter Geschäfte. Diese Häuser waren so gebaut: Unten die Geschäfte und oben wohnten die Leute von den Geschäften, sie wohnten nicht anderswo, sondern über ihrem Geschäft. Bei dem Geschäft, an dem er als erstes vorbeikam, fragte er sich: Welcher Rabauke wütete wohl hier? Wir wissen, wie das mit diesen zehn-elf-jährigen Typen ist: Die machen dies oder jenes, manchmal haben sie einen kleinen Stein in der Hand, schmeißen ihn weg und er landet in einer Fensterscheibe – wie peinlich! In diesem Fall war er in einer Schaufensterscheibe gelandet... Das Glas lag noch am Boden. Die Splitter wirkten im Schein der Gaslichter geheimnisvoll. Es glitzerte wie Kristallglas in dem sich Licht bricht.

Seine Theorie war falsch, denn als er etwas weiter ging, entdeckte er beim Nachbargeschäft das Gleiche. Auch da war die Scheibe eingeschlagen. Aufmerksam schaute er sich um und sah, dass oben bei einem Fenster, wo die Leute wohnten, das Fenster zerschlagen war. Man hatte Papier oder Pappe reingemacht, damit die kalte Novemberluft nicht reinging. Was war passiert? Er ging zu einem der Männer, die herumstanden und fragte zaghaft: „Was ist denn da los? Was ist denn da passiert?"

„Es ist nix passiert. Kinder gehen in die Schule."

So etwas kennen Sie, nicht wahr? Also ging er zu einem anderen, um eine Antwort zu bekommen. Aber auch der brummte: „Komm, geh in die Schule, da gehörst du hin." Dahin ging er dann auch, voller Gedanken. In der Schule war es ähnlich: Viele hatten den Weg über den Marktplatz. Es wurde darüber geredet, was passiert wäre. Keiner wusste Bescheid. Nur ein Kamerad wusste mehr zu erzählen, weil er am Marktplatz wohnte. Die Eltern hatten einen Gemüseladen, über dem sie wohnten.

Der Junge erzählte von letzter Nacht. Er lag im Bett. Die Erziehung war streng, die Kinder mussten früher ins Bett als heute und er war entsprechend brav. Plötzlich hörte er ein Pochen und Krachen, wie wenn jemand an die Tür klopft und rein will. Aber woanders. Das waren noch die alten Türen, an die geklopft wurde. Dann wurde gerufen und plötzlich ging das Pochen in sehr lautes Pochen über. Er hörte Holz, das krachte. Was war los? Er ging zum Fenster und schaute nach. Er konnte nichts sehen, weil es so neblig war. Er merkte, dass etwas los war, aber er konnte nicht auf die andere Seite vom Marktplatz hinübergucken. Da war was. Es klang, als ob Holz splitterte. Männerstimmen schrien, riefen, brüllten und in diesem Augenbl... ging die Tür von seinem Zimmer auf. Er erschrak.

Dann erkannte er die Stimme der Mutter: „Was machst du am Fenster? Geh ins Bett! Du musst schlafen."

„Ja, aber..."

„Nix aber, leg dich ins Bett! Schlaf jetzt. Da ist nichts los! Leg dich hin und schlaf."

Brav wie er war legte er sich hin und schlief. Nein, natürlich nicht! Schlafen ging nicht, selbst, wenn er gewollt hätte. Sehen konnte er nichts mehr, aber gehört hat er noch. Zu diesem Schreien gesellte sich eine Frauenstimme. Plötzlich hörte er Glas splittern und einen Riesenkrach. Gleich hörte er noch einen Krach, und noch eine Stimme, und dann merkte er auf einmal: Das ist nicht nur an einer Stelle, das kommt von einigen Stellen am Marktplatz... Da bekam er Angst: Denn wenn das näher kommt... Dann könnte es sein, dass es beim eigenen Haus passiert...

Es geschah aber nichts. Irgendwann war Ruhe und irgendwann schlief er vor Müdigkeit ein. Am nächsten Morgen, bei Frühstück, fragte er seine Mutter, aber sie wusste nichts oder wollte nichts wissen... und als er rausging und zur Schule lief, hat er genauso wenig wie die anderen gesehen und auch keine Erklärung bekommen. In der Schule konnte er nur erzählen, was er gehört hatte... und das klang beängstigend.

Der erste, von dem ich erzählte, von dem weiß ich es genauer. Er hat es mir erzählt. Er ging nach der Schule heim, und als abends sein Vater kam, der hat lange gearbeitet, damals hatte man längere Arbeitszeiten, er war ein Fabrikarbeiter. Der Junge fragte ihn, was los sei.

Der Vater reagierte unwirsch: „Junge, damit haben wir nichts zu tun. Damit wollen wir nichts zu tun haben... da halten wir uns raus."

Tolle Antwort, nicht?! Wenn ich wissen will, was los ist und nur zu hören bekomme: Damit wollen wir nichts zu tun haben. Also, wenn ich einen Sohn hätte, das würde ich anders machen. Dem würde ich sagen, was passiert ist. Ich würde versuchen, es altersgemäß zu verpacken, aber ansonsten sollte er Bescheid wissen.

Doch es war nicht so, dass er nicht ein bisschen eine Ahnung hatte, was passiert sein könnte. Nicht alle Kinder waren in den Unterricht gekommen. Und das ist im November nicht ungewöhnlich, da kriegt man mal 'ne Erkältungskrankheit, bleibt mal im Bett liegen oder so... das Fehlen war nicht so auffallend, aber es war auffallend, dass es genau drei Kinder waren, und die drei waren auch vorher schon aufgefallen. Sie hatten einen Lehrer, der muss – ich drücke es mit den heutigen Worten aus – ein ziemlicher Arsch gewesen sein: Wenn er reinkam, standen alle auf und sagten: Grüß Gott! Nein, Unsinn, die haben damals nicht ‚Grüß Gott' gesagt. Was haben die gesagt?

„Heil Hitler!" sagten sie in den Dreißigern. Die Schüler standen, ziemlich gerade. Dann ging er zum Pult: Setzen! Das war so üblich. Aber dieser Lehrer hat zwar „Setzen!" gesagt, aber drei wies er an: „Ihr stellt euch hinten an die Wand!" und das in jedem Unterricht. Bis Unterrichtsende mussten sie dort stehen. Das ist übel, nicht wahr, wenn man so hingestellt wird! Einfach so. Erstens weiß man nicht, wieso, und zweitens: wie steht man vor den anderen da? Richtig bloßgestellt. Und genau die drei Jungs fehlten jetzt. Ihre Klassenkameraden wussten schon, was der Unterschied war. Und auch Sie ahnen es, nicht wahr? Die drei trugen mit der Zeit gelbe Sterne auf der Kleidung und wurden - als Juden bezeichnet. Sie waren alle drei katholisch. Aber sie trugen den gelben Stern. Sie kamen auch am nächsten Tag nicht und am übernächsten Tag nicht... Aber sie kamen wieder. Einer von ihnen konnte genauer erzählen, aber nicht der ganzen Klasse, schon gar nicht dem Lehrer, aber einigen Jungs, er wollte wohl auch ein Stück weit loswerden, was ihn bedrückte.

Seine Familie wohnte auch am Marktplatz, unten das Geschäft, oben die Wohnung. Es war genau wie bei dem anderen Jungen, mit einer Ausnahme: Er schlief und wachte durch das Pochen auf. Aber das Pochen hörte er an der eigenen Haustür. Laut und zu einer Zeit, wo niemand mehr zu Besuch kommt. Dann hörte er im Nebenzimmer, dass jemand die Treppe runterging. Wahrscheinlich sein Vater, der aufmachen wollte. Das war inzwischen nicht mehr nötig, denn die Tür splitterte, jemand hatte sie eingetreten. Schwere Tritte stapften die Treppe hoch – sie hatten dicke Holzstufen, keine Steintreppen, sondern Holztreppen. Wenn da jemand nach oben geht, hört man es ziemlich stark. Wenn man im Bett liegt, dann... Das klang total bedrohlich. Er hörte schwere Schritte und böses Reden. Die Stimmen kamen immer näher. Dann hörte er die Stimme seiner Mutter und zog sich schnell die Decke über den Kopf, denn er wollte nicht da sein. Aber die Decke über den Kopf nützt nichts, das nützt wirklich nichts.

Die Tür ging auf, jemand kam herein und bellte: „Raus! Komm rüber!" Es war nicht sein Vater, nicht seine Mutter, es war offenbar einer von den

Männern, die die Treppe heraufgekommen waren. Er war größer selbst als der Vater. Er war – naja, ich würde sagen: er war so zwischen achtzehn und fünfundzwanzig.

Das kann man als Elfjähriger nicht so gut einschätzen, aber er war jünger als der Vater und kein Kind mehr... Der holte ihn raus. Dann standen diese Typen im Wohnzimmer. Einer von den Typen sagte: ‚Abraham, lass deine Hose runter.‘ Es war gar kein Abraham im Zimmer. Aber der Junge verstand: Sein Vater war angeredet. Der hatte keine Chance, er musste die Hose runterlassen. Stell dir vor: du stehst da als Junge, dein Vater, den du schon achtest und verehrst, der wird so gedemütigt... das ist peinlich, und das tut weh, und... aber du siehst ein: Der hat keine Chance, die anderen sind stärker... Als sie dastanden und lachten, packte einer einen Stuhl und wirbelt ihn durch die Gegend. Im Wohnzimmer hing eine Lampe an einem Messingstab von der Decke runter mit einer Glasschale dran. Und da nahm einer einen Stuhl und wirbelte ihn so rum und – Sie wissen ja, was passiert, wenn so ein Stuhlbein auf das Glas kommt. Krach! Dann schnappte sich einer ein kleines Tischchen, das an der Seite stand, und schmiss es, geradeaus, durchs Fenster. -! – Das war das, was der andere Junge hörte: Glas splittern und dann Poltern. Das muss das gewesen sein. Da flog etwas durch Fenster und polterte auf die Straße. Der Junge bekam wahnsinnige Angst. Er stellte sich vor: Jetzt kommt einer, packt mich und schmeißt mich raus...

Es passierte nicht, sondern irgendwann gab es nichts mehr zum Kaputtmachen, alles war demoliert. Die fiesen Typen gingen sie wieder, sagten noch ein paar bedrohliche Sachen und trampelten wieder die Treppe runter. Unten konnten sie die Tür nicht zumachen, denn sie war eingetreten. Dann war erst mal Schweigen.

Oder Weinen... Das weiß ich nicht. Sie können es sich vorstellen. Irgendwann sagte die Mutter: Leg dich wieder ins Bett und schlaf. Sie versuchte noch, zusammen mit dem Vater die Wohnung aufzuräumen und unten an der Tür noch was zu machen, dass die zumindest wieder grad steht. Am nächsten Tag sah er, dass sie etwas vor die Fensterscheibe geklebt hatten. Aber schlafen konnte er nicht, klar. Nach diesen Erlebnissen konnte er nicht einschlafen, weil die Angst blieb: Die Schritte kommen wieder, die Kerle kommen wieder und jetzt wird es noch schlimmer.

Am Morgen sagte die Mutter: Heute gehst du nicht in die Schule. Er ging auch am nächsten Tag nicht und am übernächsten Tag auch nicht.

Damit wäre die Geschichte dieser Nacht zu Ende, so ganz zu Ende war es nicht. Es dauerte einige Monate, bis... früh um fünf oder halb sechs, noch mal Männer kamen, schwarz gekleidet in Ledermäntel, von der Gestapo, der Geheimen Staatspolizei. Sie brachen die Tür auf und trieben die Familie zusammen. Die Drei schliefen bereits. Wie Nachbarfamilien auch mussten sie auf den Marktplatz und sich auf einen langen Weg machen, zum Bahnhof. Es war eine große Industriestadt mit einem großen Verladebahnhof, teilweise gingen Gleise durch die Stadt. Am Bahnhof standen viele Züge, Güterzüge, in die sie einsteigen mussten. Dann kam er gar nicht mehr in die Schule. Und – seine Eltern kamen auch nicht mehr zurück. Er selber hat es überlebt, er kam aus dem KZ, dem Konzentrationlager, wo die Nazis Millionen von Menschen ermordeten – Nazis wie die, die in ihr Haus eingebrochen waren. Nach 1945 kehrte er in seine Heimatstadt zurück –ich weiß nicht, ob ich das gemacht hätte... bei dieser Angst von damals. Da wohnten noch die Leute von damals... Täter und Zuschauer.

Wissen Sie, warum ich Ihnen die Geschichte heute erzähle?"

Er setzte den Impuls für die Verarbeitungsphase. Aber die Kids schwiegen gebannt. Erst nach geraumer Zeit kamen erste Vermutungen und bald auch schon: „Hat das etwas mit Heute zu tun?"

In der Tat. Später, im kognitiven Teil, würde er die Jahreszahlen 1918, 1923, 1938 und 1989 untereinander schreiben. Aber jetzt ging es um...

„Hat jemand eine Ahnung, in welchem Jahr es geschehen sein könnte?"

Die Antworten waren teilweise abenteuerlich. Ohne Jahreszahlen ging es einfacher. Hitler kam oft; als ob ein Mensch alleine all das Unheil von sechs Millionen Menschen – und hier dachte er nur an die jüdischen Opfer, nicht alle Opfer des Krieges – zu verantworten hätte. Es kam auch „die Nazis", „der Weltkrieg".

Eine Schülerin erinnerte sich an: Reichskristallnacht? Sie hatte Recht, aber er korrigierte sie politisch korrekt:

„Stimmt. Deswegen habe ich die Glasscherben im Gaslicht erwähnt, die wie zersprungenes Kristall wirkten. Aber Kristall ist etwas Schönes, fast schon Luxus. Damit das Grauen nicht beschönigt wird, sagt man heute: Reichspogromnacht. Freilich: Das Wort Pogrom wirkt sehr fremd."

Die Schülerinnen trugen Wissen über Pogrome zusammen und nannten vor allem Unruhen in Frankreich. Aber er musste weg von dieser Ebene, auf der alles weit entfernt oder nur Vergangenheit war. Als ob die Bosheit der Herzen mit einer Kapitulation („8.5.45, meine Damen und Herren") ausgelöscht wäre.

Wie hätten wir uns damals verhalten? Immer wieder brachten Schülerinnen auch etwas aus der eigenen Familie ein. Dabei merkte Adam: Der zeitliche Abstand war so groß, dass selbst die Großeltern seiner Schützlinge nicht mehr zu den eigentlichen Zeitzeugen gehörten.

Er konnte auch nicht sagen: Ich wäre damals der Freiheitsheld gewesen. Aber er fühlte sich verpflichtet, wenigstens heutzutage Zivilcourage zu zeigen, wachsam zu sein, wenn sie gefragt wäre. Seinen SchülerInnen lag das nicht besonders und er nahm es ihnen auch nicht übel. Sie hatten einen defensiven Berufsweg gewählt, weil sie nicht besonders konfliktfähig waren. Aber wie sah es denn bei den KollegInnen aus? Hatten die Lehrer und Lehrerinnen Zivilcourage? Er mochte sie alle, aber an diesem Punkt war er sehr unsicher. Das Böse ist immer und überall, die AfD versteckt sich gerne im Biedermann, der den Brandstiftern das Feuer gibt.

Am Ende der Stunde war er ziemlich erschöpft und entließ die Klasse unvermittelt. Einige Schüler kamen noch auf ihn zu; einige fragten, ob er Jude sei, - sie hielten ihn für einen Nachfahren der Opfer -, aber das störte ihn nicht besonders. da er auf den emotionalen Gewinn stärker setzte als auf den kognitiven. Ja, so denken Lehrer manchmal.

Im Lehrerzimmer konnte er Kräfte schöpfen. Er merkte, dass er ziemlich frontal unterrichtete und nicht ganz auf der Höhe der pädagogischen Zeit war. Aber dieser Zeit gegenüber war er ohnedies misstrauisch, er hatte zu viel Mode und zu wenig Überzeugung erlebt. So gönnte er sich einen Kaffee und sandte eindeutige Signale aus: „Lasst mich jetzt in Ruhe."

26 Infight

„Der Chef will dich sprechen!"

Silke, die neue Referendarin war sehr nett, aber das, was sie hier brachte, war unsensibel oder unbarmherzig oder beides, oder nur gedankenlos oder obrigkeitshörig.

„Aber ich ihn nicht..." antwortete Adam spontan.

Das irritierte sie, denn es passte zwar zu ihm, aber nicht in ihr Weltbild. Sie hätte unheimlichen Bammel gehabt: Was würde das für ihre Verbeamtung bedeuten, ja, letztlich für ihre Rente?

Adam beherrschte das Gefühl: Zu dem Typen will ich jetzt nicht. Der ist stromlinienförmig und wäre es damals auch gewesen. Nicht aktiv böse, aber das Böse gewähren lassend. In seinen Reden hörte man Zitate zum Thema „Zivilcourage", die er willig einbaute, deren Sinn er weder verstand noch, falls sie verstanden hätte, zu beherzigen bereit gewesen wäre.

Der Direktor war ein Kuscher. Kuschen gehört zum Schlimmsten, was Pädagogik zu bieten hat. Trotz unserer freiheitlich-demokratischen Grundordnung boten die Pädagogen in der Struktur des Schulwesens zu viel Stromlinienförmigkeit. Der kuschende Direktor bräuchte einen Gegenpart. Wie wollen Lehrer Zivilcourage vermitteln, wenn sie selbst keine haben? Adam dachte an den jungen Kollegen Karl-Heinz, der bereits in A-soundsoviel dachte, d.h., in Besoldungsstufen. Das Leben schien bei ihm eine Treppe zu sein, die aus Besoldungen besteht. Und solche Leute unterrichten unsere Kinder und Jugendlichen? Werden die Pädagogen wirklich dafür bezahlt, dass das so läuft? Müssen sich Lehrer immer wieder fragen, ob sie unangenehm „oben" auffallen? Da klärt der Geschichtslehrer übers „Dritte Reich" auf, über die Verfolgung von Minderheiten und hat selbst keinen Mumm, obwohl es bei ihm nicht um Leben und Tod geht, meistens nicht mal um die Gehaltsgruppe.

Zu solchen Armutslehrern wollte Adam nicht zählen. Aber er merkte mit den Jahren, dass er mit seiner geradlinigen und offenen Art keine Karriere machte. Er praktizierte, was andere forderten, und die, die es nicht beherzigten, wurden belohnt. Burnout ist angesagt bei Pädagogen. Aber was gab es da zum Ausbrennen? Vielen fehlte die Brenn-Substanz. Manchen hätte er gerne – in der Diktion der Ausbilder – Feuer unter dem Arsch gemacht. Jetzt wurde er mit so einem Ober-Lehrer als Vorgesetztem konfrontiert. Der Direktor bestellte ihn zu sich. Adam, an sich Idealist, machte sich keine Illusionen: Ein Kuscher wollte ihn zum Kuschen bringen, ein Angsthase zum Angsthasen machen. Aber Adam hatte seit seiner Jugend nur eine Angst: So zu werden wie die Angepassten. Ihn prägte der Agit-Prop-Rock von „Ton-Steine-Scherben": Nein, ich will nicht werden, was mein Alter ist… Im Übrigen war er verbeamtet (das hat nichts mit Beamen zu tun, obwohl manche Beförderungen so wirken). Die meisten Beamten machten sich nicht klar, dass Beamtentun befreien sollte, Zivilcourage zu beweisen: Wer um seine berufliche Existenz nicht fürchten muss, kann seiner Aufgabe gerecht werden. Aber selbst die Richter mit ihrer geheimen Besoldung wirken oft wie Hampelmänner der Gesellschaft.

Adam seufzte und setzte seiner Rekreation ein Ende. Jetzt musste er sich eben mit dem Chef auseinandersetzen und seine Fremdsprachenkenntnisse aktivieren, die Fremdsprache der Angepassten und Kuscher. Es hat keinen Sinn, jemand mit einer Wirklichkeit zu konfrontieren, wenn er deine Sprache nicht versteht, also musst du seine beherrschen. Das war in jedem Unterricht so. Warum konnte sein Chef nicht anders sein als die SchülerInnen? Weil er selbst nie aus der Schule herausgekommen war. Immer dasselbe: die Laufbahn seit dem siebten Lebensjahr bis zur Entlassung aus dem Schuldienst. Adam trottete die langen Gänge entlang und betrachtete sie wie ein surrealistisches Bild. So ähnlich sah es wohl im Gehirn des Direktors aus, geradlinig, langweilig und leer. Und wenn die Türen mal aufgingen, gab es Chaos und Geschrei.

Er klopfte an die Tür des Sekretariats und trat ein. Auf dem Schild stand: Nicht klopfen, gleich eintreten. Aber er war es gewohnt, anzuklopfen. Soviel Höflichkeit musste sein. Er überraschte die Sekretärin in einer engen Umarmung mit dem Direktor; er hatte eine Hand unter ihrem Rock, die andere unter ihrer Bluse und sagte gerade... Scherz! Natürlich war es nicht so. Im Büro repräsentierten zwei farblose Sekretärinnen brav, wenngleich apart geschminkt, frisiert und gekleidet, vor ihren unzudringlichen Computern. Nichts törnt so ab wie Frauen vor dem Computer.

„Der Schulleiter will mich sprechen."

Eilig eilte die nächste Dame zur Direktoratstür, klopfte und trat ein. Der

Chef hatte gerade die Chefsekretärin auf dem Schoß. Scherz Komma alter. Natürlich nicht. Er saß vor seinem unattraktiven Computer. Null Sex-Appeal. Nichts wirkt so leblos wie ein Direktor vor dem Bildschirm, sorry, Monitor. Der monotone Monokrat vor dem Monitor, aber ohne Moni. In diesem Umfeld kam Adam nie aus seinem Sarkasmus heraus. Fast neckisch winkte ihn die Chefsekretärin in das öde Direktorat.

„Nehmen Sie Platz!"

Der Direktor war die Höflichkeit selbst. Der kollegiale Unterton in seiner Stimme sollte wohl überzeugen: Wir halten doch zusammen. Was er nicht wusste: Adam würde nicht mit einem Kuscher zusammenhalten. Aber der Direktor wusste es nicht und hätte es auch nicht verstanden. Das hätte sein Weltbild derart in Frage gestellt, dass er diese Möglichkeit gleich ausschloss. Als Selbstschutz gewissermaßen.

„Wir müssen diese leidige Angelegenheit aus der Welt schaffen. Ihr Abgang neulich wirkte etwas impulsiv, möchte ich sagen. Ich kann Sie verstehen. Aber Anklagen dieser Art sind kein Kavaliersdelikt."

Täuschte Adam sich, oder hatte der Direktor fast gegrinst, als würde er ein Wortspiel gewagt haben.

„Wir sollten die Angelegenheit wie unter Erwachsenen regeln."

Der Schulleiter gab sich weltmännisch. Adam dachte nur: Du hast recht: *wie* unter Erwachsenen, und nicht als Erwachsene, denn einer von uns tut nur erwachsen, spielt es nur und ich weiß auch, wer.... Sein Sinn stand nicht auf oberflächliche Versöhnlichkeit. Keine Frage, er hatte den Kriegsdienst verweigert, weil er für konstruktive Konfliktlösungen war, aber was hier ablief, musste anders geregelt werden als durch ein nettes Pläuschchen, wo sich alle liebhaben und sich nichts ändert:

„Sie haben Recht, Herr Direktor. Wir regeln das auf erwachsene Art. Deshalb gibt es eine Verleumdungsklage und eine Disziplinaranklage."

Der Verkäufer ihm gegenüber blieb erstaunlich gelassen, als hätte Adam ihm gerade etwas Nettes gesagt:

„Na, so hoch wollen wir die Sache nicht hängen. Das war doch mehr eine Art Dummejungenstreich von den Mädels. Unser gutes Betriebsklima gefährden wir doch nicht durch eine juristische Aktion. Kommen Sie..." er legte einen richtig warmherzigen Ton in seine Verwaltungsstimme: „...ich verstehe, dass Sie aufgebracht waren. Wer wäre das bei diesen Vorwürfen nicht. Aber..."

Adam reagierte kühl: „Ich war verärgert, und mit Recht. Aber ich erkenne auch die Dimensionen, um die es hier geht. Darf ich Ihnen einmal eine kleine Geschichte erzählen."

Der Schulleiter lächelte väterlich: „Natürlich, natürlich, dafür sind Sie bekannt. Von Ihren Erzählstunden schwärmt man in Schülerkreisen. Richtig beneidenswert, wie Sie das hinkriegen. Erzählen Sie..."

Mit der Tour kam er bei Adam nicht gut an, aber dieser wollte eine Botschaft rüberbringen. „Es ist eine jiddische Geschichte, die von einem Rabbi erzählt wird."

„Eines Ihrer Lieblingssujets, wie ich mir habe sagen lassen."

Das hatte er sich sagen lassen, jetzt sollte er sich etwas anderes sagen lassen. „Eine Frau hatte Wäsche im Garten aufgehängt. Als sie sie wieder abhängte, vermisste sie ein Teil. Ihr war sofort klar: Das hat die neidische Nachbarin gestohlen. Ihr schönes Stück. Sie forderte es zurück, die Nachbarin wies die Vorwürfe zurück, sie hätte nichts genommen. Die Frau kam nicht weiter und erzählte von dem Unrecht, das sie zu erleiden hatte, überall herum. Sie stieß auf Verständnis. Die Diebin wurde gemieden. Strafe muss sein. Da entdeckte die Frau ihr Kleidungsstück in der Wäsche, die sie noch nicht gewaschen hatte. Es war ein Missverständnis gewesen. Kleinlaut entschuldigte sie sich bei der Nachbarin, die nur kühl reagierte und sie wieder wegschickte. Da ging die Frau zum Rabbi, beichtete ihm die Geschichte und fragte, was sie machen solle. Der Rabbi sagte: Entschuldige dich. Sie sagte, sie habe es getan, und welche Buße er ihr auflegen würde. Er sagte: ‚Nimm eine Gans, geh die Straße entlang und rupfe sie. Dann gibst du sie der Nachbarin als Wiedergutmachung.' Die Frau tat wie geheißen und kam wieder zum Rabbi: ‚Ich habe alles gemacht, wie du gesagt hast. Ist jetzt alles in Ordnung?' Der Rabbi antwortete: ‚Du musst nur noch eine Kleinigkeit tun: Geh zurück zur Straße und sammle alle Federn auf, die du gerupft hast.' Die Frau erwiderte: ‚Das kann ich doch nicht, die Federn hat der Wind in alle Himmelsrichtungen verstreut.' ‚So kannst du auch deine Worte nicht zurückholen. Sie sind in alle Himmelsrichtungen verstreut.' Und entließ die Frau."

Adam schwieg.

Der Direktor wartete auf die Pointe der Geschichte. Als deutlich wurde, dass Adam zu Ende war, fragte er verständnislos: „Und?"

„Herr Direktor", erklärte Adam mit unterdrücktem Ärger über so viel Begriffsstutzigkeit: „Es gibt Dinge, die lassen sich nicht mehr aus der Welt schaffen."

So belämmert wie jetzt hatte er den Mann, der ihm vorgesetzt (worden) war, noch nie gesehen.

„Jaaa," Stotterte er, „...wenn Sie es so sehen..." Er schien verzweifelt nachzudenken, was offenkundig weder seine Stärke war noch von ihm allzu oft geübt wurde. „Und nun?"

„Nun bekommen die Mädels, wie Sie sie nennen, einen Verleumdungsprozess. Sie sind erwachsen und strafmündig. Der Chef bekommt vermutlich auch einen. Das kläre ich mit dem Anwalt der Gewerkschaft. Auf Sie wartet ein Disziplinarverfahren."

Dem Direktor blieb der Mund halboffen stehen, er schien sich völlig auf seine Ohren zu konzentrieren und die Schallwellen mit Adams Mundbewegungen abzugleichen. Dann schüttelte er seinen Kopf, wie wenn er Wasser vom Kopf schütteln würde; offenbar wollte er wach werden:

„Das ist doch wohl ein Scherz?"

„Nein, das ist kein Scherz. Das muss ich machen."

„Hören Sie..." die Stimme klang fast erzieherisch: „Das können Sie nicht machen. Ich bin Ihr Vorgesetzter. So geht das nicht. Mit mir nicht!"

Adams verengten Augen sich. Die Stirne bildete Falten über der Nasenwurzel: „Sie vertun sich im Ton. Sie haben eklatant gegen Ihre Fürsorgepflicht gegenüber Mitarbeitern verstoßen. Das muss geahndet werden."

Der Schulleiter zeigte Gefühle, die er sonst tunlichst verbarg; er schien kurz davor, ausfällig zu werden: „Das wagen Sie nicht! Allein schon Ihre Drohung wird Folgen haben. Das erscheint in der Personalakte. Diese Insubordination wird aktenkundig!" Damit sprach er wohl seine übelste Drohung aus und benutzte sein schwierigstes Fremdwort.

Insubordination, das klingt nach Hochverrat. Darauf stand früher, in den guten alten Zeiten die Todesstrafe. Eine öffentliche Hinrichtung wäre das mindeste, was man in so einem eklatanten Fall erwarten würde. Hatte nicht der spätere langjährige Ministerpräsident von Baden-Württemberg, Hans-Karl Filbinger[7], noch nach Kriegsende Todesurteile gegen Deserteure ausgesprochen und vollstrecken lassen, wegen Subordination. Hatte nicht gerade dieser Ministerpräsident Kriegsdienstverweigerer als Drückeberger beschimpft. Hatte er nicht noch über Dreißig Jahre nach dem Dritten Reich als oberster Repräsentant eines Bundeslandes gesagt: „Was damals rechtens war, kann heute nicht Unrecht sein." Nicht deswegen trat er zurück. Das musste er nicht. Die Todesurteile waren nicht entscheidend, sondern dass er sie geleugnet hatte. Sein eigentliches Verbrechen war, Journalisten belogen zu haben, nicht, zwei junge Menschen erschießen zu lassen.

Müsste man Adam an die Wand stellen, weil er seinen Vorgesetzten anzeigte?

„Herr Direktor, das war eine Drohung. Sie wird in der Anzeige erscheinen. Wenn Sie glauben, dass ich klein beigebe, wie sie es sonst von Lehrkräften dieser Schule gewohnt sind, dann haben Sie sich geschnitten. Ich predige nicht meinen Schülerinnen von Zivilcourage, um schon in diesem Zimmer hier zum Arschkriecher zu mutieren. Um unser Schulsystem steht es schlecht. Das ist weltweit aktenkundig. Das verdanken wir nicht nur erziehungsunwilligen Eltern, sondern auch Lehrkräften wie Ihnen und denen, die vor ihren Vorgesetzten kuschen. Sie werden es nicht mehr wissen, aber ich war immer konstruktiv und loyal. Ich bin aber nicht bereit, mich loyal einem maroden System gegenüber zu verhalten. Sie vertreten offenkundig ein solches System."

„Sie werden es bereuen."

Aus dem Überpädagogen sprach der blanke Hass. Adam stellte sich an, seine heile Welt zu vernichten. Das würde er mit allen Mitteln zu verhindern suchen. Er wusste, dass er die Hierarchie hinter sich hatte, die Oberen standen hinter ihm, denn Arschkriecher stehen zwangsläufig hintereinander beim übereinanderstehen. Adam kannte sich aber nicht nur in der bundesrepublikanischen Geschichte aus, sondern er verfügte durchaus über Men-

---

7 Hans Filbinger, (CDU), *Mannheim 15.9. 1913; Rechtsanwalt, 1960-66 Innenminister, 1966-78 Ministerpräsident von Baden-Württemberg (Rücktritt nach Vorwürfen wegen seiner Tätigkeit als Marinerichter im Zweiten Weltkrieg), 1973-79 stellvertretender Bundesvorsitzender der CDU.

schenkenntnis. Sein Menschenbild war von Martin Luther geprägt, der voraussetzte, dass ein Mensch im Zweifelsfall zum Bösen tendiert. Damit rechnete Adam auch beim Schulleiter und den Treppchen aufwärts. Die Art und Weise, wie ein Kultusministerium besetzt wird, lässt nicht gerade auf den Vorrang der Sachkunde schließen. Seinerzeit gingen die Kinder einer bayerischen Kultusministerin im PISA-Vorzeigeland Bayern auf eine private Schule gingen? Auf eine Waldorfschule, mit einem eindeutig alternativen Konzept? Straußenenkel... Vielleicht täuschte er sich in seiner Erinnerung, aber solche Leute repräsentieren wenig überzeugend die Sache, für die sie stehen, eingesetzt wurden und besoldet werden. Adam war von Luther geprägt und deshalb wusste er: Mich erwartet Böses.

„Halten Sie mich wirklich für naiv?" Er lachte hart, aber nicht unlustig. Er fühlte sich stärker: „Ich bin kein einsamer Spinner in einer Wüstenlandschaft. Ich habe meine Mannschaft. Das ist die Gewerkschaft. Sie können sich mit dieser anlegen; aber bequem wird das nicht. Wenn es erst mal begonnen hat, hat die Gewerkschaft mehr als nur *ein* Hühnchen mit Ihnen zu rupfen."

„Raus!" Der Direktor war bleich. Er öffnete die Tür, seine Hand schoss nach vorne und er wiederholte fassungslos: „Raus!"

Die Sekretärinnen blickten neugierig hoch. Den Ton kannten sie nicht. Was mag da passiert sein? Ihre Aufmerksamkeit blieb abgelenkt. Adam grüßte kurz und sachlich und verschwand aus ihren fragenden Blicken.

Er war sich seiner Sache sicher, denn er wusste, was geschehen war. Er hatte das Pendeln demonstriert, er hatte der Schülerin auf ihren nachdrücklichen Wunsch hin etwas Biographisches ausgependelt, er hatte demonstrativ etwas Unwahrscheinliches gewählt, er hatte die Klasse aufgeklärt, wie das Pendeln funktioniert und wie er das Ergebnis manipuliert, er hatte also sein Lernziel erreicht. Das er ihr Kinderreichtum prophezeite, war nichts Sexistisches. Das hatten ihm alle bestätigt, die er leicht verunsichert gefragt hatte. Dass die Nachbarin sich im Konflikt mit dem Lehrer funktionalisieren ließ, war erstens leicht zu erkennen und zweitens leicht zu knacken. Sie hatte nämlich kein echtes Interesse, bei der falschen Version zu bleiben, vor allem, wenn es katastrophale Folgen hatte. Dass sein Chef erst mit anderen gesprochen hatte und nicht mit ihm, sogar hinter seinem Rücken die Vorwürfe weitergetragen hatte, war ihm zum ernsten Vorwurf zu machen. Dass er sich nicht schützend vor seinen Mitarbeiter gestellt hatte, widersprach eindeutig seinem Auftrag. Die Reaktion des Schulleiters bestätigte Adam noch mal in seinem Weg: Der Duckmäuser wollte ihn ducken, wollte ihn zum Duckmäuser umerziehen, und das widersprach dem Erziehungsauftrag der Schule durch die Verfassung. Was er machte mit dem Disziplinarverfahren (er hatte nur eine Anzeige losgelassen; einleiten mussten das Verfahren andere), war selbstverständlich. Dass es nicht selbstverständlich praktiziert wurde, machte ihn eigentlich ehrungswürdig. Eine schulische Tapferkeitsmedaille? So weit würde man in solchen Strukturen nicht kommen. Nervig! Aber so ist das Leben: Viele bringen viele Beschuldigungen. Aber wenige stehen im Konfliktfall dazu.

Er seufzte und bewegte sich wieder Richtung Lehrerzimmer. Hoffentlich war niemand da. Er wollte jetzt erst mal Ruhe haben. Zivilcourage ist nicht leicht. Sonst wäre es keine Courage....

27 Adam und Eva oder Adam ohne Eva?

Gestern war Eva aus dem Krankenhaus entlassen worden. Heute hatten sie sich verabredet. Gib der Zukunft eine Chance! Was sie hatte sich wohl gedacht? Ihre Gespräche im Krankenhaus waren entspannt gewesen. Darunter wie unter den Bergen von Arbeit hatten leider seine Kontakte zu Sandra und Susie gelitten. Das bedauerte er; aber auf heute freute er sich. Er war schon eine Viertelstunde vor der verabredeten Zeit „unter der Platane...", wie sie es immer genannt hatten. Die Insider-Sprache weckte in ihm zärtliche Gefühle. Dort hinten tauchte sie endlich auf.

Eva wirkte hinreißend. Die Richtige für die Hinreise. Ein One-Way-Ticket durchs Leben mit ihr? Adam spürte sich intensiv. Das tat gut.

Mit dieser Frau kannst du dich in der Öffentlichkeit sehen lassen. Er träumte sich die Blicke der Männer und Frauen herbei, an denen sie vorbeiflanierten. „Atemberaubend!" dachten die Männer und griffen beim Denken nicht nur auf ihr Gehirn zurück. „Was hat sie, das ich nicht habe?" dachten die Frauen und hielten sich beim Denken eine Armee von Spiegeln vor. Dabei entspricht die Wirkung, die du nach außen erzielst, der Pointe in der Fabel von den beiden Hunden, die in einen Raum voller Spiegel kamen. Der erste tappte hinein, sah sich plötzlich vielen Hunden gegenüber und fletschte vor Angst böse mit den Zähnen. Die ganze Meute fletschte ebenfalls ihre Zähne, er kniff den Schwanz ein und stürmte aus dem Raum. Der andere Hund stupste mit der Nase die Türe auf und war in einem Raum voller Hunde. Erstaunt blickte er sich um und wedelte mit dem Schwanz, weil er endlich nicht mehr allein war. Da wedelten alle Hunde mit dem Schwanz und er wurde nicht müde, mit ihnen zu spielen. Ja, manchmal sind die Menschen um dich herum wie der Spiegel deines Seelenlebens.

Er war stolz auf diese schöne, selbstbewusste Frau, die ihre Kleider zu tragen verstand, die sich zu dem Kunstwerk machte, das Gott geschaffen hatte. Dazu brauchte sie kein Evaskostüm. Galant – Mann! Das konnte er bei ihr! – führte er sie zu einem hübschen Tischchen vor der Eisdiele. Sie setzte sich, schlug die Beine übereinander und lächelte ihn an: „Jetzt, mein Prinz, such mir was Schönes aus." Kein Problem: Creamy Dream of Amadeus... Sie liebte Mozart und diese Kreation würde ihr hervorragend schmecken. Er selbst beschränkte sich auf einen Espresso. Sonnenschein, Espresso und eine schöne Frau, das war die optimale Kombination.

Die Kellnerin servierte. Eva rollte anerkennend mit den Augen: „Wirklich ein Traum..." und schleckte genussvoll ihren Löffel ab.

Dann blickte sie ihn... schelmisch? vielversprechend? abwartend freundlich? tief an: „Der Augenblick der Wahrheit?"

Er unterdrückte sein Schluckbedürfnis: „Adam und Eva müssen sich erklären. Ist das nicht eine angenehme Umgebung dafür?"

Sie blickte... Wie eine Sphinx? Wie Mona Lisa? Oder wie... auf alle Fälle fand er vor diesen Augen keine Ruhe. Ihre nächsten Worte würden ihm weiterhelfen. Seine nächsten Worte hingen mit ihren zusammen.

Er spürte, wie er vibrierte. Nein, es vibrierte in seiner Hose. Es vibrierte in seiner Hosentasche. Eine lautlose Nachricht. Er wusste, welche. Susie wollte ihm helfen. Im Arbeitsdress und beim Feierabend. Susie? Susie klang sexy. Susie, das war der Apfel vom Baum der Versuchung. Und die Versuchung lockte stark.